CINDY C. TESTON

ISBN : 978-2-9602-9312-8
Couverture : Graphisme LOR
Traduction (Canadien) : Amélie Paquet-Mercier
Corrections : Amélie Quermont

Édition : Kiraya

Impression : BoD – Books on Demand, In de Tarpen 42, Norderstedt (Allemagne)
Impression à la demande

Tous droits de traduction, reproduction ou adaptation réservés pour tous pays.

Mentions légales : © 2022 Cindy C. Teston – Tous droits réservés

À ma petite sœur, *Christelle,*
sans qui ce roman n'aurait jamais vu le jour.

AVERTISSEMENT

Pour des raisons de cohérence, les dialogues et parties narratives associés au personnage de Benjamin Fraikin ont été traduits en canadien par *Amélie Paquet Mercier*.

AVERTISSEMENT

L'histoire des Descendantes de Séraphine se déroule majoritairement en Belgique.

Pour cette raison, l'auteure a choisi de respecter le système scolaire Belge.

Toutefois, un renvoi en bas de page assure l'équivalence Française.

Successions des Abbesses

Séraphine
|
Alessia (?)
.
.
.
Pari *(1513 à 1598)*
|
Irem *(1598 à 1632)*
|
Alba *(1632 à 1654)*
|
Karima *(1654 à 1688)*
|
Marie *(1688 à 1761)*
|
Saanvi *(1761 à 1803)*
|
Angélique *(1803 à 1864)*
|
Chiara *(1864 à 1909)*
|
Marigold *(1909 à 1968)*
|
Sienna *(1968 à 2017)*
|
Camélia *(2017 à...)*

Prêtresses & Héritières

France
Prêtresse : Camélia
Héritière : Emy
Totem : Bouquetin
Lieu représenté : Montagne

Belgique
Prêtresse : Gabrielle
Héritière : Kassy
Totem : Loup
Lieu représenté : Forêt

Maroc
Prêtresse : Meryem
Héritière : Joudya
Totem : Camélidé
Lieu représenté : Désert

Écosse
Prêtresse : Nora
Héritière : Jenny
Totem : Saumon
Lieu représenté : Ricière

Kenya
Prêtresse : Ona
Héritière : Naomi
Totem : Lion
Lieu représenté : Savane

Suède
Prêtresse : Aïna
Héritière : Gina
Totem : Dauphin
Lieu représenté : Mer

Sénégal
Prêtresse : Rokhaya
Héritière : Awa
Totem : Chimpanzé
Lieu représenté : Jungle

Tonga
Prêtresse : Terry
Héritière : Fano
Totem : Fourmi
Lieu représenté : Terre

Russie
Prêtresse : Elin
Héritière : Ivana
Totem : Ours polaire
Lieu représenté : Glacier

Mongolie
Prêtresse : Zaya
Héritière : Ako
Totem : Cheval
Lieu représenté : Plaine

Canada
Prêtresse : Haley
Héritière : Dafney
Totem : Aigle
Lieu représenté : Ciel

Inde
Prêtresse : Sanju
Héritière : Ama
Totem : Crocodile
Lieu représenté : Marais

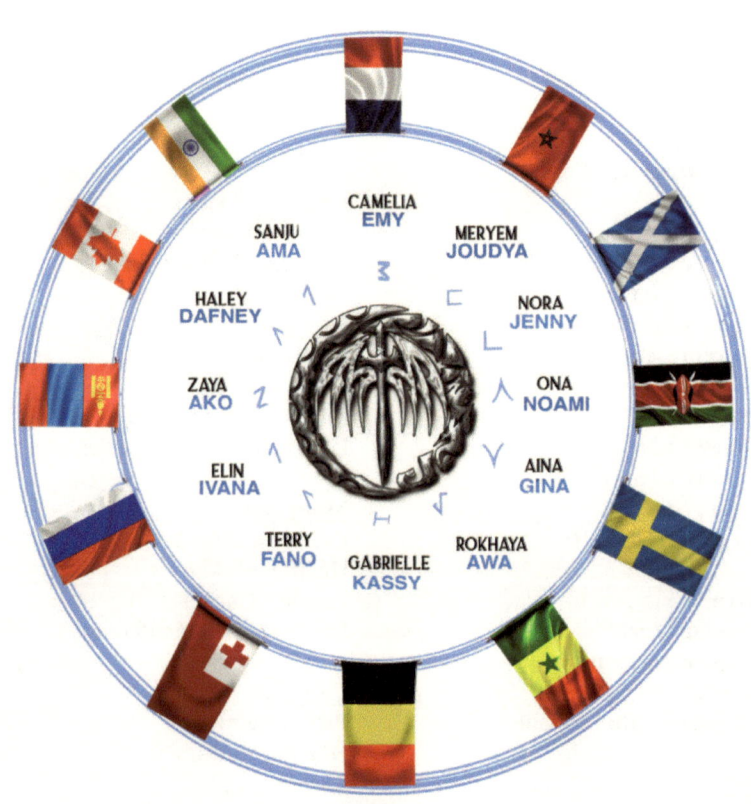

Chapitre Premier

Prise en flag

Enfants, adolescents ou adultes, nous avons tous un point commun : chacun de nous a imaginé ce qu'il éprouverait si, l'espace d'un instant, il était confronté au monde de la magie. La preuve : qui parmi vous n'a pas rêvé de recevoir une lettre par *Hibou Express* le jour de son onzième anniversaire ? D'autres, à l'âge ingrat, espéraient se réveiller un beau matin en tant que fils d'un puissant dieu grec, je me trompe ? Quant aux jeunes filles… laquelle d'entre vous n'a pas rêvé en secret sa rencontre avec un bellâtre au sang froid, amateur de pumas sauvages ? À moins qu'il ne s'agisse d'un loup-garou géant au regard de braise ?

En ce qui me concerne, rien de tout cela ne m'intéresse vraiment. Je sais déjà qu'une part de magie existe dans notre monde. Mais en toute franchise, si je l'apprécie à l'écran, je regrette amèrement sa présence dans notre vie quotidienne.

À ma décharge, vivre depuis seize ans au sein d'une famille où la toute puissante matriarche favorise sa fille aînée sous prétexte qu'elle représente l'héritage de son « don », ben… ça crée quelques a priori, forcément. Comment réagiriez-vous, à ma place ?C

Bien évidemment, Hélène, elle, ne s'en plaint pas. À vingt-quatre ans, ma grande sœur a tout pour elle, de toute façon, magie ou pas. Avec ses cheveux blond vénitien qui descendent en cascade jusqu'à sa taille, ses yeux noisette et sa peau caramel dorée à souhait, elle attire d'instinct tous les regards.

Non… je crois qu'au fond, seules Sophie et moi souffrons de l'ambiance tendue qui règne en permanence à la maison. Bien que… Papa aussi, en y réfléchissant. Car même s'il n'étale pas ouvertement son ressenti, je l'entends régulièrement se disputer avec Maman. Il n'apprécie pas vraiment la façon dont elle nous ignore superbement toutes les deux. Pour ma part, cela dit, ça n'a plus grande importance. Je me suis fait une raison. Et puis, à lui seul, l'amour que mon père nous porte suffit à me combler. Et quand j'ai besoin d'un gros câlin en son absence, Maya, notre border collie, et Lucky, notre berger allemand, accomplissent leur mission comme personne ! Sans parler de Luna et Sirius, nos jumeaux félins, fraîchement accueillis il y a tout juste quelques semaines.

— Kassy ! Grouille tes fesses, gronde ma sœur depuis l'autre bout du couloir.

Interrompue dans mes pensées, je sursaute. Et dans un profond soupir, je m'empare de mon pull-over avant de déverrouiller la porte. Car bien sûr, si « Sa Majesté Hélène » est réveillée, la salle de bains lui revient de plein droit. Il ne faudrait pas bousculer le planning ultra-chargé de mademoiselle Rochecourt.

— Il est presque temps ! grogne-t-elle, exaspérée.

Je hausse les sourcils, indifférente à ses humeurs. Après tout, ce n'est pas comme si c'était la première fois.

Dans la cuisine, mon père presse des oranges, tout sourire tandis que Sophie dresse la table pour le petit déjeuner. Maman, elle, est déjà en route pour l'hôpital afin d'y soigner ses nombreux patients. C'est que la réputation du docteur Yvène n'est plus à faire dans la région. Les malades n'hésitent pas à parcourir la moitié du pays pour un rendez-vous avec elle.

— Pas la peine de mettre une assiette pour moi, So, c'est gentil.

De trois ans mon aînée, Sophie me dévisage, l'œil soupçonneux. Aucun son ne franchit le seuil de ses lèvres, néanmoins, je sais qu'elle attend des explications quant à mon jeûne des plus inhabituels. En règle générale, je ne manque jamais une occasion d'engloutir un bon spéculoos maison, fraîchement sorti du four.

— Je pars tout de suite.

Consciente que cette simple dérobade ne satisfera pas son instinct de mère poule, je m'empresse d'ajouter :

— C'est à mon tour de présenter mon projet technologique à la classe. Du coup, je me rends à pied à l'école. Après des semaines de travail acharné, je ne supporterais pas de voir ma maquette réduite en morceaux par une bande de balourds couverts d'acné incapables de se tenir à une poignée !

Rassurée, ma sœur me sourit chaleureusement, puis m'emballe un spéculoos encore chaud dans une serviette en papier avant de poursuivre sa routine matinale.

— Tu ne vas pas leur rendre visite ? m'interroge mon père, surpris.

Partagée entre l'envie de rejoindre vite fait notre infirmerie et la crainte d'arriver en retard pour ma présentation, je lance un rapide coup d'œil en direction du four, sur lequel les chiffres digitaux indiquent déjà sept heures et quart.

Dommage... le temps me manque.

Conscient que j'agis uniquement dans l'intérêt de mes études, Papa m'encourage d'une mimique avant de me souhaiter une agréable journée.

Fière de ma maquette fraîchement raccordée à l'électricité, je traverse la cour pour rejoindre la salle dédiée à monsieur Mac Doug, professeur de technologie. Aurélie, ma meilleure amie, me félicite pour le rendu et mon souci du détail, mais en réalité, elle semble ailleurs. Ce qui ne lui ressemble pas vraiment. Elle tente vaguement de s'y intéresser, sauf qu'en dépit de ses efforts, je constate que quelque chose la tracasse. Sans le moindre doute, j'en identifie immédiatement la cause :

— Bon alors... tu me racontes ?

Le regard lourd de larmes, ma camarade dissimule son trouble derrière un rideau de cheveux raides. Incroyable ! Nous nous connaissons depuis la maternelle, nous abordons tous les sujets possibles sans le moindre tabou et, pourtant, dès qu'il s'agit de ses parents, Aurélie se referme comme une huître.

— Allez, s'te plaît, Auré... Tu sais bien que tu peux tout me dire ! insisté-je, tout en estimant d'un œil la distance qui nous sépare du bâtiment principal.

Mine de rien, mon projet pèse son poids. Intégralement construit en bois de récupération à partir d'un vieux meuble de salle de bains, il frise la barre des cinq kilos, tous matériaux confondus. Heureusement que mon amie était là pour m'aider à le porter tout le long du trajet jusqu'ici.

— Bah ! Tu sais comment ils sont, me lance-t-elle, dépitée. Tout est toujours ma faute. Je ne fournis aucun effort et je n'arriverai jamais à rien dans la vie. En gros : je suis bonne à être entretenue par un milliardaire, si tu vois ce que je veux dire... parce qu'au rythme où je vais, je devrai bientôt me déplacer en remorque, tu saisis l'allusion ?

À l'écoute de ces mots, mon cœur se comprime. Je suis heureuse en revanche qu'elle se soit livrée si facilement, pour une fois. Il n'empêche... j'en veux énormément à ses parents.

Comparée à d'autres élèves, Aurélie est courageuse. Elle fournit un travail scolaire conséquent et s'exerce chaque jour jusque tard le soir, même si ses notes restent majoritairement en dessous de la moyenne. Quant à son poids, je ne comprendrai jamais les insinuations douteuses que lui lance sa famille à tout bout de champ. Certes, leur fille possède quelques rondeurs au niveau des hanches, et alors ? Rien d'extraordinaire ! Personnellement, je la trouve très jolie.

Pour toute réponse, faute de pouvoir la rassurer (je sais que quoi que je dise, ça ne la réconfortera pas, et puis elle risquerait de m'en vouloir plus qu'autre chose si je manquais de respect à sa mère), je hoche la tête, lorsque tout à coup… BOUM ! Ma maquette se retrouve au sol, brisée en plusieurs endroits. À mes pieds, fauteuils en polystyrène, personnages en plastique et débris d'ampoules gisent un peu partout.

— Purée ! peste soudain Aurélie, l'avant-bras couvert d'égratignures.

En pleine léthargie, j'observe mon projet sans oser y croire. Mais… que s'est-il passé ? Tout est arrivé si vite qu'en dehors d'un morceau de tissu de style tartan, je n'ai rien vu venir.

Derrière nous, un groupe de filles – probablement des rhétos[1] – encadre deux jeunes hommes aux visages plutôt plaisants. Parmi eux, je reconnais celui du garçon dont Aurélie et moi sommes secrètement amoureuses depuis deux ans. Mes joues s'empourprent instantanément comme des tomates lorsque son regard se pose sur nous.

— Kassy ! C'est Charles, chuchote mon amie, tout en m'envoyant un léger coup de coude dans les côtes.

Mon cerveau se bloque, en proie à un terrible dilemme : dois-je lui faire part de mon mécontentement ou dois-je renoncer à mes représailles juste parce que c'est lui ?

Mes réflexions sont de courte durée, car très vite, une voix masculine à l'accent curieux (sans doute québécois) m'apostrophe :

— Eille ! Tes parents t'ont jamais appris le respect ?

Surprise par ces propos peu amènes, je pique un fard. Je remarque, par la même occasion, que l'écharpe en tartan écossais appartient à ce rustre.

— Pardon ?

Un gloussement général accompagne ma question. Un seul visage demeure impassible : celui de Charles. Mes larmes,

---

[1] Abréviation de « rhétoricien » et « rhétoricienne », élève de classe terminale de l'enseignement secondaire.

traîtresses, alourdissent mes paupières. Un cillement et c'est la débandade.

Sois forte, Kassy ! Ne les laisse pas voir ta colère !

Furieuse et encore sous le choc, j'abandonne les vestiges de mon projet et fuis d'emblée en salle de cours. La première sonnerie retentit au moment où je croise la route de mon professeur de technologie, à quelques mètres de son local.

— Monsieur Mac Doug ? Vous auriez une minute à m'accorder ?

Petit, rondelet, le quinquagénaire m'évalue à travers ses lunettes en demi-lune.

— Mademoiselle Rochecourt… Ne me dites pas que c'est en rapport avec votre présentation de ce matin, si ?

Honteuse, je plonge mon regard en direction du sol. Nul besoin de mots pour traduire mon embarras.

— Allons, Kassy ! Vous avez déjà bénéficié d'un délai supplémentaire pour rendre votre devoir, non ? Que vous faut-il de plus ?

Nerveuse, je mordille l'intérieur de mes joues sans pouvoir répondre. J'ai toujours redouté le jugement des autres. Descendre dans l'estime d'un professeur, pour moi, c'est le coup de grâce.

— Eh bien… ce n'est pas vraiment ma faute, en fait, mais voyez-vous…

Il m'interrompt, un sourire sarcastique sur les lèvres.

— Nous y voilà donc ! Laissez-moi deviner… Votre chien a uriné sur votre maquette, provoquant un court-circuit ?

Les yeux ronds, je réplique du tac au tac :

— Euh, non. Ce n'est pas ça du tout, je…

— Vous l'avez oubliée à l'arrêt de bus ?

— Non, je…

— Votre père devait vous le déposer plus tard, mais il a eu un empêchement ? Non plus ? Alors, attendez… Qu'avons-nous d'un peu plus original ? Votre mère a renversé sa sauce par inadvertance sur le circuit électrique ? Oh non, mieux encore : c'est votre sœur qui a marché dessus par vengeance ?

— Ce n'est pas ça ! craché-je, venimeuse, et bien plus fort que je ne le souhaitais.

Surpris par le ton de ma voix, mon professeur interrompt son flot d'excuses bidons pour me demander :

— Expliquez-vous dans ce cas ! Qu'est-ce que vous attendez ?

— Il est là-bas, lui dis-je tout en pointant du doigt l'endroit où je me trouvais un instant plus tôt en compagnie de Charles et du nouvel élève.

Ensemble, nous marchons d'un pas rapide en direction de l'annexe « E ». Sans surprise, mon projet (ou du moins ce qu'il en reste) est éparpillé au milieu des cailloux qui bordent l'allée centrale. Exactement comme je l'ai laissé.

Accroupi, monsieur Mac Doug examine scrupuleusement les vestiges de ma maquette.

— L'électricité fonctionnait-elle ? me demande-t-il sans détour.

— À la perfection.

— Comment est-ce arrivé ?

Je lui résume aussi brièvement que possible l'incident survenu quelques minutes avant la sonnerie, omettant au passage l'humiliation cuisante infligée par les élèves de sixième année.

— C'est embêtant, tranche-t-il, mais on voit que vous vous êtes investie quand même. Bravo, c'est du bon boulot… enfin, en dépit de son état actuel. Je vais réfléchir et décider de ce qu'il y a lieu de faire. À présent, hâtez-vous de rejoindre vos camarades. Le cours va commencer.

De retour en classe, je constate que l'amphithéâtre est plein à craquer. De mauvaise humeur à cause de toute cette poisse, je gagne l'une des rares places vacantes. Aurélie, elle, se retrouve à plusieurs rangées de là.

— Bien ! commence notre professeur. Étant donné que la présentation d'aujourd'hui ne peut avoir lieu, je vous propose d'aborder un nouveau sujet d'étude. Si je vous dis…

Mais déjà, mon cerveau se déconnecte et s'oriente vers cet élève particulièrement grossier responsable de mes malheurs. Si je ne craignais pas de ramasser une heure de colle, je lui dirais bien ma façon de penser à ce petit…

— Psitt ! murmure ma voisine tout en glissant vers moi un morceau de papier plié en quatre.

Je la remercie avant de prendre connaissance du message qu'il renferme.

Kassyyyyy ! Vanessa m'a appris que Charles organisait une grande fête chez lui le 21. Tout le collège est invité. Il faut absolument qu'on y aille. S'il te plaît, Kassy, ne dis pas non, je t'en supplie.

Je souris malgré moi. Une fête chez Charles ! En voilà une merveilleuse idée. Depuis des années, Aurélie et moi passons régulièrement devant cette immense bâtisse en brique rouge, priant afin de pouvoir y entrer un jour. Maintenant que l'occasion se présente, refuser d'y aller serait vraiment trop bête.

Mon stylo plume à la main, je m'apprête à lui répondre lorsqu'une image saugrenue me traverse l'esprit : et si cette espèce de caribou canadien exempt de savoir-vivre était présent lui aussi à la soirée ? Voilà qui complique les choses et cette hypothèse me contrarie bien plus que de raison. Aussi, je prends soin de lui écrire :

J'avoue que l'occasion est tentante. Tu imagines un peu... toi et moi chez Charles ? Trop beau pour être vrai. Par contre, l'idée de revoir l'autre bouffon me refroidit quelque peu, franchement, j'hésite.

Subtilement, je renvoie le billet en direction de mon amie. Un instant plus tard, alors que sa réponse chemine lentement jusqu'à moi, notre professeur l'intercepte sous les regards curieux de tous nos congénères.

— Alors... qui cela concerne-t-il ? Ah ! Mademoiselle Rochecourt... encore ! Mais que vous arrive-t-il, aujourd'hui ? Bien entendu, j'en déduis que mademoiselle Tillemans est elle aussi impliquée, je me trompe ?

Un ange passe, puis il ajoute :

— Voyons voir ce qui préoccupe tant vos pensées de si bon matin…

Un chardon amer se niche au travers de ma gorge tandis que mon estomac se contracte. Se pourrait-il qu'il lise notre échange à voix haute ? Devant toute la classe ? Seigneur… non ! Je ne le supporterais pas. Personne ne doit découvrir l'intérêt qu'Aurélie et moi portons à Charles ! Je ne survivrais pas à une telle humiliation.

Un sourire satisfait étire les lèvres de notre enseignant tandis qu'un son aigu s'échappe du fond de sa trachée.

Aïe… ça ne présage rien de bon.

— Tu ne vas pas laisser cet idiot réduire notre rêve à néant, quand même ? minaude-t-il en imitant l'accent fluet d'une adolescente.

Puis, il reprend :

— Kassy ! Ça fait deux ans que nous attendons cette opportunité. C'est peut-être notre seule chance de parler à Charles un jour. À Charles ! Hé, ho… tu te rappelles ? Le plus beau mec du collège. Celui que nous aimons toutes les deux. En tout cas, réfléchis bien, car si tu n'y vas pas, moi, je ne t'adresserai plus jamais la parole.

Les joues cramoisies, je me refuse à croiser l'œil amusé de monsieur Mac Doug. C'est déjà bien assez humiliant d'imaginer tous les regards rivés sur nous.

En moins de temps qu'il n'en faut pour le dire, j'entends des éclats de rire résonner un peu partout dans l'amphithéâtre. Sur ma gauche, Sabrina et Imane échangent des messes basses. Nul doute que Charles sera au courant avant l'heure du déjeuner.

— Bien ! Je suis navré de vous importuner avec mon cours, mesdemoiselles, mais peut-être qu'une retenue vendredi soir après les cours vous remettra les idées en place ?

Nous acquiesçons sans prononcer le moindre mot. En mon for intérieur, je fulmine. La rage me gagne et je lui en veux ! Non pas à notre professeur, ni même à Aurélie, mais à *lui*. Sans ce maudit caribou, rien de tout cela n'aurait jamais eu lieu et mon précieux secret le serait sans doute encore !

Chapitre 2

Humiliation

Lorsque la sonnerie retentit, Aurélie et moi courons nous réfugier aux toilettes situées au premier étage. L'endroit est exigu et n'accueille qu'un maximum de trois élèves à la fois. Les autres s'y rendent rarement, car elles sont constamment bouchées et sentent particulièrement mauvais : parfait ! Exactement ce dont nous avons besoin pour nous remettre de nos émotions et relativiser.

— Ça va ? demandé-je à mon amie une fois la porte refermée.

Si mes yeux sont rougis par la colère et le ressentiment, ceux d'Aurélie sont embués de larmes. La pauvre tremble d'appréhension, et nul besoin d'être devin pour en comprendre la raison : de toute notre vie, c'est la première fois que nous écopons d'une heure de colle. Et même si mes parents n'apprécieront clairement pas la nouvelle, ce n'est rien en comparaison de ce qui attend ma meilleure amie.

— Ils vont me tuer, c'est certain ! parvient-elle à hoqueter entre deux sanglots.

Une fois encore, mon cœur se serre face à cette injustice. J'aimerais la défendre, aller sonner chez elle et expliquer à sa mère que je suis l'unique responsable de ce déplorable état de fait. Malheureusement, je connais le caractère particulier de madame Tillemans, d'ailleurs, monsieur n'a rien à lui envier. À leurs yeux, tous les crimes de la Terre ont été orchestrés par leur fille. Sans compter qu'ils y verraient une occasion inespérée de m'interdire de la fréquenter.

— Tu veux que je leur parle ? lui proposé-je malgré tout.

Le regard incrédule qu'elle me lance confirme mes craintes : impossible d'échapper à leur courroux.

— Je te raccompagnerai après l'école, on ne sait jamais. Elle n'osera rien te dire si je suis dans les parages.

— Cela ne l'empêchera pas de s'en prendre à moi après ton départ.

— Elle aura digéré la pilule, à ce moment-là. Sa réaction ne sera plus la même qu'à chaud et sa colère se sera certainement atténuée.

— Ou pas, enchaîne-t-elle, dépitée. Elle pourrait tout aussi bien me reprocher de t'avoir ramenée exprès à la maison pour éviter une scène.

Je soupire, agacée, furieuse contre mon impuissance.

— Pardon, Auré. Je suis la seule à blâmer.

Au moment où ces mots franchissent mes lèvres, je me rends compte qu'en réalité, rien de tout ça n'est de ma faute. Pas plus que de celle d'Aurélie.

— Ce n'est pas juste ! C'est ce maudit caribou qui mérite une retenue, boudé-je.

Perplexe, mon amie réclame une explication.

— Bah oui ! C'est lui qui a commencé. Qui a brisé mon projet ? À cause de lui, monsieur Mac Doug m'a prise en grippe et c'est ce qui l'a poussé à lire ton message devant toute la classe. J'en suis sûre !

— Tu n'exagères pas un peu, là ? D'abord, le prof ne t'a pas prise en grippe, ensuite, ce n'est pas lui qui m'a demandé de t'écrire pendant les heures de cours. Ce que j'avais à te dire pouvait attendre la récréation. Non ! Je suis l'unique responsable de ce qui arrive. Pour une fois, mes parents auront toutes les raisons de m'accuser. Je l'aurai mérité.

Mon caquet reclapé, un bras enroulé autour de mes jambes, je caresse les longs cheveux de mon amie. Nous sommes dans une impasse, je le crains. J'ai beau réfléchir pour savoir comment lui apporter mon aide, je n'en ai pas la moindre idée.

— À ton avis, m'interroge-t-elle en brisant le silence relatif qui nous entoure, Charles est déjà au courant de notre petit secret ou pas ?

— Il y a de fortes chances, oui, avoué-je à contrecœur.

À vrai dire, connaissant l'obsession de Sabrina pour les ragots, il n'y a pas l'ombre d'un doute. Elle a certainement foncé droit sur lui durant l'intercours pour le lui raconter. C'est une occasion en or pour quiconque espère accroître son niveau de popularité.

La tête blottie contre mon épaule, elle me demande :

— Alors, on fait quoi ? On nie en bloc ?

— Nier en bloc ? Avec tous les témoins présents dans l'amphi ? Autant sortir d'ici et lui avouer en face nos sentiments.

Mon amie baisse les yeux, se prenant soudain d'intérêt pour les pavés. De toute évidence, elle escomptait une réponse différente. Soucieuse de lui remonter le moral, je lui dis :

— Ne t'en fais pas, ce n'est pas non plus la fin du monde. On fera comme si ça n'avait pas la moindre importance. Au bout d'un jour ou deux, ils se lasseront et la vie reprendra son cours. Nous redeviendrons vite les deux êtres invisibles que nous étions avant ce malencontreux accident.

J'ai beau jouer les courageuses, je n'en suis pas moins terrifiée à l'idée de ce qui nous attend. Devenir la risée de l'école n'était pas à l'ordre du jour, pourtant, je dois me montrer forte, ne serait-ce que pour soutenir Aurélie. Elle en bave assez comme ça.

— Tu penses que ça fonctionnera ?

Pour toute réponse, je me lève et lui tends la main. Un léger rictus s'affiche sur son visage maculé de taches de rousseur lorsque je lui dis :

— Il n'y a qu'une seule façon de le savoir, non ? Alors... prête ?

— Prête !

Non sans une once d'appréhension, nous quittons les W.C. la tête haute, déterminées à ne pas nous laisser abattre par cette bande de vautours qui nous guettent dans l'ombre.

Sans surprise, la majorité des regards se pose sur notre duo. Au fur et à mesure que nous progressons dans le couloir, le courage d'Aurélie fond comme neige au soleil. Pour la rassurer, je saisis son bras et murmure à son oreille :

— Les chaussettes de l'archiduchesse sont-elles sèches ? Archisèches ? À toi, vite !

Un sourire en coin s'imprime sur les lèvres de ma camarade.

— Tu t'entêtes à tout tenter, tu t'uses et tu te tues à tant t'entêter !

Nous éclatons d'un rire franc et sonore, ignorant les regards moqueurs rivés sur nous, lorsque tout à coup, une rhéto du nom de Camille Meunier nous hèle d'un timbre railleur :

— Tiens, tiens ! Mais qui voilà ? Ne seraient-ce pas les aspirantes au titre de madame Charles Fraikin, par hasard ? Au fait, les filles... désolée de vous décevoir, mais vous savez, il ne peut y avoir qu'une seule madame Fraikin et, croyez-le ou non, vous n'avez pas la moindre chance, ni l'une ni l'autre.

Puis, elle ajoute à l'intention de ses camarades :

— Non, mais quelles cruches, ces deux-là !

Les pestes qui l'entourent s'esclaffent toutes comme des dindes. Elles en ont d'ailleurs l'allure. Au fond de moi, je sens la colère m'embraser tout entière.

— Qu'est-ce que tu viens de dire ? craché-je sur un ton de défi.

Eh merde, Kassy ! Tu devais jouer les blasées, pas entrer dans leur petit jeu !

— Oh, oh ! Miss Kassy se rebelle ! Si tu penses que ça va te rendre plus populaire, tu te fiches le doigt dans l'œil, ma vieille ! Un mec comme Charles ne s'intéressera jamais à une pauvre gamine dans ton genre.

Piquée au vif, je ravale ma fierté, puis m'adresse à Aurélie d'un ton que j'espère aussi naturel que possible :

— Pfft ! C'est vraiment n'importe quoi, ici ! Viens, Auré, le cours de biologie va commencer et nous avons mieux à faire qu'écouter ces minables en manque de considération.

L'emmerdeuse de premier ordre s'offusque de ma remarque, à l'instar de toutes ses copines.

— Quoi ? Répète un peu pour voir ? me lance-t-elle, acide.

— C'est qui que tu traites de minables ? Pauvre tache ! aboie une grande perche beaucoup trop maquillée à mon goût sur la droite de Camille.

L'envie de rétorquer une réplique bien cinglante au visage de ces filles me brûle les lèvres. Heureusement, Aurélie est là pour m'empêcher de commettre une erreur irréparable.

— Viens, Kassy… faut que je te montre un truc !

Nous nous apprêtons à opérer un demi-tour lorsque nous tombons nez à nez avec Charles... et son acolyte canadien.

Il ne manquait plus que ça !

— Que se passe-t-il ? interroge la voix suave du grand amour de ma vie.

Fidèle à son habitude, Charles ne m'adresse pas l'ombre d'une attention. Il n'a d'yeux que pour Camille et sa bande de dindes. Pour lui, je suis invisible. Je n'existe pas. Étant donné la situation actuelle, ce constat devrait ô combien me satisfaire, pourtant, la douleur intense que je ressens au fond de moi m'indique que ce n'est pas du tout le cas. Rien qu'une fois, j'aimerais discuter avec lui, en toute amitié, bien sûr, comme lorsque nous étions enfants. À cette époque, nous étions plutôt proches. Nos parents étant voisins et amis, nous étions régulièrement l'un chez l'autre. Puis, la famille de Charles a déménagé dans la rue derrière chez nous, dans leur belle et grande maison de brique rouge. Désormais, nous ne sommes plus que voisins de jardin. C'est à partir de ce moment-là que je suis devenue invisible aux yeux de Charles. J'ignore pourquoi. D'après mes parents, le père de Charles a hérité du manoir ainsi que de l'entreprise florissante de feu son frère. J'en déduis que l'abondance d'argent est montée à la tête de la famille Fraikin, comme c'est souvent le cas dans les films qui passent à la télé. Je n'en suis pas moins déçue d'avoir perdu un ami auquel je tenais.

— Ce sont elles, déclare Camille, la bouche en cœur. Les filles dont Sabrina nous a parlé tout à l'heure.

Elle ne peut s'empêcher de rire devant l'expression lasse de son pote. J'ignore quelle sorte de plaisir malsain elle éprouve à nous humilier ainsi. D'après ce que je sais, Charles lui plaît aussi. Bien entendu, avec son physique de mannequin, elle a bien plus de chances que moi de parvenir à ses fins. Peut-être s'imagine-t-elle qu'en nous rabaissant comme elle le fait, elle se rapprochera de lui ?

Charles me détaille attentivement. L'espace d'une seconde, je crois distinguer l'ombre d'un sourire. Je n'en suis cependant pas certaine tant l'effet est de courte durée.

— Bonjour, Kassy.

Mes mains tremblent et ma gorge n'a jamais été aussi sèche. Les yeux écarquillés de surprise, je n'ose répondre.

— Encore toi ! s'exclame en revanche une voix grave, teintée d'un fort accent.

— Ben ! gronde Charles, irrité. Laisse, je m'en occupe.

Puis, après s'être tourné vers moi, il ajoute :

— Désolé, mon cousin a une furieuse tendance à chercher les problèmes.

— C'est le moins qu'on puisse dire, ouais ! rétorqué-je, acide. À cause de lui, je n'ai pas pu présenter ma maquette de technologie à la classe, ce matin.

L'intéressé se marre.

— Pauvre petite. Elle n'a pas pu présenter sa maquette. Comme c'est triste !

Non, mais je rêve ?

— Ben !

— C'est bon ! Je suis assez grande pour me défendre toute seule !

Puis, détournant le regard, je m'adresse à l'autre bouffon :

— Quoi ? Tu me cherches ?

Des murmures de protestation résonnent dans mon dos tandis qu'une lueur indéfinissable illumine les iris de mon interlocuteur. Des étudiants curieux s'arrêtent dans le couloir, formant un cercle autour de nous. La tension accumulée en moi au cours de la première heure refait surface : ma maquette réduite à néant, l'humiliation lors de la lecture du mot d'Aurélie, les conséquences qui en découlent et, à présent, Camille et sa bande qui tentent de m'écraser... Je suis prête ! Si ce fameux « Ben » cherche les problèmes, je suis son homme ! Qu'il vienne seulement !

— Oh, mais... elle montre les griffes, la petite !

Aurélie, pleine de compassion, essaye de m'attirer plus loin. Je l'ignore complètement tant je suis en rage.

— Je ne suis pas ta petite, compris ? Et puis, d'abord, qu'est-ce que tu me veux ? Pourquoi tu n'arrêtes pas de te mettre en travers de ma route ?

Mon sang bouillonne dans mes veines. Je me sens telle une bombe à retardement sur le point d'exploser.

— Moi ? s'étonne-t-il. Mais… c'est toi qui ne regardes pas devant toi quand tu marches ! Tu ne t'es même pas excusée, en plus.

Outrée, je rétorque :

— Pardon ? Ma maquette pesait plus de cinq kilos, crétin ! Tu crois que je pouvais voir au travers, peut-être ? Tu n'avais qu'à regarder devant toi, plutôt que de t'intéresser aux dindes qui te font les yeux doux.

Camille tente de protester, mais pour une obscure raison, elle s'abstient soudainement. J'imagine que Charles l'a dissuadée de s'en mêler.

— Comme c'est mignon ! En plus, elle est jalouse !

— Non, mais tu rêves ? Tu as cru que parce que tu étais nouveau dans cet établissement, toutes les filles du coin allaient tomber sous ton charme ?

Je sais que je ne devrais pas le provoquer, que cela engendrera des problèmes par la suite, mais c'est plus fort que moi. Il me faut extérioriser ma frustration.

— Pas toutes, non. Celles dans ton genre n'ont aucun intérêt pour moi : tu peux rêver !

Malgré l'indifférence totale qu'il m'inspire, les propos de ce type me blessent bien plus que je ne veux l'admettre. À court d'arguments, éclopée dans mon amour-propre, je hausse les sourcils et me détourne aussitôt de mon interlocuteur.

— Ouais, c'est ça ! T'as tout compris : va-t'en !

Les dents serrées, je me contente d'ignorer ses paroles. Un seul battement de cils et je fonds en larmes, de toute façon. Aurélie le sait, c'est d'ailleurs la raison pour laquelle elle reste muette.

La fin de cette horrible journée se déroule sans encombre. À midi, Aurélie et moi avons déjeuné dans les toilettes du premier étage (oui, je sais, ce n'est pas très ragoûtant, mais tellement mieux que de se faire lyncher par les élèves de sixième année[2]). Ensuite, lorsque la dernière sonnerie a retenti, signalant — ô bonheur ! — l'heure de rentrer à la maison, nous nous sommes fondues dans la masse jusqu'à la sortie. Puis, constatant que Charles et Ben patientaient devant les grilles du bâtiment, nous avons opté pour un détour et une marche à pied afin d'éviter toute nouvelle altercation avec les rhétos.

Malgré tout, je ne décolère pas. Le comportement outrageant de Ben et la violation de notre secret ont eu raison de ma bonne humeur habituelle. À tel point que j'en oublie presque l'heure de colle récoltée au cours de la première heure. Seul le visage blême d'Aurélie me rappelle la triste réalité.

— Alors, je ne te raccompagne pas, t'es sûre ?

— Certaine, merci ! Tu es tellement à fleur de peau aujourd'hui que ta présence risquerait d'aggraver la situation au lieu de l'améliorer.

J'affiche une moue déçue et boude quelques secondes pour la forme. En réalité, je suis consciente qu'elle a tout à fait raison.

— Dans ce cas, tu m'envoies un message ce soir pour me raconter tout ce qu'il s'est passé en détail ?

---

[2] Sixième année secondaire en Belgique équivaut à la Terminale en France.

— Promis ! Enfin, si ma mère ne me confisque pas mon portable en guise de punition.

Nous échangeons un sourire chaleureux par lequel nous nous transmettons mutuellement une bonne dose de courage, avant de nous séparer jusqu'au lendemain.

Chapitre 3

Une rencontre inattendue

À peine ai-je entrouvert la porte de la maison que Maya et Lucky sortent en trombe du salon pour m'accueillir. Heureuse, je m'accroupis à leur hauteur, puis tombe à la renverse lorsque ces deux ours me rejoignent.

— Eh, doucement !

Ravis de mon retour au bercail, mes amis me font la fête. La queue de Maya, blanche et noire, frétille frénétiquement tandis que Lucky s'impose sur mes genoux, réclamant encore plus de caresses. Sans l'ombre d'une hésitation, mes doigts pétrissent leurs incroyables fourrures à tour de rôle. Je pourrais rester des heures ainsi, à témoigner mon affection à mes compagnons poilus.

La tête plongée dans l'encolure de Lucky, je soupire d'aise pour la première fois depuis mon réveil, puis murmure à son oreille :

— Tu n'imagines pas à quel point vous m'avez manqué, tous les deux !

Comme s'il avait compris le sens de mes propos, Lucky me lèche le cou.

— Lucky ! Pouah !

— Kassy ? C'est toi ?

La voix de mon père résonne dans le couloir qui mène à la cuisine. Affamée, je m'empresse de le rejoindre, flanquée de mes deux compagnons.

— Coucou, Papa ! Coucou, Sophie ! Oui, oui, ce n'est que moi, t'inquiète.

Une délicieuse odeur de poivrons frais revenus dans l'huile séduit mes narines sitôt que j'entre dans la pièce. Sophie nous concocte-t-elle sa célèbre bolognaise ? À base de Qorn, naturellement, car chez les Rochecourt/Yvène, nous ne nous nourrissons pas de viande, pas plus que de poisson. Nous consommons en revanche des œufs et des produits laitiers.

Embarrassée, j'avise la présence d'Hélène, qui, le nez plongé dans son journal intime, relève la tête. Je la salue avant de recevoir une remontrance cinglante ou d'être accusée à tort d'être mal éduquée.

— Tiens ! Tu es là ? Bonjour, Hélène.

— Salut, p'tite sœur, me répond-elle d'une voix chantante.

Surprise par sa cordialité, j'adresse un regard soupçonneux à mon père qui, pour toute réaction, se contente de hausser les épaules.

— Tu as passé une bonne journée ? me risqué-je à demander.

Les sourcils froncés, elle m'annonce qu'elle avait prévu une sortie entre copines le vendredi suivant, mais que notre mère s'y est finalement opposée sous prétexte qu'elle avait dû programmer un de leurs fameux week-ends de formation entre filles.

— C'est en rapport avec…

Ma sœur m'interrompt avec véhémence, un air furieux collé sur le visage, avant que j'aie eu le temps de prononcer l'un des mots interdits.

— Kassy ! Tu sais que nous n'avons pas le droit d'en parler. Qu'est-ce qui te prend, à la fin ? Tu as perdu l'esprit ?

— Quoi ? Mais… Maman n'est pas là !

— Peu importe ! Tu connais les règles : interdiction formelle de faire allusion à quoi que ce soit. C'est trop risqué.

— Tu parles ! Je ne sais même pas de quoi il s'agit ! On pourrait m'enlever, me séquestrer, me torturer ou me forcer à parler sous la contrainte que je ne saurais pas quoi dire à mes ravisseurs !

— Crois-moi, tu en sais bien assez ! Et puis, entre nous, tu ne perds pas grand-chose. Quand je pense à tout ce que je rate, moi, ça me rend folle.

Ces mots, à peine un murmure, me troublent. Ce n'est pas dans les habitudes d'Hélène de se livrer ainsi. En général, elle ne se plaint jamais.

— Qu'est-ce qu'il se passe ? Pourquoi dis-tu ça ? Quelque chose ne va pas ?

— Rien du tout, oublie ça.

Cette répartie attise ma curiosité. Depuis l'enfance, mes sœurs et moi avons appris certains secrets liés à la famille Yvène et qui se transmettent de mère en fille depuis des temps immémoriaux. Des secrets que nous ne sommes pas autorisées à divulguer, bien entendu, sous peine de représailles conséquentes.

Le peu que l'on nous a enseigné (en tout cas à Sophie et à moi) se résume à trois fois rien. Par exemple, nous savons que seule l'aînée des filles porte le don au sein d'une même famille. Hélène, pour sa part, a commencé ses entraînements le jour de ses quatorze ans.

Au regard de ma mère, rien n'est plus important que ce secret. D'ailleurs, elle sacrifierait volontiers sa vie au profit de « la cause ». Le groupe auquel elle appartient est composé de douze membres. Douze prêtresses, plus exactement, qui se font connaître sous le nom de « Descendantes de Séraphine ». Enfin… le terme connaître est un bien grand mot, en l'occurrence, car je n'ai jamais rien trouvé sur le net les concernant.

Apparemment, chacune d'elles possède un pouvoir en particulier. Ma mère, par exemple, a la faculté de guérir toutes les blessures en l'espace de quelques minutes, suivant l'état de gravité. Ce qui, bien entendu, lui est plutôt utile en sa qualité de médecin. Même si elle ne s'en sert qu'à de très rares occasions, afin de garder l'existence de leur ordre aussi discrète que possible. J'ignore néanmoins quel genre de talents possèdent les autres et si ma sœur en a ou non hérité. Comme Hélène vient de le dire à l'instant, il leur est interdit d'aborder le sujet, voire d'avoir recours à leur don, à moins que certaines circonstances ne les y autorisent.

D'après Hélène – mais ça, c'est un secret qui lui a échappé – les Descendantes de Séraphine se relayent pour veiller sur un objet précieux en lien avec leur mission première. Mais si ma sœur s'est montrée suffisamment loquace pour nous en parler, elle a cependant refusé de nous en confier davantage. Je me dis que cela concerne peut-être l'étrange pendentif qu'elles portent toutes les deux autour du cou : une sorte de médaillon circulaire, au milieu duquel le visage d'un loup a été gravé. Mais je peux me tromper.

Sachant que je n'obtiendrai rien d'elle, j'abandonne ma frangine à son journal intime pour rejoindre mon père qui, comme toujours, s'abstient d'intervenir lorsqu'on aborde le sujet tabou.

— Qu'est-ce que tu nous prépares ? lui demandé-je poliment, l'estomac dans les talons.

— Bah ! Ça se voit, non ?

Devant moi, une substance jaunâtre repose au fond d'un poêlon. Une sorte de pâte épaisse et un peu visqueuse.

— Une pizza ? tenté-je à tout hasard.

— Une quoi ? Mais... Kassy, enfin ! C'est une pâte à choux, voyons !

Mon manque de connaissance en la matière l'offusque, j'en suis consciente. Contrairement à Sophie, je n'ai pas le moindre talent culinaire.

— Viens par ici, je vais t'apprendre, exige-t-il, motivé.

— Euh... tout de suite, je ne peux pas, Papa. Peut-être plus tard ?

— Et pourquoi « pas tout de suite », je te prie ? Qu'est-ce que tu nous mijotes ? m'interroge-t-il d'un air circonspect.

— J'ai... euh... Je dois me rendre à l'infirmerie ! Je n'y suis pas encore allée, aujourd'hui. Et j'ai aussi... des livres à vendre sur MarketPlace. Je te l'ai dit, j'ai besoin d'argent pour m'offrir le prochain roman de Maud Cordier. Il sort dans quelques jours et je tiens absolument à le commander au moment de sa sortie.

— Toi et tes livres, alors !

Je souris, consciente qu'il est beaucoup trop laxiste avec moi, une fois encore. Dans son dos, Sophie rigole. Témoin de mes catastrophes culinaires, elle préfère sans doute me couvrir plutôt que de subir ma présence entre ses pattes.

Dès que possible, je me faufile dans ladite « infirmerie » qui, en réalité, ressemble davantage à un hôpital pour animaux en détresse. La pièce est grande, comparée à ma chambre, mais les occupants y sont plus nombreux. Quatorze, si je ne me

49

trompe pas. Bien entendu, leur nombre varie au gré des jours et nous ignorons toujours combien de cas Maman aura à traiter chaque soir en rentrant. Alors, nous nous relayons pour la seconder au mieux.

Aujourd'hui, nous comptons parmi nos pensionnaires : deux chiens qui, de toute évidence, se sont battus ensemble ; une portée de six chatons retrouvée dans un sac humide aux abords du Geer [3] ; quatre oiseaux, dont une buse partiellement déplumée ; un campagnol à la patte arrière gauche estropiée. Oh ! un tout nouvel arrivant, dirait-on : un hérisson d'environ deux mois, le museau en sang.

D'après la fiche associée à la caissette dans laquelle repose l'animal, il aurait été victime de l'un de ces robots tondeuses particulièrement à la mode dans nos campagnes. Sur le document, je reconnais sans mal l'écriture fine, presque calligraphiée d'Hélène. Les renseignements inscrits m'apprennent qu'elle l'aurait trouvé dans un jardin voisin en rentrant de l'université, où elle étudie pour devenir vétérinaire.

Sous le charme, j'observe l'adorable boule de picots tout en réfléchissant. À deux mois, les hérissons ne sont plus vraiment des bébés, mais ne sont pas encore tout à fait adultes. Mieux vaut éviter tout contact avec les doigts… sait-on jamais. Je

---

[3] Petite rivière locale.

n'aimerais pas que ce mignon petit gars soit rejeté par ses pairs à cause de mon manque de discernement, et puis deux précautions valent mieux qu'une, non ?

Aussitôt dit, j'enfile une paire de gants en tissu peu épais afin d'évaluer la température de la bouillotte présente sous l'animal. Ne pouvant réguler sa chaleur par lui-même, il est important de le réchauffer le temps que durera sa convalescence.

— Elle me paraît un peu froide, n'est-ce pas ?

Incapable de me répondre, le mammifère cherche un endroit où se reposer sans être importuné. J'entreprends donc d'échanger sa vieille bouillotte contre une plus chaude et en profite pour changer l'eau de sa gamelle, lorsque je constate que monsieur Pic's n'a plus rien du tout à manger.

— Oh, ne t'en fais pas ! Je te ramènerai de quoi grignoter tout à l'heure.

Les autres espèces se portent plutôt bien, j'ai l'impression. Maman leur ayant déjà administré ses soins la veille, ils sont là pour une simple observation de routine avant de regagner leur domicile ou, à défaut, un des refuges les plus proches. Car en dépit de notre affection pour eux, il est bien évident que nous ne pouvons pas offrir un foyer à chacun d'entre eux.

Oui, vu de loin, on pourrait croire que nous menons une vie de rêve. Hélas, il n'en est rien et, derrière le rideau, ce n'est pas toujours facile. Certains arrivent chez nous dans un état pitoyable et tous ne survivent pas. Maman fait son possible, bien sûr, mais elle n'est pas Dieu, elle a ses propres limites. Certaines maladies lui sont incurables, telles que les cancers ou certaines bactéries spécifiques. Et puis, parfois, les guérisons consomment une grande partie de son énergie. Son don n'agit pas comme une baguette magique, ce serait trop beau.

En dépit de notre relation chaotique, j'admire la façon dont elle s'investit sans relâche pour chacun d'entre eux. Elle n'attend rien en retour, comme si c'était ancré au plus profond d'elle. C'est tellement incroyable. Parfois, j'en arrive à me demander pourquoi elle se comporte de cette façon envers Sophie et moi, alors qu'elle sacrifierait sa vie au profit d'une vache, d'un zèbre ou même d'un cloporte. C'est incompréhensible et surtout… c'est douloureux.

Dans ma chambre, Sirius et Luna m'observent depuis leur arbre à chats. Je m'approche lentement pour ne pas les faire fuir et gratouille généreusement le menton de Luna. Sirius, lui, préfère de loin que je lui frictionne le ventre. Un ronronnement joyeux s'échappe de mes deux boules de poils. Ce son doux et régulier m'apaise. J'en oublie presque tous mes déboires.

Afin de ne pas lambiner, j'allume la radio, où le présentateur annonce le titre de la prochaine chanson. Il s'agit de Earth Song, interprétée par Michael Jackson. Super ! Ma favorite. Curieusement, c'est celle que Maman préfère aussi. Eh oui, nous avons quand même ça en commun.

Face à ma bibliothèque, j'examine un à un les livres qu'elle abrite. Pour m'offrir ce nouveau roman, je dois en vendre au moins quatre… voire cinq, suivant ceux dont je choisirai de me séparer. Le choix est difficile, car je tiens à chacun d'eux. Il me faut pourtant déterminer lesquels rejoindront une nouvelle famille. À défaut d'avoir obtenu ce job étudiant au supermarché du coin pendant les vacances d'été, je dois procéder à quelques sacrifices.

Une fois cela fait, je réalise quelques clichés avant de placer les annonces en ligne. Il ne reste plus qu'à attendre les offres d'éventuels acquéreurs.

— Kassy ? Tu peux venir une minute ? me demande mon père d'un ton pressant.

Je le rejoins aussitôt au salon.

— Ta mère n'est pas encore rentrée du travail, m'apprend-il, dépité.

Puis, il ajoute :

— Je suis occupé avec mes choux, mais j'aurais besoin de quelques ingrédients pour la ganache. Tu peux aller me les chercher, s'il te plaît ?

— Pas de souci ! J'en profiterai pour rapporter de la nourriture adaptée à notre nouveau pensionnaire.

Je dois sortir Maya et Lucky, de toute façon. Cette petite promenade leur fera le plus grand bien.

— Merci, mon cœur. Tu peux prendre ma carte dans mon portefeuille, mais essaye de ne pas traîner. J'aimerais finir avant le retour de ta mère.

Au moment où j'ouvre le tiroir pour en extirper les laisses, Maya et Lucky rappliquent au quart de tour. Ces chiens sont trop malins ! Ils ont tout de suite compris que nous allions sortir.

Dans la rue, je marche d'un pas rapide en direction du magasin situé à deux kilomètres de la maison. Mais c'est sans compter le fait que mes compagnons s'arrêtent tous les mètres cinquante pour renifler l'environnement. Malgré le froid, le ciel est magnifique et j'avoue que j'ai très envie de flâner, moi aussi.

Au supermarché, je m'empresse de réunir la liste d'ingrédients fournie par mon père, mais le temps d'arriver à la caisse, une longue file s'est formée. Je bougonne entre mes dents en songeant à mes chiens restés dehors. Mais bien évidemment, les gens ne sont pas pressés. À croire qu'ils le font exprès.

— Ah ! Si c'est pas notre bonne vieille amie !

Mon corps tressaille. Je reconnais cette voix. Cet accent...
Eh merde !

D'instinct, je me retourne et avise Ben et Charles derrière moi dans la queue.

Seigneur, pourquoi eux ? Pourquoi aujourd'hui ? Voilà cinq ans que je fais mes courses ici sans jamais croiser Charles et maintenant, comme par hasard, sur qui je tombe ?

— Attention, chérie, tu commences à rougir, se moque-t-il ouvertement.

Je l'ignore et, sitôt mes achats payés, je me dirige vers le parking, où m'attendent patiemment Lucky et Maya.

— Allez, hop, hop, hop ! On se dépêche !

Mais bien entendu, mes poilus n'obtempèrent pas. Ils ont l'esprit de contradiction et prennent un malin plaisir à se liguer contre moi.

Tant pis, je cours !

Persuadée d'avoir gagné suffisamment d'avance, je ralentis enfin la cadence quelques centaines de mètres plus loin. Les chiens, en revanche, se sont pris au jeu et tirent sur la laisse de toutes leurs forces pour continuer la course.

— Bon ! Comme on se retrouve. Tu vas quelque part, ma belle ?

— Ben ! Ne recommence pas, tu me saoules, mec ! Je t'ai dit de lui ficher la paix.

Incrédule, j'observe la scène sans parvenir à esquisser le moindre mouvement. Charles et Ben me rejoignent, chacun perché sur une trottinette électrique. Exaspérée, je soupire. Ce n'est décidément pas mon jour.

— Quoi ? Qu'est-ce que tu me veux ? m'énervé-je tout à coup.

Le regard de Charles se pose sur moi, surpris. L'espace d'un court moment, j'aperçois une once d'agacement dans ses pupilles. J'ignore si le comportement de son ami en est la cause ou si c'est le simple fait de se trouver si proche de moi.

— Oh ! Mais c'est qu'elle mord ! Wouaf ! Wouaf !

Comme pour me témoigner son soutien, Lucky aboie avec virulence. L'effet est instantané. Le visage de Ben change instinctivement de couleur.

Aurait-on peur des chiens au Canada ?

— Tu perds ton temps, fillette, rétorque-t-il, énervé. Mon cousin mérite bien mieux que toi. T'es pas à la hauteur.

— Ben ! tonne la voix de Charles.

— Quoi ? Tu ne vas pas me dire que cette chose te plaît ?

Mon corps tout entier se crispe en entendant ces mots. Je ne suis pas jolie, je le sais. Mais est-ce un motif valable pour déverser son venin sur moi ? Que lui ai-je fait, au juste ?

— Ce n'est pas ce que j'ai dit, mais…

Sous l'effet de la nervosité, je serre les poings à en faire craquer mes phalanges, avant de m'éloigner aussi vite que possible. Mon estomac se tord. Je dois partir très vite ou ce caribou de seconde zone aura une bonne raison de me ridiculiser, une fois encore.

— Attends, m'implore Charles.

Je n'ose pas me retourner, de crainte qu'il ne cherche à m'humilier à son tour. Pourtant, je ne peux empêcher mon corps de lui obéir.

— Je suis désolé, vraiment. Mon cousin est un véritable idiot.

— Ce n'est pas grave, je mens.

Le ton de sa voix est doux, agréable. Je n'y décèle pas l'once d'une moquerie, bien au contraire.

— Je te raccompagne jusqu'à chez toi ? me propose-t-il gentiment.

Aucun sourire n'étire ses lèvres fines, mais je comprends à travers l'expression de son regard qu'il tente de racheter le comportement éhonté de son acolyte. De la pitié ! C'est encore pire que son indifférence habituelle.

— Ça ira, je te remercie. De toute façon, je ne suis plus très loin.

— Dommage ! Lucky aurait sûrement apprécié la balade. Son nouveau pote aussi. Comment s'appelle-t-il ?

Ai-je bien entendu ? Charles se rappelle du nom de mon chien ? C'est à peine croyable. Lucky était encore tout jeune lorsqu'il a déménagé.

— Maya. Ça me surprend que tu te souviennes de lui.

— Vraiment ?

Je confirme d'un hochement de tête, troublée par ces révélations.

— Ce n'est pourtant pas la seule chose dont je me rappelle.

Ma nervosité s'accentue. Que sous-entend-il ?

— Arrête ton charme, mec ! Elle va se liquéfier si tu continues.

La magie s'estompe aussi soudainement que si elle n'avait jamais existé. Pourquoi faut-il qu'il soit là, lui ? Pourquoi s'obstine-t-il à me pourrir la vie ?

— Ben ! Casse-toi cinq minutes, tu veux ?

— C'est bon, Charles ! T'en fais pas. J'y vais, de toute façon. Mon père va s'inquiéter et je ne supporterai pas ton super-cousin une seule minute de plus.

Sans attendre sa réponse, je me détourne à regret du beau visage de Charles, l'esprit chamboulé par un tas de sensations étranges. Le fait qu'il se souvienne de Lucky éveille en moi la flamme d'une promesse... d'un espoir qui, j'en suis consciente, ne devrait pas exister. Malgré tout, ses propos me reviennent inlassablement en mémoire : « Ce n'est pourtant pas la seule chose dont je me rappelle ».

Chapitre 4

Comportement suspect

Deux jours se sont écoulés depuis l'esclandre au collège. Comme je m'y attendais, la majorité des étudiants est passée à autre chose. Seul Benjamin continue de me harceler à la moindre occasion. Malgré l'insistance de Charles pour qu'il cesse de m'embêter, ce dernier s'obstine à se moquer de moi ouvertement. Dès que nous nous croisons au détour d'un couloir, monsieur pouffe sans raison, signalant à son cousin la présence inopportune de sa prétendante. J'ai beau me contenir, jouer les je-m'en-foutistes, son comportement me tape sérieusement sur le système. Je ne me retiens qu'afin d'éviter toute nouvelle remontrance.

D'ailleurs, en parlant de remontrances… la direction ne s'est pas privée de contacter mes parents pour leur apprendre mes petits écarts de conduite de l'autre jour. Et si ma mère n'a rien trouvé à dire en dehors d'un « je n'ai pas de temps à perdre avec tes bêtises d'ado », mon père, lui, n'était clairement pas content. J'ai donc récolté – en sus de mon heure de colle vendredi – une formation cuisine qui durera le week-end entier. Mais bon, je ne me plains pas trop non plus. Comparé à Aurélie, je peux m'estimer heureuse. Ses parents l'ont privée de sortie pendant deux longues semaines. Et c'est sans compter les bleus aperçus sur ses cuisses pendant l'heure de gym, hier. Elle ne m'a rien dit, mais je me doute bien qu'ils ne sont pas apparus là par magie. Enfin, le point positif, c'est qu'elle sera libérée juste à temps pour assister à la fête chez Charles, le vingt-et-un. Eh oui… j'ai fini par céder pour faire plaisir à Aurélie, et ce en dépit de la présence d'un caribou peu recommandable, que je ne nommerai pas.

— Tu rentres directement ? demandé-je à Aurélie.

En général, nous avons coutume d'aller chercher un cornet de frites à la gare tous les mercredis midi. Mais étant donné le climat qui règne chez elle actuellement, j'ignore si nous en aurons l'occasion.

— Oui, ma mère m'a clairement fait comprendre que je n'avais pas intérêt à être en retard, sous peine de voir ma peine se prolonger d'une semaine.

Dans un profond soupir, je pose une main sur l'épaule droite de mon amie.

— Plus que dix jours à tenir et tu seras enfin libre !

— Et toi ? Qu'est-ce que tu as prévu pour cette après-midi ?

J'hésite à lui répondre. Non pas que je souhaite le lui cacher, mais je culpabilise de jouir d'une liberté qu'elle n'a plus… en partie par ma faute.

— Je dois voir quelqu'un aux étangs, près du club omnisport. Tu sais, la personne qui a acheté mes livres. J'ai de la chance, elle les a tous pris d'un coup. Maintenant, il ne me manque plus que cinq euros pour commander le dernier tome d'Inalia.

Mon amie m'offre l'un de ses ravissants sourires sans toutefois me répondre. Elle est heureuse pour moi, je le sais, mais sa peine me blesse au point que j'en perds toute envie de me rendre au lieu de rendez-vous.

À la sortie des classes, je patiente un moment en compagnie d'Aurélie, le temps que son bus arrive. Oreye étant un petit village, j'ai proposé une entrevue à Waremme plutôt qu'à proximité de la maison. Après tout, on n'est jamais trop prudent. Mon père répète sans cesse que pour ce genre de choses, il vaut mieux privilégier un espace public. Et comme je le dis souvent : Papa a toujours raison !

J'arrive aux étangs cinq minutes plus tôt que prévu. J'en profite pour admirer le paysage qui s'offre à moi. Cette année, le printemps est en avance et, malgré l'air frisquet, le ciel arbore ses plus jolies couleurs. Partout, les arbres et les rochers encadrent les deux petits lacs où se réunissent tous les pêcheurs de la région. Je soupire, heureuse. J'ai l'impression de vivre au sein d'une aquarelle signée « Van Gogh ».

L'arrivée d'un S.M.S. interrompt le fil de mes pensées. Il s'agit de la personne avec qui j'ai rendez-vous.

« Bonjour Kassy0708, c'est MatouCat. Je suis là. Pouvez-vous me rejoindre à côté de la brasserie ? Merci d'avance ».

Sans plus attendre, j'envoie une confirmation annonçant ma venue et me dirige vers le bâtiment. Un homme est effectivement présent devant les portes de la brasserie. Vu de dos, il semble observer la carte.

— MatouCat ?

L'individu se retourne et mon cœur a un raté.

— Qu'est-ce que tu fiches là ?

À ma grande stupéfaction, la personne dissimulée derrière ce pseudo n'est autre que ce caribou de Benjamin ! Je ne comprends pas. Que vient-il faire ici ? A-t-il réellement l'intention d'acheter mes livres ou est-ce un nouveau plan pour m'humilier ?

— Hé ! Salut, ma belle ! chante-t-il de sa voix aiguë particulièrement désagréable.

Son rire provoque le hérissement du duvet présent sur mes avant-bras. Ma mâchoire se crispe, tandis que mes muscles se tendent dans tout mon corps : je suis en rogne.

— Qu'est-ce que tu fais là, Ben ? Qu'est-ce que tu me veux ?

Les traits de son visage s'adoucissent d'un seul coup lorsqu'il cesse de ricaner bêtement. Une expression gênée la remplace presque instantanément.

— Fallait que je te parle, seul à seule.

Mes yeux s'écarquillent de surprise. Je n'aurais jamais cru entendre ces mots-là un jour, surtout de sa bouche à lui.

— Comment as-tu su que c'était moi ? Et... pourquoi ne pas me l'avoir dit, tout simplement ? Pourquoi toute cette comédie ?

Il sourit.

— Facile. Tu utilises la même photo de profil sur Facebook que sur le blog de l'école. Quant au fait de savoir pourquoi je ne te l'ai pas demandé, franchement... Tu serais venue si je te l'avais proposé gentiment ?

Je reste silencieuse. Il devine néanmoins ma réponse, tant elle est évidente. Bien sûr que non ! Pour quelle obscure raison serais-je allée à un rendez-vous avec une personne qui prend un malin plaisir à se moquer de moi ?

— Je veux te mettre en garde, m'annonce-t-il de but en blanc.

— En garde ? En garde contre quoi ? Qu'est-ce que tu racontes ?

Seuls quelques mètres nous séparent. De là où il se tient, je n'ai aucun mal à distinguer le noir de ses iris... indissociable de celui de ses pupilles. Incroyable.

— On marche un peu ? me propose-t-il.

Toute trace d'égo a désormais disparu. J'ai l'impression de me retrouver face à une autre personne, un inconnu.

— Si tu veux, m'entends-je dire.

Je ne me sens pas très rassurée et, parallèlement, que pourrait-il m'arriver ? Nous sommes dans un lieu public et, même si le monde semble avoir déserté le parc cette après-midi, la brasserie regorge de couples venus déjeuner ou simplement prendre du bon temps. Au besoin, je n'aurais qu'à crier.

Nous marchons sur le petit sentier en bordure du Geer. L'eau n'est pas très claire, mais la présence de la rivière au milieu de cette nature environnante – à laquelle s'ajoutent le nasillement des canards et le gloussement des oies – emplit mon cœur d'une sérénité quasi magique.

— De quoi voulais-tu qu'on parle, au juste ?

Nous empruntons un chemin sinueux dissimulé derrière une rangée d'arbres. Le bosquet est minuscule, mais suffisant pour me croire provisoirement au centre d'une imposante forêt. Le plaisir est de courte durée, malheureusement, car déjà, un des lacs réapparaît au bout de quelques secondes.

— De Charles.

À l'écoute de ce nom, mes sens sont en éveil. Je tente de feindre l'indifférence, mais de toute façon, Ben ne me regarde pas. Son œil est absorbé par le mouvement des vagues à la surface de l'eau. Il poursuit :

— Écoute, je sais qu'il te plaît, mais crois-moi, mon cousin n'est pas du tout intéressé. Charles, c'est un gars qui aime sortir, changer de fréquentations toutes les semaines. Il ne sait pas comment te le dire sans te blesser.

Ma gorge se serre, mes doigts se crispent. Bien sûr, je sais depuis longtemps que je ne suis pas le genre de fille dont rêve Charles, mais se l'entendre dire de la bouche d'un membre de sa famille réduit mon cœur en cendres.

— En fait, il a peur que tu te méprennes à propos de ses interventions. Il m'a avoué qu'il avait pris ta défense dans le seul but de t'éviter une humiliation cuisante devant tout le monde. Depuis, ça le ronge. Il craint de te faire espérer pour rien.

J'aimerais pouvoir nier, lui jurer sur ma vie que je n'éprouve aucun sentiment à l'égard de son cousin et que toute cette histoire n'est qu'un malentendu, mais j'en suis incapable. Il ne me croirait pas, de toute façon. Et maintenant que tout le monde sait… Maintenant que Charles m'a adressé la parole et a pris ma défense en public, je ne peux plus faire machine arrière.

— Tu comprends ?

J'acquiesce, le temps de trouver le courage nécessaire pour jouer les indifférentes.

— Ouais, t'inquiète. De toute façon, je n'espérais rien du tout.

Cette fois, le regard de Ben se pose sur moi.

— Menteuse !

Je lève les yeux au ciel et ne pipe mot.

— Tu tiens vraiment à lui, hein ?

Incapable de prononcer une phrase cohérente, je reprends ma marche. Je ne m'étais même pas rendu compte que nous étions à l'arrêt. Ben m'attrape la main. Je la retire aussitôt et me détourne.

— Écoute, Kassy, même si je t'agace souvent à l'école, dans le fond, je te trouve plutôt sympa comme fille. Je n'ai pas envie qu'en rentrant chez toi, tu t'effondres sur ton matelas en inondant ton coussin de larmes et tout ça... Alors, je vais te proposer un truc, OK ? Tu ne capotes pas, hein, c'est juste une idée.

Je relève la tête, intriguée par cette expression typiquement canadienne. Enfin, j'imagine.

— Je t'écoute.

Le visage de Ben devient livide. Il se tortille sur lui-même tout en passant sa main dans ses cheveux mi-longs dressés grâce à du gel coiffant.

— Si tu veux te rapprocher de Charles, j'ai peut-être une solution.

— Je t'ai dit que je ne voulais pas...

Il m'interrompt, conscient que je mens. Il n'est pas dupe : il comprend que, contrairement à ce que je raconte, Charles est loin de me laisser indifférente.

— Je te propose quelque chose : on montre partout que tu es ma petite amie. Qui sait ? Ça pourrait le rendre jaloux.

Sous le choc, mes yeux s'arrondissent comme des soucoupes. Qu'a-t-il dit ?

Insensible à mon trouble, Ben poursuit son monologue :

— Voilà ce que je te suggère : on déjeune deux fois par semaine ensemble à la cantine et je passe te chercher chez toi tous les matins. On prend le bus et, suivant nos emplois du temps, on s'attend ou on rentre séparément. Le week-end, on s'organise pour les sorties, au cas où...

— Ben...

Il ne m'entend pas.

— Ben !

Il continue de déblatérer ses âneries, sourd à mes protestations.

— BEN !

Cette fois, mon ton le convainc de se taire une minute pour m'écouter. Mes mains tremblent et mon rythme cardiaque est trop rapide. Pourtant, impossible de le laisser poursuivre sur cette voie. C'est hors de question.

— Je ne peux pas faire ça !

Ma voix est un brin trop cassante. Consciente qu'il se passe un truc bizarre, mais aussi qu'il essaye d'être gentil pour la toute première fois, je prends soin de rectifier le tir.

— Pardon, je… Je suis navrée, mais ça n'est pas possible.

— Pourquoi pas ? me demande-t-il, le regard fier. Ce ne serait pas pour de vrai, mais juste pour…

Soudain, tout se déroule très vite. Je n'ai pas le temps de voir quoi que ce soit, qu'une sensation étrange, inconnue et… humide me force au silence. Les lèvres de Ben sont collées aux miennes, tandis qu'il tient fermement ma mâchoire entre ses doigts.

— Ben ! articulé-je tant bien que mal.

Je peine à respirer tant la pression qu'il exerce est forte.

Enfin, il me libère. Ses paupières s'entrouvrent légèrement et il me fixe avec une telle intensité que cela provoque une série de frissons le long de ma colonne vertébrale. Je tressaille.

— Qu'est-ce qui te prend ? Pourquoi as-tu...

J'ignore pourquoi, le terme « embrasser » refuse de sortir.

— ... fait ça ?

Il sourit, tandis que je lance un coup d'œil autour de nous : personne dans les environs, évidemment !

— C'était ta première fois ? me demande-t-il sans me quitter des yeux.

Mes joues s'empourprent. Je n'ai aucune envie de répondre à cette question.

— Ça ne te regarde pas !

Un nouveau sourire s'affiche sur son visage, tandis qu'il s'approche à nouveau. Ses mains se referment sur mes bras ballants et me maintiennent fermement. Une sensation de flottement me taquine l'estomac. Plaisir ou nausée, je ne saurais l'affirmer avec certitude. Dans le doute, je tente de reculer d'un pas, mais c'est sans compter la détermination de Ben à... réitérer son geste.

— Non ! murmuré-je.

— Pourquoi ? Tu n'as pas envie de savoir ce que c'est, de devenir une femme ? Toutes les filles de l'école rêveraient d'être à ta place, peut-être même certains gars, aussi.

Ses propos me choquent, pourtant, je choisis de ne pas relever. Je veux juste qu'il me laisse partir.

La pression de ses doigts s'accentue sur mon corps. Il se rapproche à nouveau et, à présent, sa bouche n'est plus qu'à quelques centimètres de la mienne. Mon cœur bat vite, trop vite.

— S'il te plaît, arrête.

— T'inquiète... je ne vais pas te manger, glisse-t-il à mon oreille avec son accent si particulier.

Les images fictives de situations similaires s'imposent à mon esprit. Les réactions possibles sont innombrables : un hurlement, une morsure, un coup de boule en plein nez ou encore un genou bien placé dans les bijoux de famille... et, pourtant, je n'ai aucune réaction. Je reste plantée là, à le regarder bêtement.

Ses lèvres se posent délicatement sur les miennes, tendres, chaudes. Jamais je n'aurais soupçonné une telle douceur chez lui. Sa langue tente de se frayer un passage entre mes dents. Impossible, tant je suis crispée.

— Détends-toi, m'enjoint-il, le souffle court.

Ses mains libèrent peu à peu mes bras pour venir s'enrouler autour de ma taille. Les miennes pendent toujours mollement le long de mes flancs, inertes.

— Serre-moi fort.

Ma gorge me brûle et mon cœur bat la chamade. C'est si... agréable et, pourtant, ce n'est pas du tout comme ça que j'imaginais recevoir mon premier baiser. Dans chacune de mes visions, Charles se tenait face à moi. Or, en cet instant, ce n'est pas lui l'acteur principal.

Bon sang, Kassy ! À quoi est-ce que tu joues ?

— Je suis désolée, Ben. Je... Je dois partir.

— Quoi ? Mais non... reste !

Il me supplie presque. Le pire, c'est qu'une part de moi voudrait lui obéir, même si j'ignore pourquoi. Je dois vraiment être folle. Et puis, de toute façon, c'est impossible. C'est Charles que j'aime, et non Ben. Peu importe que Charles demeure inaccessible, ce n'est pas une raison pour embrasser le premier venu. Un gars qui, ce matin encore, prenait plaisir à me mener la vie dure.

— Je suis navrée. Il vaut mieux que je parte.

— Mais, attends ! Qu'est-ce qu'il te prend ?

J'entends de la colère dans sa voix, de l'incompréhension également. Quoi de plus normal ? J'aurais dû réagir plus tôt et non le laisser faire. Je n'ai malheureusement aucune réponse à lui fournir et la vérité serait bien trop cruelle à admettre.

— Je dois rentrer.

Sans plus attendre, j'effectue un demi-tour et commence à m'éloigner rapidement le long du sentier emprunté un instant auparavant. Ben me suit, déterminé à ne pas me laisser filer. Lorsqu'il me rattrape, je trébuche et m'étale de tout mon long sur le gazon. Ses mains enserrent mes poignets sans ménagement. Son regard est devenu froid, dur comme de la pierre. Le Ben auquel je suis habituée est de retour.

— Purée ! Mais à quoi tu joues ?

Il ne répond pas, mais s'empare violemment de mon visage. Ses lèvres s'écrasent brutalement contre les miennes, avides d'y goûter à nouveau. La colère me gagne. Je me débats, car vraiment, il va trop loin. Sa force surpasse la mienne, cependant, et il parvient sans difficulté à me maîtriser.

— Lâche-moi, Ben ! Tu me fais mal ! tonné-je tout en lui administrant une claque phénoménale qui le freine dans son élan.

Surpris par ma réaction, il s'écarte et pose machinalement la main contre sa joue, à l'endroit où je l'ai giflé. Je regrette aussitôt mon geste, bien qu'il ne l'ait pas volé. Je suis en rogne, outrée par son comportement bestial.

Lorsqu'il me laisse davantage d'espace, je me relève et, bien décidée à ne plus lui adresser la parole, je quitte les lieux sans un regard en arrière.

— Kassy, reviens. J'ai deux mots à te dire, me lance-t-il d'une voix calme, parfaitement contrôlée.

Je l'ignore, ne me retourne même pas, pourtant, je sens clairement sa présence dans mon dos et cela ne me rassure pas. Qui sait de quoi il est capable après la scène dont j'ai été témoin ? Que dis-je ? Victime !

Mes réflexions s'interrompent lorsque résonnent à mes oreilles des roucoulements insolites près d'un buisson. Je n'hésite pas longtemps et, quitte à ce que Ben me rattrape, m'enquiers de l'animal blessé. Car aucun doute là-dessus : il s'agit d'un colombidé, tombé d'un nid.

— Qu'est-ce que tu fais, encore ? me demande Ben, agacé.

— Laisse-moi tranquille, Ben. Je n'ai plus rien à te dire.

Curieusement, il s'exécute et observe la scène en silence. L'attente est de courte durée, car je ne mets qu'une minute à dénicher l'oiseau. Une tourterelle à l'aile brisée.

— Pauvre petite chose ! murmuré-je tout en posant mes lèvres au sommet de son crâne.

Une larme m'échappe et glisse lamentablement le long de ma joue. J'ignore si elle est due à la blessure de cet oiseau ou à la situation que je viens de vivre. Quoi qu'il en soit, cette brave bête me sauve la mise.

— Qu'est-ce que tu vas faire ? me demande Ben, intéressé.

Son teint pâlit. À croire que la vue d'un animal blessé lui donne le vertige. À moins que lui aussi ne soit sous le choc de ce qu'il s'est passé entre nous ?

— Je le ramène chez moi.

— Pourquoi ?

J'hésite un moment avant de lui dire :

— Ma mère est médecin. Elle le soignera.

— Ce ne serait pas mieux de le déposer chez un vétérinaire ? Il y en a un près de la gare.

— Inutile, Maman fait ça tous les jours. Elle a l'habitude.

— Vraiment ?

Il semble réellement impressionné et, malgré l'aversion que je ressens envers ce type, je ne peux m'empêcher de lui avouer :

— Oui. Nous possédons une sorte d'hôpital pour animaux en détresse, à la maison. C'est… de famille. On adore leur venir en aide.

Le regard qu'il m'adresse me trouble. Décidément, Benjamin Fraikin n'est pas un individu comme les autres.

J'ignore qui il est ou les raisons qui l'ont poussé à vivre en Belgique, mais une chose est sûre… il me déconcerte.

Chapitre 5

BEN

L'esprit en pleine confusion, je me précipite dans ma chambre en prenant soin de claquer la porte le plus violemment possible. Un moyen d'extérioriser ma frustration ? D'attiser la colère de ma tante ou de mon oncle ? Je n'en sais rien. Et puis, d'ailleurs… qu'est-ce que ça change ? Au point où j'en suis, cette journée ne peut pas être pire.

— Ben ?

La voix de mon cousin résonne depuis le hall de nuit.

Maudit soit-il ! Y a vraiment pas moyen d'être tranquille, dans cette maison ?

L'importun n'attend pas ma permission pour pénétrer dans ma chambre.

Eh bah... Pour le respect de l'intimité, on repassera !

— Qu'est-ce qui t'arrive ? Tu étais passé où ?

Les bras accotés à la commode à tiroirs, je prends soin d'éviter mon reflet dans le miroir et réponds d'un ton las et exaspéré :

— Pas maintenant. J'ai besoin d'être seul.

À l'image de ses parents, Charles est un vrai pot de colle. J'ai beau les apprécier, leur être reconnaissant pour tout ce qu'ils font pour moi, parfois leur insistance me tape sérieusement sur les nerfs. Toute la famille s'inquiète pour mon bien-être au point que ça m'agresse. Quand comprendront-ils que je vais bien ? Que je n'ai pas besoin de discuter ni de leurs stupides séances chez le psy ? Tout ce que je demande, moi, c'est de pouvoir rester seul de temps à autre pour réfléchir. Mais non... c'est trop difficile, apparemment.

— Allez, raconte !

Il semble vraiment soucieux face à mon trouble. Seulement, impossible de lui dire. Son passé avec Kassy complique tout.

Il ne comprendrait pas. Pire encore, il m'en voudrait pour ce que je lui ai fait. Et en même temps... qu'est-ce qui m'a pris, sérieux ?

Balayant les pensées déplacées qui affluent à mon esprit, je crache, sur la défensive :

— Je n'ai rien à dire.

— Arrête ! insiste Charles. Je vois bien que tu n'es pas dans ton assiette. Que s'est-il passé ?

Différentes scènes s'imposent à nouveau, mais l'une d'elles se démarque : celle où sa main atterrit sur ma joue. Que de haine dans son regard, à cet instant... Je crois qu'elle me déteste pour de bon, à présent.

— Ben ?

— Il n'y a rien ! Je vais bien, OK ? Maintenant, j'aimerais être un peu seul, si ce n'est pas trop te demander.

Les yeux ronds, Charles recule vers la sortie, les bras en l'air :

— D'accord. C'est bon, j'ai compris, je te laisse. Débrouille-toi avec tes démons, si ça te chante !

Enfin ! Ce n'est pas trop tôt.

La porte refermée, je m'écroule sur mon lit et savoure un instant le silence. Il sera de courte durée, j'en suis sûr. Tant de choses me préoccupent en ce moment que ça me donne la migraine.

Et effectivement… sitôt dit, les images de cette après-midi défilent devant mes yeux. La façon dont elle a pris soin de cet oiseau après que… Je chasse ces visions aussi vite que possible, mais elles reviennent à la charge pour mieux me torturer.

STOP ! Je refuse d'y penser. Pas maintenant.

Confus, j'attrape mon téléphone et, après avoir mis en place mes airpods, je lance ma playlist spéciale. L'effet est instantané : les larmes jaillissent en nombre et la rage consume mon cœur. Afin d'accentuer mon mal-être, je visionne une à une les images de ma galerie photo, en prenant soin de me remémorer dans le moindre détail chaque souvenir auquel elles sont associées.

— Bien fait pour toi, crétin.

Chapitre 6

Mauvaise journée

J'arrive à la maison aux alentours de seize heures trente. Je suis en retard, mais personne ne remarque ma présence dans le salon. Pas même Lucky et Maya, qui se sont réfugiés dans leurs paniers, les oreilles rabattues. En revanche, des échanges verbaux très animés m'accueillent depuis le hall de nuit situé au premier étage.

Et c'est reparti…

— Arrête, Gabrielle ! Tu te fiches bien de ce qu'elle ressent, admets-le ! Il n'y en a que pour toi et tes satanées prêtresses !

Maman rétorque :

— Quoi ? Tu racontes n'importe quoi, ma parole ! Mais bien entendu, tu es trop occupé à fuir la réalité et à te voiler la face pour affronter tes problèmes. Ce n'est pas lui rendre service, ça ! Il est temps pour elle de se confronter à la réalité. J'y suis bien parvenue, moi ! Et les médecins nous l'ont dit, Stéphane : elle n'a rien du tout ! Ce n'est que pure comédie.

— Elle a vécu un traumatisme, Gabrielle ! UN TRAUMATISME ! Quand le comprendras-tu ? Tu avais peut-être un lien particulier avec Noémie, mais tu n'étais pas la seule, je te signale. Et ça, tu as tendance à l'oublier.

Les hostilités reprennent de plus belle. Comme chaque fois, chacun de mes deux parents souhaite avoir le dernier mot de cette énième dispute. Pour ne pas changer.

— Que se passe-t-il, cette fois ? demandé-je à Hélène, occupée à appliquer du vernis rose pailleté sur ses ongles.

— À ton avis ? me répond-elle d'un ton glacial tout en lançant un regard assassin en direction de Sophie, planquée derrière l'îlot central de la cuisine.

La pauvre est en larmes, adossée au frigo américain. En dehors de ses yeux rougis, son visage est aussi pâle qu'une feuille de papier vierge.

— Ce n'est pas la peine de me lorgner comme ça ! s'emporte notre aînée lorsque, à mon tour, je lui adresse un regard courroucé. Je n'y suis pour rien, moi.

— Purée, Hélène ! Tu vois quand même que Maman exagère, non ? Tu pourrais essayer de calmer les choses, pour une fois, au lieu de les envenimer.

Furieuse, ma sœur se lève et pointe sa lime à ongles vers moi, l'air hautain.

— Eh ! Je n'ai pas d'ordre à recevoir d'une gamine de seize ans, compris ? C'est entre vous, je n'ai rien à voir là-dedans. En plus, j'ai déjà bien assez à gérer comme ça, alors vous êtes gentilles, mais vous m'oubliez, OK ?

Agacée, je hausse les épaules et envoie un signal à Sophie pour qu'elle me rejoigne dans ma chambre *illico presto*. Nous avons à parler, elle et moi. Enfin… parler est un terme un peu fort, en l'occurrence, car Sophie est aphone depuis presque six ans, maintenant. Il lui arrive de prononcer un mot ou deux à l'occasion, mais avec quelques privilégiés seulement, dont je me vante de faire partie. Ce qui n'est pas le cas d'Hélène ou

Maman, faut-il le préciser ? Ce n'est pas faute d'essayer, pourtant, mais que voulez-vous, c'est plus fort qu'elle.

Arrivée dans ma chambre, je pose ma tourterelle prénommée Angèle sur mon bureau, à côté de mes classeurs. Je la déplacerai à l'infirmerie un peu plus tard, lorsque la tempête sera passée. Ça vaut mieux.

Luna et Sirius, intrigués par l'odeur que dégage notre invitée, viennent rôder autour du carton perforé que j'ai déniché au magasin de chaussures du centre-ville en rentrant.

— Hep ! On ne touche pas, c'est compris ?

Ils m'ignorent superbement. Je m'adresse à ma sœur lorsque, à son tour, elle pénètre dans ma chambre.

— Approche.

Mes bras sont largement ouverts afin qu'elle puisse s'y réfugier. Sans demander son reste, elle s'y blottit et fond en larmes.

— Chut… ce n'est rien, So. Tu commences à la connaître, non ? Elle crie, s'énerve et pique sa crise, mais demain, tout sera redevenu normal.

Un ange passe, puis deux.

— Quel était le sujet de la dispute ?

— Con-vocation, me répond-elle succinctement entre deux sanglots.

Si je fais partie des élus à qui Sophie parvient à adresser la parole, je dois malgré tout me débrouiller avec un minimum d'informations et deviner le reste.

— Aïe. Tu t'es à nouveau fait virer ?

Un nouveau flot de larmes jaillit de sous ses paupières. Je me mords les lèvres jusqu'à m'en faire mal. La pauvre, c'est la neuvième fois en six ans qu'elle est priée de choisir un autre établissement pour poursuivre ses études. C'est d'autant plus stupide qu'elle possède une bonne moyenne générale. Enfin… comme chaque fois, j'imagine que pour ma mère, perdre quelques minutes de son précieux temps pour trouver une école qui acceptera ma sœur malgré son handicap, c'est trop demander.

En novembre dernier, il était question de l'inscrire dans l'enseignement spécialisé. Elle n'y a échappé de justesse que grâce à l'intervention de notre père. Mais y parviendra-t-il à nouveau ? Aux hurlements qui fusent depuis le premier étage, je me permets d'en douter.

— Ne t'en fais pas. Papa va te sortir de là.

Elle ne répond pas, mais je lis une profonde gratitude dans son regard.

— T'inquiète, ça va aller, lui murmuré-je tout en déposant un baiser contre sa tempe. On en a vu d'autres, pas vrai ?

En vérité, j'admire ma sœur. Sophie est mon héroïne des temps modernes. Elle est à la fois belle et intelligente, discrète et douce, mais en plus de tout cela, c'est une battante, une survivante, je dirais même.

Son mutisme est la conséquence d'un traumatisme auquel personne n'est préparé, surtout pas à cet âge. J'avais tout juste dix ans lorsque ma sœur, Noémie – la jumelle de Sophie – est décédée des suites d'une leucémie. Elle n'avait que treize ans. Sa disparition nous a profondément affectés, chacun à notre manière.

Maman a sombré dans une dépression importante, qui a duré presque deux années entières. Je pense que sans le soutien de son psychiatre et le traitement médicamenteux prescrit, la pauvre ne serait plus là pour en témoigner à l'heure actuelle. Personnellement, je considère la perte d'un enfant comme étant contre nature. Perdre un parent, c'est une torture, bien sûr, mais c'est dans l'ordre des choses. Ainsi le veut la vie. Survivre à sa progéniture, je crois qu'il n'existe aucune douleur pire que celle-ci. Voir ma mère dans cet état végétatif a presque été aussi pénible que le deuil en lui-même. Elle ne quittait son lit que pour se rendre à la salle de bains ou chez le médecin. Elle ne se nourrissait quasiment plus et c'est à partir de ce moment-là que nous sommes devenues invisibles à ses yeux. Sophie et moi, en tout cas. Hélène, elle, s'est métamorphosée en diamant brut et a accaparé toute son attention.

Papa a été notre pilier central, notre roc. Malgré sa propre tristesse et son affliction, il s'est battu pour que nous n'ayons pas à ressentir la perte d'une mère en même temps que celle de notre chère sœur. Il a tout géré de A à Z. Les courses, la cuisine, le ménage, l'école… tout ! Son travail en a subi les conséquences, évidemment. De cadre bancaire, il est devenu simple conseiller financier, mais cela ne l'a pas dérangé pour autant. Il l'a fait pour nous, pour notre famille. Et il répète sans cesse qu'il recommencerait si cela devait se reproduire. Il prétend n'avoir aucun regret.

Hélène, quant à elle, s'est enfermée dans une sorte de bulle. Le jour où Noémie s'est éteinte, elle a quitté l'hôpital en pleurs et n'est revenue qu'à la nuit tombée, munie d'un journal intime dans lequel elle écrit encore régulièrement. Je ne me rappelle pas l'avoir vue verser une larme depuis ce fameux soir. Elle a coupé les ponts avec toutes ses anciennes amies et a rejoint un groupe de pimbêches prétentieuses à qui elle tente de ressembler pour je ne sais quelle raison.

C'est pour Sophie que les conséquences ont été le plus dramatiques. On pourrait croire que perdre l'usage de la parole est assez cher payé pour la disparition d'une sœur. Mais Sophie et Noémie, c'était bien plus que cela. Elles étaient si... fusionnelles. Toujours collées l'une à l'autre tels les deux doigts d'une seule main. C'était si beau à voir. Jamais une dispute. Elles étaient sœurs, amies et âmes sœurs. Perdre sa jumelle a été comme lui retirer son ombre, une partie d'elle-même, sans laquelle elle ne peut vivre heureuse. Sophie sans Noémie, c'est le yin sans son yang... C'est inconcevable, ça n'a pas de sens, et pourtant... Le vingt-quatre janvier d'il y a six ans a marqué le début de la fin, de notre fin à tous. Notre relation avec Maman a été brisée à tout jamais. Hélène s'est éloignée de nous et Sophie y a laissé une partie de son âme. Seul mon lien avec Papa semble s'être renforcé à la suite de ce tragique incident. Est-ce pour cette raison que Maman nous en veut à ce point ?

Je ne sais pas...

Un mouvement sur ma manche interrompt le fil de mes pensées. Devant moi, Sophie tente de prononcer un mot qui, de toute évidence, ne parvient pas à franchir le seuil de ses lèvres. Elle se force, mais en dehors d'une succession de bégaiements incompréhensibles, rien ne vient.

Maman a eu beau essayer de la guérir grâce à son don, aucun de ses efforts n'a obtenu l'effet escompté. Enfin... c'est quand même un peu grâce à elle que Sophie est capable d'en sortir un ou deux de temps à autre, j'imagine.

Épuisée, Sophie pointe du doigt la boîte en carton perforée sur le bureau. Je réalise alors qu'elle souhaite savoir ce qui se cache à l'intérieur. D'un revers de la main, j'efface la larme qui roule le long de ma joue. Mon nez est bouché et mes yeux sont certainement bouffis. Je déteste cette sensation d'état second ainsi que les maux de tête qui s'en suivent généralement. Et pourtant, c'est comme ça chaque fois que le fantôme de ma sœur revient me hanter.

— Oh ! J'allais presque oublier. Je te présente Angèle. Elle est tombée de son nid dans le parc près des étangs. Son aile est cassée. Je dois la conduire à l'infirmerie pour qu'*elle* la soigne.

La vision de ma tourterelle blessée ravive un nouveau souvenir. Un épisode plus récent : Benjamin. La sensation de ses lèvres chaudes, brûlantes contre les miennes, me revient en mémoire. Est-ce que tous les premiers baisers font ce genre d'effet ? Cette impression de papillons qui virevoltent au creux de l'estomac ?

— Rou… Rouge, m'informe Sophie tout en pinçant mes joues.

Un léger sourire en coin s'affiche sur son visage.

— Moi ? Mais non ! Qu'est-ce que tu racontes ?

Je suis sur la défensive. Cela renforce l'hypothèse que ma sœur s'est d'ores et déjà forgée et qui, je le devine, est bien trop proche de la réalité.

— Pou-pourquoi ret-tard ?

Je la trouve bien bavarde, tout à coup. Vite ! Une excuse !

— Ah, ça ! C'est parce que j'avais rendez-vous au parc pour vendre mes livres. C'est en partant de là que j'ai découvert Angèle, alors je l'ai ramenée chez nous.

Son regard incrédule me laisse perplexe. Quoi ? Mon excuse est plausible et proche de la vérité, non ?

Amusée par ma réaction, Sophie m'indique mon sac à dos. Ce dernier, abandonné négligemment au pied de la garde-robe, est entrouvert. À l'intérieur, on peut distinguer les bouquins.

Oups ! Grillée...

— Bon, d'accord. Je vais tout te raconter. Mais ce n'est pas du tout ce que tu crois ! capitulé-je, consciente d'avoir perdu la partie.

Ravie, ma sœur s'installe sur mon lit et me propose de venir la rejoindre. Je suis heureuse de pouvoir détourner ses pensées du conflit familial qui se poursuit à l'étage. Pendant près d'une demi-heure, je lui raconte toute l'histoire. Depuis le fait que Ben ait brisé ma maquette technologique en passant par ses moqueries et cette invitation à devenir sa petite amie fictive.

J'enchaîne avec le baiser volé et conclus par sa réaction étrange peu avant mon départ. J'évite cependant de lui révéler l'insistance et la rudesse employées par Ben, j'ignore pourquoi. Sans doute ai-je honte de ne pas m'être rebellée plus tôt. De m'être laissé toucher sans rien dire. Après tout, je ne l'ai pas repoussé comme j'aurais dû. Évoquer les évènements de cette manière me trouble. Les vivre, c'est une chose, les raconter en est une autre. Avec du recul, j'avoue que je me pose davantage de questions sur le comportement incohérent de Ben.

— Il t'aime, m'assure Sophie.

Je ris. On voit qu'elle lit trop et qu'elle ne connaît pas le phénomène.

— Je... sé-rieuse, insiste-t-elle dans un ultime effort.

Je soupire. Comment lui faire comprendre les choses sans la vexer ? Ben n'est pas amoureux de moi. Il me supporte à peine. Ce baiser ne signifiait rien pour lui. C'était juste une nouvelle façon de m'humilier, ni plus ni moins.

— Non, So. Tu devrais voir le malin plaisir qu'il prend à me ridiculiser devant toute l'école.

— Simple tac-tac-tique.

Je ne réponds pas, trop occupée à analyser cette vision des choses. Benjamin, amoureux de moi ? Non, c'est carrément impossible. Ça ne colle pas. D'abord parce que quand on aime ou que l'on apprécie quelqu'un, on ne veut pas l'humilier en permanence devant ses pairs. Ensuite, parce que l'on ne cherche pas à se faire détester, bien au contraire. C'est ridicule.

Dans l'entrée, la porte claque violemment. Sophie et moi échangeons un regard surpris.

— Qu'est-ce que c'était ? demandé-je tout me levant d'un bond.

Sophie m'imite et c'est ensemble que nous nous rendons au salon en quatrième vitesse, où seules Maman et Hélène sont présentes. Est-ce mon père qui a quitté les lieux de façon si précipitée ? Cela ne lui ressemble pas.

Le regard de ma mère passe de Sophie à moi à plusieurs reprises. Les signes de sa mauvaise humeur marquent ses traits, pourtant, je ne peux m'empêcher de lui poser la question qui me brûle les lèvres :

— Où est Papa ?

— Ton père et moi avons décidé de nous séparer, déclare-t-elle sèchement sans la moindre émotion apparente, un peu comme si elle nous annonçait une banalité qui la dérangeait sans pour autant l'irriter plus que ça.

— Pardon ?

— Tu as parfaitement saisi ce que je viens de dire, Kassy. Ne m'oblige pas à le répéter. Quant à toi, Sophie, je ne veux plus te voir avant la fin de la semaine. File dans ta chambre.

Docile, ma sœur s'exécute. Face à cette sentence des plus cruelles, je ne peux tenir ma langue :

— Mais, Maman ! Tu ne peux pas…

— Peut-être souhaites-tu une punition identique, Kassy ?

La colère me gagne. Elle envahit mes veines et je parviens tout juste à me contenir. J'aimerais exploser, lui avouer combien nous en avons assez d'être traitées avec un tel mépris, mais il s'agit de ma mère. Je n'ose pas.

— Quand est-ce qu'il revient ? demandé-je tout en maîtrisant au mieux le ressentiment qu'elle m'inspire en cet instant précis.

— Tu n'as pas encore compris, Kassy ? Papa et Maman divorcent ! Papa ne remettra plus les pieds ici ! T'es contente ? hurle Hélène, en proie à une crise d'hystérie inhabituelle chez elle.

Mes mains tremblent, le sang bout en moi. Papa ne reviendra plus à la maison. Mais… pourquoi serait-il parti sans nous ? Sans Sophie et moi ? Ce n'est pas logique. Pour quelles obscures raisons nous aurait-il abandonnées chez elle, sachant qu'elle ne nous aime pas ? C'est inconcevable.

Tout à coup, j'ignore ce qu'il me prend. Je n'ai pas l'instinct belliqueux, mais cette fois, c'est plus fort que moi… Je fonce sur Hélène comme une furie, la renversant au passage. Je crie, je hurle des propos incompréhensibles et un flot de larmes jaillit de sous mes paupières.

— Kassy, arrête ! gronde ma sœur, tandis que je lui arrache les cheveux.

— Nom de Dieu, Kassy ! Tu vas cesser tout de suite, oui ?

Ma mère vocifère, mais n'ose s'interposer de crainte de recevoir un mauvais coup.

Je n'en ai cure. Elle l'a bien cherché.

Les images de cette folle journée défilent devant mes yeux : la punition d'Aurélie, ma rencontre avec Benjamin et, à présent, le divorce de mes parents. Qu'est-ce qui m'attend encore après ça ?

Forte de son entraînement au sein des Descendantes de Séraphine, Hélène prend rapidement l'avantage sur notre duel. En moins de deux, elle m'immobilise comme si je ne pesais guère plus qu'un papillon.

— C'est bon ? Tu es calmée ?

Pour toute réponse, je m'égosille. Le son qui s'échappe de ma bouche s'apparente au grognement d'un vieil ours aigri.

Hélène me gifle violemment. Surprise par la douleur autant que par son geste, de nouvelles larmes rejoignent leurs sœurs. Mon regard est figé dans le vide.

— Et maintenant ?

Je dois bien reconnaître que cette claque m'a étonnamment refroidie. À contrecœur, je lui adresse un signe de tête, symbole de ma reddition. Ma haine et ma colère sont toujours intactes, toutefois, je culpabilise d'avoir agi de la sorte. La violence ne résout jamais rien.

— J'espère que tu es fière de toi, tempête ma mère, sourcils froncés. Maintenant, va dans ta chambre. Je ne veux plus te voir non plus.

Je n'en crois pas mes oreilles. C'est pourtant bien Hélène qui m'a provoquée, non ? Alors, pourquoi est-ce encore moi qui écope d'une punition ? Certes, je l'ai mise à terre, mais n'était-ce pas mérité ? Ne l'avait-elle pas cherché ?

En rogne, je gagne ma chambre, bientôt rejointe par Maya et Lucky. Un instant plus tard, j'entends qu'on tourne une clef dans la serrure. Incrédule, je me précipite et vérifie que le cliquetis n'est pas le fruit de mon imagination. Malheureusement, mes craintes sont fondées. La porte s'avère bel et bien verrouillée.

Chapitre 7

Une goutte de trop

J'ouvre péniblement les yeux lorsque le réveil sonne sept heures trente. La nuit a été longue et entrecoupée de rêves étranges. Les dernières images s'estompent déjà. Je me souviens vaguement qu'il était question de pierres dressées, d'animaux, mais aussi d'une lumière intense, aveuglante. Ce n'est pas la première fois que cela se produit et, pourtant, je me sens bouleversée à chaque nouvel épisode. Un peu comme si mon subconscient s'obstinait à ne pas comprendre un message que l'on tentait de lui transmettre. C'est difficile à expliquer.

Aussitôt levée, Luna et Sirius s'enroulent autour de mes jambes, réclamant leur dose de papouilles habituelle. Maya et Lucky en font autant. Aujourd'hui, néanmoins, je n'ai guère envie de les satisfaire. D'une part, car un violent mal de tête me martèle les tempes, ensuite parce que Papa n'est pas rentré à la maison. J'ignore où il a passé la nuit, mais ce n'est pas ici. Bien sûr, j'ai essayé de le joindre par téléphone et SMS, sauf que… rien ! Son portable semble éteint. Peut-être est-il tombé en panne de batterie ? J'espère juste qu'il ne lui est rien arrivé de grave.

Nauséeuse, je titube jusqu'à la salle de bains et ouvre l'armoire à pharmacie. J'attrape deux aspirines, que j'avale aussitôt mes dents lavées, et prends exprès tout mon temps pour m'habiller, de crainte de rencontrer Maman au salon. Par chance, c'est son jour de repos hebdomadaire et elle dort encore profondément quand je quitte les lieux pour me rendre au collège. Je suis heureuse qu'elle n'ait pas oublié de déverrouiller la porte au moment d'aller se coucher. J'aurais eu du mal à aller en cours, sinon !

Après avoir déposé Angèle à l'infirmerie et rédigé une petite note à l'attention de Maman, je retrouve sans surprise

Aurélie devant l'entrée. Ensemble, nous nous dirigeons d'un pas rapide jusqu'à l'arrêt de bus au bout de la rue.

— Toujours pas de nouvelles ? me demande-t-elle suite à notre échange de SMS de la veille.

— Non. Mon père n'a plus ses parents ni de famille dans le coin, d'ailleurs. Je ne sais vraiment pas où il a pu aller.

— À l'hôtel, peut-être ?

— C'est possible, je ne sais pas.

— T'inquiète, il reviendra. Jamais il ne vous abandonnerait aux griffes de ta mère.

Nous arrivons à l'école pile au moment où la première sonnerie retentit. Ce matin, nous avons cours d'arts plastiques à l'annexe « C ».

— Et toi ? Avec tes parents, ça se passe comment ?

Mon amie couine une sorte de « ça va », que je traduis par un « on change de sujet, s'te plaît ». Je n'insiste donc pas, d'autant plus que sur le chemin qui nous sépare du local, j'avise un groupe de rhétos parmi lesquels je reconnais Charles et Ben.

Mon estomac se contracte. J'ignore comment réagir en présence de Ben depuis l'incident du parc, hier. Va-t-il se montrer plus gentil avec moi et cesser de m'humilier en public ? Si j'accorde un tant soit peu d'intérêt à l'hypothèse de Sophie, en toute logique, oui. En réalité, je ne sais pas du tout.

Lorsqu'ils arrivent à notre hauteur, je détourne les yeux afin d'éviter d'éventuels problèmes, mais remarque malgré tout que Ben m'observe avec insistance, puis m'adresse un clin d'œil accompagné d'un mouvement de lèvres très caractéristique...

Mon corps tout entier se tend, tandis que le rouge me monte aux joues.

Calme-toi, Kassy ! Calme-toi.

Tous deux sont accrochés aux bras de filles de leur classe. Charles se tient aux côtés de Nadine, une jolie brune à la chevelure magnifique, et Ben est scotché à une blonde à la poitrine trop imposante pour être vraie. Je suis prête à parier qu'elle a rembourré son soutien-gorge avec des chaussettes ou du papier toilette uniquement pour le séduire. Ce n'est pas possible autrement.

— Kassy, tu viens ? Madame Sacré ne va pas nous attendre.

Je me détourne du groupe, en proie à une angoisse grandissante. J'ai peur, j'appréhende, car je mettrais ma main au feu que Ben prépare un mauvais coup. En tout cas, ça n'augure rien de bon.

Ces deux heures d'arts plastiques m'ont étonnement ressourcée. Deux heures durant lesquelles j'ai laissé libre cours à toutes mes émotions. Notre professeur, madame Sacré, s'est montrée très agréablement surprise par mon travail et m'a vivement encouragée à poursuivre sur cette voie.

— C'est un peu sombre, m'a-t-elle expliqué, mais cette grotte entourée d'animaux sauvages, c'est extrêmement révélateur. On sent que tu t'es inspirée de ta propre histoire. C'est très bien.

Je n'ai pas osé avouer qu'il s'agissait d'un cercle de pierres et non d'une grotte. Le seul fait d'obtenir une note élevée dans cette matière m'a permis d'oublier pour un temps tous mes tracas.

Aurélie, quant à elle, a choisi de représenter sa demeure familiale en Autriche. Une maison dans le Tyrol dont ses parents ont hérité de son grand-père paternel. Chaque année, durant les vacances d'été, elle y passe deux semaines entières. Je pense qu'elle apprécie énormément cet endroit. C'est un des rares lieux qu'elle évoque avec plaisir et non comme une prison où elle est perpétuellement enfermée. Le rendu de son œuvre est magnifique. Contrairement à moi, mon amie possède un talent inné pour le dessin.

Lorsque sonne l'heure du déjeuner, nous nous rendons à la cantine, du côté des repas chauds. Aujourd'hui, c'est cornet de frites avec une sauce au choix. Notre plat préféré.

— J'ai tellement faim, m'informe Aurélie, le sourire aux lèvres.

— Et moi, alors ! Je pourrais manger un bœuf entier.

— Toi ? Manger un bœuf ?

— Roh, ce n'est qu'une expression, tu le sais bien. Jamais je ne consommerais d'animaux.

Mon amie m'adresse un clin d'œil complice. Dans la file derrière nous, un jeune étudiant de deuxième année nous lance :

— Eh, les grosses, vous ne pouvez pas avancer ?

Choquée, je lui réponds :

— C'est qui que tu traites de grosses, espèce de mal élevé ?

Aurélie tire sur ma manche pour m'empêcher d'intervenir. Son teint est livide. Sans doute craint-elle que nous ayons des ennuis. Par respect pour elle, je me retiens. Je ne voudrais pas qu'à cause de mon tempérament querelleur actuel, elle ait à nouveau des problèmes.

— C'est bon, j'ai compris. Je laisse tomber.

Une fois nos frites en main, nous cherchons une place assise au milieu du réfectoire. Après quelques secondes d'exploration, nous dénichons enfin deux sièges en bout de table.

— Génial !

Nous nous installons pour déguster notre délicieux festin, suite à quoi je lance un coup d'œil à mon portable.

— Mon père m'a répondu !

« Coucou, ma puce. Ne t'en fais pas pour moi. Je suppose que ta mère t'a annoncé la nouvelle ? Ne t'inquiète pas. Je vais rapidement trouver un appartement et, ensuite, Sophie et toi viendrez vivre avec moi. Je t'aime, ma grande. Pas de bêtises. Bisous. »

Ce message emplit mon cœur de joie et de tristesse simultanément. Malgré tout, je ne sais toujours pas où il vit.

« Bonjour, mon papa. Je suis contente que tu ailles bien. Tu es où ? Chez qui dors-tu ? »

Je dois patienter plusieurs minutes avant que sa réponse ne me parvienne.

« Je suis au bureau. Et j'ai passé la nuit dans ma voiture. Ne t'en fais pas, ce n'est rien. Un de mes collègues m'a proposé de me laver chez lui en attendant que ça se tasse. Tu vois, je ne suis pas si mal. »

Une boule amère se forme au fond de ma gorge tant j'en veux à ma mère. C'est à cause d'elle si mon père en est réduit à quémander une douche chez une de ses connaissances.

— Tout va bien ? m'interroge Aurélie.

— Ouais... Enfin, si on veut.

Compatissante, mon amie pose une main réconfortante sur mon avant-bras avant de s'excuser.

— Faut que j'aille aux W.C.

— Je t'accompagne ?

— Non, merci, ça ira. J'en ai pour deux minutes.

L'intonation de sa réponse me surprend quelque peu, même si je n'y prête pas spécialement attention. Ben et Charles arrivent à ma hauteur aux bras de leurs petites copines respectives. Muni d'un paquet de frites extralarge, Ben s'arrête.

— Eh, Charles, tu as vu qui est là ? Tu ne vas tout de même pas passer sans lui dire bonjour, n'est-ce pas ?

— Ben, la ferme, mec. Tu me saoules grave.

La répartie de Charles me permet de respirer à nouveau. J'aimerais savoir pourquoi cette espèce de caribou s'obstine à me pourrir la vie, sérieux. C'est insupportable.

— Quoi ? T'as peur qu'elle se mette à pleurer devant tout le monde ?

— Ben, je t'ai dit d'arrêter ça, maintenant !

— Sûrement pas ! J'adore m'amuser. Elle est tellement mignonne. Pas vrai, minus ?

Reste calme, Kassy. Pour l'amour de Dieu, reste calme !

— Eh, Kassy, si ça t'intéresse, je pourrais te vendre une photo de mon cousin torse nu pour presque rien, me glisse-t-il à l'oreille.

Puis, il ajoute :

— Tu pourras fantasmer à ta guise… Mais attention, pas trop érotique non plus. Ce n'est pas de ton âge, ces choses-là. Il ne faudrait pas brûler les étapes, pas vrai ?

Cette fois, je n'y tiens plus. La colère me consume.

— Purée ! Mais c'est quoi ton problème ? crié-je tout en me levant de ma chaise.

Les pieds métalliques du siège crissent sur le carrelage. Tous les regards pivotent vers nous.

— Mon problème ? répète-t-il, amusé. Mon problème, fillette, c'est qu'une gamine dans ton genre n'a rien à foutre avec un gars comme Charles. Examine la blonde à son bras... *ça*, c'est une fille pour lui. Une girl canon, intelligente, tout le contraire de toi, en fait.

— Eh bien, grand bien lui fasse ! Je ne lui ai jamais rien demandé, de toute façon. Et à toi non plus, à ce que je sache !

Ben rit à gorge déployée, mais il est le seul. Autour de nous, les brouhahas ont cessé. Tous observent la scène comme s'il s'agissait d'un épisode important d'une série hollywoodienne. Charles lui-même ne sait pas quoi dire.

— Tu ne te rends même pas compte à quel point tu es pathétique et ridicule, pauvre petite.

— Avant que j'atteigne ton niveau, j'ai encore de la marge, en tout cas !

Cette répartie cinglante efface toute trace de sourire de ses lèvres. Cette fois, il est en colère, j'ai touché une corde sensible et c'est tant mieux. Ras le bol des égocentriques dans son genre.

Furieux, Ben m'attrape par le col de ma chemise et me crie en plein visage :

— Qu'est-ce que tu viens de dire ?

Les murmures fusent de toute part dans le réfectoire. Ce n'est qu'à ce moment-là que Charles intervient enfin, avec toute l'autorité que requiert la situation.

— Ça suffit, Ben ! Lâche-la immédiatement. Non, mais ça va pas la tête ?

Le regard de Ben est figé dans le mien, intense et menaçant. Pourtant, je refuse d'être celle qui se détournera la première.

Lentement, je sens la pression de ses doigts se relâcher sur ma chemise. Ses iris noirs sont toujours profondément ancrés dans les miens. J'y lis de la colère, mais aussi de la confusion. Peu importe, je veux juste qu'il me laisse tranquille.

Lorsqu'enfin il se détourne (oh ! la belle victoire !), je m'attends à ce que les choses reprennent leur cours normal, mais c'est sans compter le caractère rancunier de mon ennemi attitré. Je n'ai pas le temps de comprendre ce qu'il se passe que je me retrouve avec un cornet de frites, sauce incluse, sur la tête.

Quelques rires éclatent à gauche et à droite, mais la plupart observent la scène en craignant ma réaction. J'aimerais renchérir, prendre l'avantage, mais je n'y arrive pas. C'est l'instant que choisit la surveillante pour manifester sa présence.

— Monsieur Fraikin, mademoiselle Rochecourt ! Qu'est-ce que ça signifie ?

Paralysée par la colère, je ne parviens plus à prononcer le moindre mot. Même respirer me semble inconcevable. De plus, je suis déjà bien assez occupée à retenir les larmes qui m'assaillent.

— C'est de sa faute à lui, affirme Charles avec ferveur.

Le regard surpris que lui adresse son cousin me laisse pantoise. Ah ! Qu'espérait-il ? Que je sois la seule à ramasser les pots cassés ?

— Expliquez-vous, monsieur Fraikin.

J'ai du mal à savoir si elle invite Charles ou Ben à éclaircir les faits. C'est néanmoins ce dernier qui s'en charge :

— Je ne le nie pas, madame. Mais elle m'a cherché. Depuis lundi, elle lance des regards doux à mon cousin et pas plus tard qu'hier, elle me propose de la rejoindre dans un parc, où elle m'a suggéré de faire semblant de sortir avec elle pour rendre Charles jaloux. Elle m'a même embrassé ! Et puis, la voilà qui me provoque à nouveau. Comprenez qu'à la fin, son comportement m'exaspère.

Tous les regards fondent sur moi comme un seul. Je suis tétanisée. Scandalisée par cette version de l'histoire. Ce n'est pas possible ! Comment la situation a-t-elle pu dégénérer à ce point ?

— Mademoiselle Rochecourt ? Est-ce bien vrai ?

— Quoi ? Mais non !

Ben s'indigne.

— Menteuse ! Tu ne m'as pas fixé un rendez-vous au parc ?

— Si, mais...

— Je ne t'ai pas demandé de laisser Charles tranquille ?

— Si, seulement...

— Nous n'avons pas abordé le sujet des petits amis fictifs pour rendre Charles jaloux ?

— Ce n'est pas du tout...

— Réponds, Kassy !

Grrr... je suis à deux doigts d'exploser.

— Si !

Ben me toise avec un tel dégoût que j'en suis toute retournée. Je ne comprends plus rien.

— Tu ne m'as pas embrassé ?

Non, mais alors là !

— Purée ! Mais c'est toi qui m'as embrassée !

— Quoi ? rit-il comme un dément. Comment tu te la pètes ! Tu crois sérieusement que j'aurais envie d'embrasser une fille dans ton genre ? Arrête de rêver... Plutôt crever !

Une vive douleur s'empare de tout mon être. Mon cœur et mon amour-propre se consument comme une traînée de poudre. C'est plus que je ne peux en supporter. Il me faut partir.

— Mademoiselle Rochecourt, revenez ici ! m'intime la surveillante.

Je ne peux pas, c'est plus fort que moi. Je n'entends plus les échanges de propos. Sans prêter la moindre attention à mes condisciples, je me fraye un passage jusqu'à la sortie et c'est en larmes que je quitte l'école. Tant pis pour les conséquences qui en découleront.

Chapitre 8

Une petite balade

Le souffle court, j'arrive à hauteur de la chaussée romaine. Désormais, trois options s'offrent à moi : soit j'appelle Maman pour qu'elle vienne me chercher, à condition qu'elle ne soit pas à Wéris avec Hélène ; soit j'attends le prochain bus pour Oreye, mais sans certitude concernant le délai ; soit je rentre à pied. Une bonne petite marche de six kilomètres dans un dédale de chemins de remembrement… facile ! Ça n'a jamais tué personne. Sans compter que, cette fois, je n'ai aucune maquette à trimballer à bout de bras.

Je n'hésite pas longtemps et m'apprête à emprunter la route de gauche lorsqu'une voix me hèle :

— Kassy, attends !

Mon cœur a un raté. Je n'en crois pas mes oreilles. C'est Charles.

— Qu'est-ce que tu fiches là ? Tu vas avoir des problèmes si tu quittes l'école sans autorisation, je me plains sur un ton de reproche.

Du haut de son mètre quatre-vingts, Charles m'adresse un gentil sourire. Je ne peux y répondre tant mes pensées sont confuses, en ce moment. Pourtant, en plus du reste, je m'interroge sur les raisons de sa présence ici. Quelqu'un lui a-t-il demandé de venir me parler ? La surveillante, peut-être ?

— Ne t'en fais pas pour ça, je m'arrangerai, mais il fallait qu'on discute. C'est important.

Ma mâchoire se crispe. Moi qui pensais le sujet clos… C'est loin d'être fini, à ce que je vois. Non contente d'avoir été ridiculisée devant toute l'école, il faut à présent que je m'explique seule à seul avec Charles.

— Je suis navrée, mais… je ne peux pas. Ce n'est pas le bon moment. J'ai trop de choses en tête.

À regret, je me détourne de son beau visage. En d'autres circonstances, une promenade en tête à tête avec lui m'aurait enchantée, mais étant donné ce qu'il s'est passé, j'ai besoin d'être seule. De faire le point.

Charles me retient par le bras. Surprise par ce contact, je cesse aussitôt tout mouvement.

— Benjamin a dépassé les bornes, affirme-t-il avec conviction tout en retirant quelques morceaux de pomme de terre de mes cheveux.

— Ça, je le savais déjà, merci.

— Je suis vraiment désolé, Kassy. C'est en partie ma faute. J'aurais dû mettre un terme à tout ça dès le début…

Le contact de ses doigts sur ma peau m'électrise. Le son de sa voix est une gourmandise délicieuse qui continue de résonner longtemps après avoir cessé. J'aimerais qu'il ne s'arrête jamais.

— Je peux t'accompagner ? Juste un moment ?

Décidément, quel contraste entre ces deux cousins !

— Si tu veux.

Comment refuser un tel honneur, de toute façon ? Je m'en sens bien incapable.

— Alors, comme ça, tu… Tu l'as embrassé ? lance-t-il d'emblée.

Mes joues prennent une couleur rouge vif. À peine ai-je commencé à marcher que mes pas s'interrompent.

115

— T'inquiète pas, m'assure-t-il. Je ne te juge pas. Je suis juste un peu surpris.

— Ce n'est pas du tout ce que tu crois !

Un léger sourire s'affiche sur ses lèvres, puis disparaît.

— Ah non ? Tu m'expliques, dans ce cas ?

Mal à l'aise, je réfléchis au meilleur moyen de lui exposer les choses, tandis que nous reprenons notre route. Aussi étrange que cela puisse paraître, je me sens en sécurité avec lui.

— Disons que... tout ce que Ben a dit est vrai, sauf que... c'est la façon dont il a raconté l'histoire qui m'a rendue folle. Je lui avais bien fixé un rendez-vous au parc hier, mais j'ignorais que c'était lui. La personne à qui j'ai vendu mes livres utilisait le pseudo « MatouCat », comment aurais-je pu deviner qui se cachait derrière ce nom ? Quand j'ai vu que c'était lui, j'ai voulu faire demi-tour, seulement, il n'était pas comme d'habitude. Il était... gentil, discret. C'est assez compliqué à expliquer.

— Je vois très bien ce que tu veux dire. À la maison, c'est la même chose. Depuis qu'il est arrivé chez nous, mes parents ont beaucoup de mal à le cerner. Il est genre « ultraprotecteur » avec ma mère et, paradoxalement, il est constamment en conflit avec elle. Comme s'il prenait un malin plaisir à la provoquer, mais qu'il était le seul à pouvoir le faire. Il tuerait presque quiconque lui manquerait de respect ou la regarderait de travers...

Une demi-seconde s'écoule, suite à laquelle Charles poursuit :

— Un peu comme avec toi... Enfin, en moins pire. J'ignore pourquoi il t'en veut à ce point. Toujours est-il que, lorsque nous sommes juste lui et moi, j'ai beaucoup de mal à le reconnaître. C'est un tout autre type, je te jure ! J'irais même jusqu'à dire que sa compagnie est agréable, tu imagines ?

Cette information me surprend, en effet.

— Et comment ça se fait qu'il vive chez vous ?

Le visage de Charles blêmit.

— Ses parents sont décédés le mois dernier. Émilie, sa mère, est morte sur le coup, mais mon oncle Nick a mis des jours à s'éteindre. Les médecins ignoraient s'il reviendrait à lui ou non. Il avait de nombreuses fractures et aurait sans doute passé le reste de sa vie dans un fauteuil roulant... mais Dieu en a décidé autrement. Ça n'a pas été facile. Ben n'était pas dans la voiture au moment où ses parents ont eu leur accident. Et pourtant, ils avaient longuement insisté pour qu'il les accompagne, ce soir-là. Il a refusé et, maintenant, il culpabilise grave d'être encore là alors qu'eux...

Je me sens soudain bien égoïste.

— Je suis désolée. Je te présente toutes mes condoléances pour ton oncle et ta tante. Je l'ignorais.

— Merci. Ça n'a pas été évident. Mon père a perdu ses deux frères, mais il espérait gagner un fils. Seulement, la cohabitation ne se passe pas tout à fait comme il le concevait. Ben n'est pas un garçon comme les autres. Il a quelque chose de différent, de spécial. Je le connais bien et, franchement, tu n'imagines même pas à quel point c'est un mec sensible. En plus, il souffre énormément... Toute cette histoire, ça l'a bouleversé. N'empêche, je suis vachement surpris qu'il t'ait laissée entrevoir cette toute petite partie de sa vraie personnalité. Je te jure, j'ai du mal à y croire.

— Oh, je... Je n'irais pas jusqu'à prétendre qu'il s'est montré gentil à ce point. J'ai seulement vu une autre personne.

— Oui, c'est ce que je dis. Ce n'est pas donné à tout le monde. Mes parents le tolèrent à peine, tu sais.

— Ah.

Ce n'est certes pas une réponse des plus développées, mais c'est tout ce que je trouve à dire pour l'instant. Je me sens troublée par ces révélations. J'éprouve de la tristesse et une profonde compassion pour ce mec, maintenant. Bravo ! Comme si je n'étais pas suffisamment perturbée comme ça.

— Tu l'as donc vu au parc et...

— Ah oui, mon histoire. Eh bien, il m'a annoncé qu'il venait me mettre en garde. Pour me répéter que tu n'étais pas quelqu'un pour moi. Que tu regrettais d'avoir pris ma défense à plusieurs reprises, que tu craignais que je confonde tes interventions avec une preuve d'amour et que tu ne savais pas comment me le dire.

Charles rit. Je suis troublée par sa réaction. Que peut-il y avoir de drôle dans ce que je viens de lui dire ? C'est plutôt embarrassant, je trouve.

— Benjamin est un malin, finit-il par admettre.

Face à mon incompréhension, il ajoute :

— Quand il est arrivé à la maison, il t'a vue étendre le linge dans ton jardin. Il m'a demandé qui tu étais, alors je lui ai raconté notre enfance, nos jeux... J'ai peut-être même avoué que je regrettais l'époque où nous étions constamment fourrés l'un chez l'autre. Tu te rappelles ?

— Et comment ! Notre tarte à la boue dans l'étable du vieux mouton. Et nos fouilles archéologiques dans les talus pour tenter de retrouver des vestiges de poteries anciennes !

À l'évocation de ces souvenirs, je revis. Le fait que Charles n'ait pas oublié non plus me comble de joie.

— Oh ! Tu te rappelles les vers de terre ? Quand ton père nous demandait d'aller en chercher pour nourrir les poules ? m'interroge Charles en riant aux éclats.

— Bien sûr ! Comment pourrais-je ne pas me remémorer ça ? Et la fois où t'es tombé dans les orties près du lilas !

— Roh Kassy, tu me déçois ! C'était un nid de fourmis rouges, pas des orties. Ton père m'avait badigeonné de vinaigre. Je crois que j'avais encore plus mal après qu'avant.

— Oups, ça remonte à loin. Et puis, je suis plus jeune que toi, je te signale.

Nous rions pendant un long moment, évoquant des souvenirs communs, puis je profite d'une accalmie pour lui demander :

— Du coup, quel rapport avec le fait que Ben soit « malin » ?

Charles retrouve tout à coup son sérieux. Je note au passage que ça faisait bien longtemps que je ne l'avais plus vu rire de la sorte.

— Tu ne devines pas ?

— Non.

— Eh bien, si tu veux tout savoir, ce jour-là, il m'a avoué qu'il te trouvait mignonne.

— Arrête !

— Je te jure que c'est la vérité !

— Pourtant, il adore affirmer le contraire.

— Je crois qu'il n'ose pas admettre que tu lui plais ou bien… qu'il s'y refuse. J'ai l'impression qu'il s'interdit d'être heureux à cause de ce qu'il s'est passé à Trois-Rivières.

— Trois-Rivières ?

— Le village où il vivait à Québec. Mais chut ! Il me tuerait s'il savait que je t'ai raconté ça.

Cette fois, je ne ris plus du tout.

— Bon, faut que je rentre.

Charles m'attrape à nouveau par le bras.

— Tu ne m'as toujours pas dit…

— Dit quoi ?

— Pourquoi tu l'as embrassé ?

Mon rythme cardiaque s'accélère tant je suis nerveuse.

— Je n'ai… Ce n'est pas moi ! Nous étions en train de discuter et, brusquement, il… Il a saisi mon menton et a posé ses lèvres sur les miennes.

— C'était agréable ? me demande-t-il, le regard ancré dans le mien.

J'ignore pourquoi, sa question me met un brin mal à l'aise.

— Non. Enfin, pas la première fois, en tout cas.

— Pas la première fois ? Il… Il y en a eu combien ?

Sa voix me paraît légèrement tendue. Peut-être est-ce simplement le fruit de mon imagination.

— Eh bien, j'étais sous le choc. Il a compris que c'était ma première fois et je... Je l'ai laissé m'embrasser à nouveau. Ensuite, quand j'ai retrouvé mes esprits, je me suis enfuie, seulement il m'a rattrapée et...

— Il a recommencé.

Je soupire, nerveuse, honteuse.

— Je ne voulais pas.

— Mais tu l'as laissé faire malgré tout !

— Ce n'est pas ce que tu crois ! Il est vachement plus fort que moi, je te signale.

— Il t'a forcée ?

Aïe... Comment expliquer les choses sans détourner la vérité ? Ce n'est pas si facile. Je ne peux pas prétendre avoir été forcée. Enfin, si. Techniquement, la dernière fois, j'ai clairement exprimé mon refus. Seulement, ce n'était pas un viol non plus. Et puis... il y a eu cette sensation de papillons dans mon estomac, alors peut-être que...

— Kassy, si mon cousin t'a forcée à faire quoi que ce soit contre ton gré, tu dois me le dire. C'est grave, tempête Charles avec un ton que je ne lui connais pas.

— Ce n'était qu'un simple baiser, rien de plus.

Je suis consciente de lui mentir. Ce que Ben a fait cette après-midi-là n'est ni plus ni moins qu'une agression. Mais comment justifier mon manque de réactivité ? Pour qui me prendrait-il ?

La voix de Charles se durcit encore lorsqu'il me dit :

— Et le jour où on t'emmènera de force quelque part ? Quand on embrassera ton corps sans ta permission, ça aussi ce sera « trois fois rien » ? Le jour où un homme refusera de s'arrêter et qu'il te prendra contre ton gré parce qu'il n'aura soi-disant pas réussi à réfréner ses ardeurs, ça aussi, peut-être ? Pourquoi ? Simplement parce qu'il t'a semblé plus sympa que d'habitude pendant trente petites secondes ?

Ces déclarations me blessent. Je sais qu'il a raison et, pourtant, je ne m'explique pas le fait que je ne voie pas Ben comme un agresseur sexuel. Il s'est passé quelque chose au moment où il m'a embrassée. Je ne sais pas quoi. Je ne sais pas pourquoi. Mais je le sais, c'est tout.

— Ton corps t'appartient, Kassy ! Tu ne dois jamais laisser quelqu'un le toucher si tu n'en as pas envie. Même si tu aimes cette personne du plus profond de ton âme. Si tu ne te sens pas prête, tu as le droit de refuser. Tu en as le devoir !

— Je suis désolée.

C'est idiot, mais c'est tout ce que je trouve à dire.

Charles sourit, l'air de penser que je suis complètement paumée et il a raison. Trop de choses se passent actuellement dans ma vie et je ne sais plus où j'en suis. Je suis désorientée. Entre mes parents qui divorcent, le renvoi de Sophie, mon attirance pour Charles et les humiliations répétées de Ben, je perds le nord.

— Kassy ? Je suis désolé, j'ai peut-être été un peu trop...

— Non, ça va. Ne t'en fais pas.

— Tu en es sûre ? Parce que je te trouve vraiment pâlotte.

Une fois encore, il a raison. La tête me tourne et je me sens vaseuse.

— Viens par là.

J'avance de quelques pas quand, tout à coup, ma vision se trouble. Autour de moi, tout se mélange. Les champs, le visage inquiet de Charles, les chevaux dans la prairie et même les vaches. Tout tangue et puis soudain... c'est le noir.

Chapitre 9

Un destin inattendu

— A-t-elle dit autre chose ?

— À vrai dire, madame, je ne sais pas vraiment. Elle parlait, oui, sauf que je ne comprenais pas un traître mot de ce qu'elle racontait.

— C'est-à-dire ?

— Disons que ça ressemblait à une langue étrangère. Un mélange de grec et de latin, peut-être ? C'était vraiment flippant. J'ai paniqué, mon premier réflexe a été d'appeler les pompiers, mais on n'avait pas de réseau dans les remembrements.

J'ouvre les yeux, consciente que je suis en présence de ma mère. L'autre voix appartient sans doute à Charles. Mais que vient-il faire ici ?

— Maman ?

Ma voix est éraillée.

— Ma chérie ? Ça va ? Comment te sens-tu ? s'enquiert-elle, troublée.

Je suis davantage surprise de l'entendre m'appeler ainsi que de découvrir Charles dans ma chambre, au pied de mon lit, c'est pour dire…

— Qu'est-ce qu'il s'est passé ?

— Ce n'est rien, mon cœur, repose-toi encore un peu. Tu as besoin de dormir.

À mon humble avis, je dois être en train de rêver. Ce n'est pas possible autrement. Ma mère qui me désigne à coups de « ma chérie » ou « mon cœur », cela relève de la fiction. La présence de Charles confirme cette théorie.

Épuisée, je pose à nouveau la tête sur mon oreiller. Au bout de deux minutes, la conversation reprend :

— Tu dis qu'elle tremblait, mais un peu comme des spasmes ou plutôt comme si elle grelottait ?

— Difficile à dire. D'abord, ça ressemblait à de la fièvre, alors je l'ai serrée contre moi pour lui transmettre un peu de ma chaleur, mais ensuite, les mouvements se sont intensifiés. Je ne suis pas spécialiste, mais ça s'apparentait beaucoup à de l'épilepsie ou un truc du genre.

— Merci, Charles. Tu peux rentrer chez toi, à présent. Je veille sur elle.

— Bien, si c'est ce que vous souhaitez. Pourrais-je venir prendre de ses nouvelles un peu plus tard ?

— Je crois qu'il est préférable de la laisser se reposer quelques jours. Je suis convaincue qu'elle te contactera sitôt qu'elle ira mieux.

L'idée que Charles disparaisse me coupe toute envie de dormir. Je ne veux pas qu'il parte. Je refuse de me retrouver seule avec elle.

— S'te plaît, reste avec moi, murmuré-je, les yeux clos.

Je cherche sa main à tâtons. Il comprend le message et pose sa paume entre les miennes. Je me sens aussitôt mieux. Comme si l'absence de Charles n'avait jamais eu lieu. Je ne veux plus revenir au présent. Pas encore. C'est trop tôt.

— Merci.

— Je ne voudrais pas passer pour une rabat-joie, Kassy, mais il faut vraiment qu'on discute. C'est important.

Cette fois, inutile de jouer la belle au bois dormant. Maman n'y croirait pas. Je me relève donc, bien décidée à ne pas me laisser manipuler à coups de « ma chérie ».

— Tu peux parler devant Charles. Quoi que tu dises, il le saura tôt ou tard, de toute façon.

Ma mère semble contrariée. Je le devine à la petite ride au milieu de son front.

— C'est que... c'est personnel.

— Tant pis.

J'ignore où je puise le courage nécessaire pour lui répondre de la sorte, mais ça m'est égal. Peu importent les conséquences. Ça ne peut pas être pire que ce qu'elle me fait déjà subir au quotidien.

— Cela concerne certains secrets liés à notre famille, Kassy, m'annonce-t-elle dans l'espoir de me faire changer d'avis.

Cette information m'interpelle. Un secret au sujet des Descendantes de Séraphine ? Impossible. Sans doute cherche-t-elle à m'amadouer. Déterminée, je la défie du regard lorsque Charles intervient :

— Si cela peut vous faciliter les choses, madame, sachez que ma famille et moi savons déjà tout.

Tout aussi stupéfaite que ma mère, je lance un regard étonné en direction de Charles. Se peut-il qu'ils soient au courant ? Des Descendantes de Séraphine ? Du don de Maman et tout le reste ?

— Pardon ? Qu'est-ce que tu insinues ? demande-t-elle d'un air pincé et sur la défensive.

Charles lui offre l'un de ses sourires ravageurs.

— Ne vous en faites pas. Aucun de nous ne trahira votre secret. Il est entre de bonnes mains, je vous l'assure.

Le visage de ma mère se décompose au fur et à mesure que les secondes s'égrènent.

— Mais je ne vois pas du tout de quoi tu parles.

— Vraiment ? Et si je vous disais que nous vous avons vue, il y a de ça plusieurs années, guérir miraculeusement votre fille suite à une mauvaise chute à vélo.

Blanche comme un linge, Maman m'interroge du regard, l'air de penser « ne me dis pas que tu as osé ».

— Non, ce n'était pas Kassy, répond-il à sa question muette. C'était Noémie. Elle était tombée sur le chemin près du cimetière. Ce n'était pas beau à voir : fracture ouverte au niveau de la jambe. Nous étions en train de nourrir Félice, notre jument. Quand nous avons entendu Noémie crier, nous avons couru jusqu'aux barbelés pour vous apporter notre aide, seulement, vous n'en aviez nullement besoin. Vous vous débrouilliez déjà très bien toute seule. Nous vous avons vue recourir à… la magie. J'ignore ce que vous avez fait, mais une lumière blanche vous englobait toutes les deux. C'était magnifique… Un spectacle féérique. Puis, vous êtes reparties de votre côté avec une Noémie en parfaite santé, et nous avons regagné notre voiture pour rentrer chez nous. Nous en avons longuement discuté et nous avons choisi de taire votre secret. Seulement, mon père a estimé préférable que je rompe tout contact avec Kassy après ça. Et quand oncle Bob est décédé un mois plus tard, nous avons vu cela comme une opportunité et nous avons déménagé.

— Eh bien, commence ma mère sans trop savoir quoi dire. Si j'avais su que vous étiez présents, je… J'aurais sans doute…

— Effacé notre mémoire ? tente Charles.

Maman retient un rire.

— Te croirais-tu dans Harry Potter, par hasard ? Je ne suis pas une sorcière.

Le visage de mon ami se décompose. Il ne s'attendait certainement pas à ce genre de réplique. Moi non plus, d'ailleurs. J'ignorais même que Maman possédait le sens de l'humour avant aujourd'hui.

— À vrai dire, je ne sais pas trop ce que vous êtes, mais vous pouvez me faire confiance. Après tout, j'ai gardé votre secret pendant toutes ces années, non ?

— C'est exact, Charles, et je t'en remercie. Cependant, tu dois comprendre qu'il m'est interdit d'en parler. Ma propre famille ignore les détails liés à ce secret. Seule ma fille aînée est en droit de savoir.

— Quel rapport avec Kassy, dans ce cas ?

Maman se mord les lèvres, preuve manifeste qu'elle ne sait pas quoi répondre.

— Eh bien… je ne sais pas trop. Ce n'était encore jamais arrivé auparavant. Enfin si, mais… c'est compliqué. Je dois prévenir notre responsable au plus vite.

— Mais…

Charles et Maman m'observent avec attention, attendant la suite de ma phrase, sauf que rien ne vient.

— Repose-toi, ma chérie. Demain, nous irons au cromlech pour tenter d'y voir plus clair.

— Au quoi ?

S'avisant qu'elle a laissé échapper un détail important, ma mère soupire, puis ajoute d'un air songeur :

— J'ai toujours cru que c'était Noémie qui… Et quand elle nous a quittés, j'ai… J'étais désespérée. Je ne savais plus quoi faire, alors j'ai placé tous mes espoirs en Hélène. Après tout, c'était ma fille aînée et, en toute logique, c'est elle qui devait... Mais aujourd'hui, je... Kassy, je crois que ce n'était pas Noémie ni Hélène... mais toi !

— De quoi est-ce que tu parles ?

— De mon don, Kassy. Tu es l'héritière de mon don.

Je mets une bonne minute à digérer ce qu'elle m'annonce. Charles, quant à lui, me contemple comme si nous nous rencontrions pour la toute première fois.

— Non. Ce n'est pas possible ! Tu nous as dit que c'était toujours la fille aînée qui devenait.... NON ! Je ne veux pas avoir affaire à tout ça, moi. C'est le devoir d'Hélène, pas le mien. Je refuse.

— Parfois, on ne choisit pas, tu sais et...

— Non ! Tu l'entraînes depuis des années. Vous partez presque tous les week-ends je ne sais où et non, non et NON !

Furieuse, je me lève et quitte mon lit, non sans chanceler sur quelques mètres. La tête me tourne, mais qu'importe. Je ne peux plus rester ici. Heureusement, Hélène n'est pas à la maison et Sophie est toujours enfermée dans sa chambre. Quant à Papa, il n'habite plus là, désormais.

En proie à une colère grandissante, je gagne la cuisine et me recroqueville derrière l'îlot central. Je manque d'air. Les bras autour de mes jambes, je me tire les cheveux tout en me balançant d'avant en arrière dans un mouvement frénétique compulsif.

Maya me rejoint, suivie de près par Lucky. Conscients de ma douleur, mes amis poilus couinent en plongeant la tête contre ma poitrine pour me réconforter.

— Ce n'est rien, ça va, les rassuré-je.

— Kassy ?

La voix de Charles me ramène droit à la réalité.

— Quoi ?

J'ai honte de me laisser aller ainsi. D'une main, je balaye les sillons laissés par mes larmes, puis invite Charles à me rejoindre.

— Tout va bien ? m'interroge-t-il d'un ton extrêmement doux.

— Je... Je ne sais pas.

— Je comprends. Ça a l'air d'être une lourde responsabilité.

Pour m'apporter son soutien, mon ami s'installe à mes côtés et place un bras autour de mes épaules. D'instinct, je pose ma tête contre la sienne et inspire profondément. Une odeur boisée émane de lui, forte, entêtante, mais également très agréable. Durant quelques minutes, j'oublie tous mes problèmes.

— Tu resteras, cette fois ? lui demandé-je, le ventre noué. Tu ne disparaîtras plus, tu me le promets ?

— Je resterai. Aussi longtemps que tu le souhaiteras. Plus encore, il faudra que tu supportes ma présence jusqu'à la fin de tes jours. Pauvre de toi... si tu savais à quoi tu t'engages en me demandant ça !

Nous rions un moment, puis, sans m'en rendre compte, je finis par sombrer dans les bras de Morphée, mais aussi, et surtout, dans ceux de Charles...

Chapitre 10

Les Descendantes de Séraphine

La route s'étire inlassablement jusqu'à Wéris. Assise sur la banquette arrière de la voiture, je supporte les lamentations de ma sœur depuis plus d'une heure déjà.

— C'est n'importe quoi. Elle veut juste se rendre intéressante, c'est tout ! Je suis sûre qu'elle ment. Qu'elle simule !

— Ça suffit, Hélène. Tu me donnes mal à la tête à geindre sans arrêt.

Intérieurement, je ris. C'est la première fois que Maman se plaint du comportement de sa chère et tendre fille aînée. Parallèlement, je reconnais être furieuse. Je n'ai aucune envie d'être ici, contrairement à ce que ma sœur prétend. Je refuse d'avoir un lien, quel qu'il soit, avec ces prêtresses ou avec *elle*. C'est hors de question. Si je suis là, c'est uniquement pour faire plaisir à Charles. C'est lui qui a insisté pour que je les accompagne, sans quoi, je serais volontiers restée à la maison, quitte à tenir tête à ma mère.

— On arrive bientôt ? demandé-je pour la dixième fois au moins.

— Tu verras, répondent-elles d'une même voix agacée.

Je lève les yeux au ciel. Non contente d'avoir été réveillée à l'aube et d'être interdite de cours, je dois en plus supporter les reproches de ma sœur depuis hier soir. Furibonde, elle m'a carrément jeté un livre au visage lorsque Maman lui a fait part de sa théorie me concernant. Comme si j'y étais pour quelque chose, franchement !

Lorsqu'enfin nous descendons de la voiture, je me laisse surprendre par le cadre magnifique qui nous entoure. Moi qui pensais que ce genre de réunion se déroulait dans la salle polyvalente d'un immense building du centre-ville... je me trompais. Et jusqu'ici, aucune trace d'un quelconque hôpital ou de médecins. Nous sommes perdues au milieu d'un océan de verdure.

Nous progressons un moment au cœur de la campagne. Autour de moi, les champs s'étendent à perte de vue et seuls quelques arbres offrent un léger relief au paysage. De temps à autre, j'aperçois également un ou deux touristes armés d'un appareil photo ou bien des randonneurs.

— C'est ici ? demandé-je, vivement intéressée.

— Presque, nous devons marcher encore un peu.

Nous passons devant une jolie bâtisse, où je peux lire « *La maison des mégalithes* » sur la devanture. Serions-nous sur un site touristique ?

Le terme « mégalithe » m'évoque les imposants cercles de pierres présents partout dans le monde, dont l'origine demeure à ce jour un parfait mystère. J'ignore laquelle des théories je préfère parmi toutes celles qui existent... Serait-ce celle faisant état de sorcières ? Ou peut-être celle dont la source fait écho au grand et puissant Merlin ? J'ai également entendu parler de légendes associées à un serpent fabuleux ou même au diable en personne, mais ces dernières hypothèses m'interpellent moins que les deux premières. Bien que... sait-on jamais. Je préfère encore accorder crédit à ces histoires plutôt qu'à celles mentionnant l'intervention d'extraterrestres ou bien d'individus venus du futur... À ce compte-là, j'attribue plus de conviction au phénomène de la physique quantique, même si c'est bien moins poétique que tout le reste.

Nous poursuivons la promenade en contournant une jolie petite église de style roman. Un panneau planté dans le gazon m'apprend que le bâtiment a été érigé là au XIe siècle à partir de grès, de calcaire, mais aussi de poudingue.

— Dépêche-toi un peu, Kassy ! Nous ne sommes pas venues admirer le paysage ! gronde ma mère, en avance de plusieurs mètres.

Peu m'importe, j'apprécie ce petit village et rien ne pourra m'empêcher de contempler la beauté de ce qui m'entoure. C'est un véritable coup de cœur.

Bientôt, nos pas nous conduisent devant une épicerie tout à fait insolite. En haut de la porte, je peux lire le nom de l'établissement : « Au Garde-Manger d'Obélix ». Alors ça, c'est bien trouvé ! J'adore.

Encore un peu plus loin, à la sortie du village, je découvre une ravissante demeure hors du temps. Je ne peux m'empêcher de m'arrêter un instant pour la contempler. Elle semble tout droit venue d'une époque lointaine et j'ignore pourquoi, cela m'émeut.

— Allons, Kassy, presse-toi.

— Qu'est-ce que c'est ?

Construite en pierre et en bois, comme tous les autres bâtiments alentour, l'habitation est tout ce qu'il y a de plus singulière et dégage une ambiance particulière qui m'interdit de détourner le regard.

— C'est le « Logis de Hary Cot », m'informe ma mère. Une maison qui propose des chambres d'hôtes.

Ravie d'obtenir une réponse à ma question, pour une fois, je coopère et décide de ne plus m'attarder en route. Pendant de longues minutes, nous progressons sur le chemin balisé, abandonnant derrière nous les derniers vestiges du village au profit d'innombrables prairies verdoyantes.

— C'est magnifique !

L'espace d'une demi-seconde, les lèvres de ma mère s'étirent en un léger sourire, qui disparaît aussi soudainement qu'il est apparu. J'ignore pourquoi, mon cœur se gonfle de satisfaction. Pour une fois, j'ai dit quelque chose qu'elle a apprécié. Même si ça n'a pas duré longtemps, elle a souri et, cette fois au moins, je ne l'ai pas déçue.

D'excellente humeur, j'avise deux hérons qui atterrissent un peu plus loin. Je m'extasie littéralement tant j'ai rarement l'opportunité d'en admirer d'aussi près. J'aimerais succomber à la tentation de m'arrêter afin de prendre quelques photos.

Malheureusement, ma mère et ma sœur risquent de ne pas apprécier mon initiative.

— Seigneur ! On croirait qu'elle n'a jamais vu d'oiseaux de sa vie, ronchonne Hélène, exaspérée.

Ma mère ne réplique pas, mais ce n'est pas bien grave. Pour la première fois depuis l'annonce de cette scandaleuse nouvelle, je ressens un immense bien-être que même Hélène ne parviendra pas à gâcher. J'ai toujours été profondément connectée à la nature et aux animaux. Découvrir cet environnement éveille en moi un sentiment de béatitude.

Pendant près d'un quart d'heure, nous progressons sur de petites routes réservées aux piétons. Personne n'ose prendre la parole de crainte d'attiser la mauvaise humeur de Maman. La contrarier aujourd'hui serait signer son arrêt de mort. Bon, j'exagère un peu, c'est vrai, mais il vaut mieux éviter de la mettre en rogne malgré tout, croyez-moi.

Nous ralentissons à hauteur d'un sentier perpendiculaire à celui que nous empruntons. Je ne l'aurais même pas remarqué si la présence de deux grands arbres sur ma gauche n'avait pas attiré mon attention.

— Nous y sommes, murmure Maman d'une voix à peine audible.

Une dame, âgée d'une cinquantaine d'années environ, nous rejoint. L'aura qui émane de cette personne est si puissante qu'elle m'inspire d'emblée le respect.

— Bonjour, Camélia, commence ma mère.

— Bienvenue, Gabrielle, Hélène. Et… c'est elle ? Ta plus jeune fille, c'est bien ça ?

Maman acquiesce, un rictus gêné affiché sur les lèvres, puis elle se charge des présentations d'usage.

J'apprends donc que la dénommée Camélia est en réalité l'abbesse du groupe, la représentante officielle des Descendantes de Séraphine. D'après ce que je comprends, elle est d'origine française et représente l'équilibre à travers le symbole du bouquetin.

Bon, d'accord… j'avoue. Je n'ai pas compris grand-chose. Mais je viens juste d'arriver, après tout, il me faut un peu de temps pour décrypter tous les mystères associés à ce secret si jalousement gardé jusqu'ici.

— Kassy, permets-moi de te présenter ma fille, Émy, mon héritière, m'annonce l'abbesse, tout sourire.

Une adolescente d'environ mon âge apparaît aux côtés de sa mère. Son regard est doux, accueillant, en tout point égal à celui de l'abbesse.

— Nous allons vous laisser un moment, nous informe la responsable. Le Conseil est sur le point de commencer. Émy, Hélène, je compte sur vous pour présenter Kassy au reste du groupe.

— Bien sûr ! répond Émy avec bienveillance.

Hélène, elle, ne se donne pas cette peine et, une fois Maman partie, elle n'hésite pas à s'isoler dans son coin, un stylo et son journal intime en main.

Émy m'entraîne sur le chemin de terre qui conduit aux deux arbres aperçus précédemment. Là-bas, je découvre une sorte de cratère recouvert de gazon, au milieu duquel repose une espèce de cavité composée de menhirs et de dolmens. Sur le devant, une ouverture en forme de « U » renversé permet d'accéder à l'intérieur de l'édifice.

Rien à voir avec l'incroyable cromlech de Stonehenge et, pourtant, mon cœur bat la chamade. Je me sens comme envoûtée par la magnificence des lieux.

— Waouh ! lâché-je, à court de mots pour exprimer mon admiration. Qu'est-ce que c'est, au juste ?

— Ça ? C'est une partie du tombeau de notre ancêtre, m'informe ma nouvelle amie.

J'aurais aimé lui demander de plus amples détails au sujet de cette Séraphine dont j'entends si souvent parler depuis quelque temps. Je crains cependant de passer pour la dernière des idiotes de par mon ignorance.

— Viens, je vais te conduire auprès des autres, m'invite-t-elle gaiement.

Nous rejoignons un petit groupe de femmes, tous âges et origines confondus. D'après ce que je peux voir, les cinq continents terrestres sont représentés ici. Je trouve ce mélange ethnique tout à fait exaltant. Il me tarde de faire leur connaissance à toutes.

— Kassy, permets-moi de te présenter : Noami, Fano, Dafney, Ivana, Jenny et Gina. Les filles, voici Kassy, l'héritière présumée de Gabrielle.

Puis, elle ajoute à mon attention :

— Les autres héritières n'ont pas pu venir, malheureusement. Mais nous te les présenterons prochainement s'il s'avère que tu... Enfin, tu vois.

Une question me brûle les lèvres, tout à coup.

— Est-ce que tout le monde parle français ?

— Tu n'es pas au courant ? m'interroge-t-elle sur un ton d'évidence. C'est grâce au pendentif.

J'avise alors que chacune d'entre elles porte un petit médaillon autour du cou, identique à ceux que possèdent ma sœur et ma mère. Seule l'espèce animale représentée diffère.

— Ce pendentif nous offre la magie nécessaire pour nous comprendre.

— Ça doit être pratique pour tricher aux cours de langues à l'école, plaisanté-je.

Émy rit aussi, puis me reprend :

— Oui, dommage que les pouvoirs de cet artéfact soient limités à une certaine zone géographique. En gros, ils ne fonctionnent qu'à proximité d'un cromlech en activité.

— En activité ? répété-je afin d'obtenir plus de précisions.

— Oui, il arrive que la magie de certains cromlechs s'éteigne provisoirement. On ignore pourquoi. À l'heure actuelle, nous en comptons douze actifs. D'ici quelques années, d'autres s'éveilleront tandis que celui-ci expirera peut-être. On ne peut pas vraiment savoir à l'avance.

Cette histoire commence sincèrement à piquer ma curiosité. Douze prêtresses, douze cromlechs actifs… Est-ce vraiment le fruit du hasard ?

Il s'écoule quelques secondes, suite à quoi Émy me propose d'emprunter son collier afin de dialoguer avec les autres sœurs. Excitée à l'idée de vérifier ses dires, j'accepte sans réserve.

— Bonjour.

La majorité me répond en chœur, d'autres m'observent avec pudeur. Je remarque aussi que deux d'entre elles semblent contrariées par ma présence. Ont-elles compris le sens de mes propos ? Je n'ai pas eu l'impression de parler une langue étrangère, pourtant j'ai clairement senti la magie du collier opérer.

— C'est donc toi la véritable héritière de Gabrielle ? m'interroge l'une d'entre elles, dont j'ai déjà oublié le nom.

Son sourire est magnifique. Toutes d'ailleurs possèdent une incroyable bienveillance gravée sur leurs traits.

— Eh bien, je… Je suppose. Je ne sais pas trop, en fait.

— Il paraît que ce n'est pas la première fois que ça se produit, m'annonce une autre jeune fille aux longs cheveux noirs tressés.

Je crois me souvenir qu'elle s'appelle Naomi.

— C'est vrai ?

— C'est ce que j'ai entendu. Et puis, apparemment, c'est extrêmement rare.

— En tout cas, nous sommes ravies de t'accueillir, reprend Émy tout en récupérant son collier. Tu verras, tu vas adorer notre petite communauté.

Je devrais me sentir honteuse de débarquer comme ça, réclamant l'héritage de ma sœur et, pourtant, il n'en est rien.

Maintenant que je suis là, je suis curieusement apaisée. Bien sûr, je culpabilise vis-à-vis d'Hélène, mais le ressentiment éprouvé depuis hier soir s'est nettement adouci.

— Merci beaucoup. Au fait, tu pourrais m'expliquer le principe de cette communauté ? Je t'avoue que je ne sais pas grand-chose.

Le sourire de mon amie s'estompe.

— J'aimerais beaucoup, mais ma mère insiste pour que j'attende la fin de la réunion avant de trop t'en dire.

— Ah, euh… oui, je comprends !

En réalité, cette dérobade me blesse. Suis-je trop sensible ? Trop curieuse ? À dire vrai, je ne conçois pas ce besoin de taire un secret tout en sachant que je serai au courant d'ici peu. À quoi bon m'amener si c'est pour continuer à me cacher la vérité ?

Nos mères réapparaissent au terme d'une heure d'entretien. Maman se tient à droite de Camélia et, derrière elles, les autres prêtresses discutent en me guettant d'un œil indiscret.

— Où est Hélène ? me demande Maman une fois à proximité du tombeau.

— Je ne sais pas. Elle est partie juste après toi. Attends, je l'appelle sur son portable.

Sans perdre une seconde, je compose le numéro de ma frangine. Au bout de la quatrième tonalité, celle-ci répond :
— Quoi ?
— Euh, salut, ça va ? Au fait, Maman te demande.
— Ouais, bah dis-lui que je suis occupée.
— Quoi ? Mais à quoi ?
— Ce ne sont pas tes affaires. De toute façon, vous n'avez plus besoin de moi, à ce que je sache.

Elle raccroche sans que je puisse ajouter quoi que ce soit. Maman, qui n'a rien perdu de notre échange, me répond simplement :
— Ce n'est pas grave. Laisse-lui le temps de s'y faire.

Mouais... Il n'empêche que moi, j'en aurais entendu parler pendant des semaines.
— Kassy ? Pourrais-je discuter avec toi une minute ? nous interrompt poliment l'abbesse.

À quelques pas de là, je remarque que deux des filles échangent des messes basses à mon sujet. Les deux mêmes héritières que tout à l'heure. Dafney et Ivana, si je ne me trompe pas.
— Bien entendu.

Nous nous éloignons légèrement du reste du groupe, en direction d'une autre série de menhirs. Ceux-ci sont alignés et forment un arc de cercle. J'en compte quatre debout et un couché.

— Tu te demandes certainement de quoi nous avons discuté tout à l'heure, n'est-ce pas ?

À vrai dire, je l'imagine plutôt bien.

— Eh bien, je pense que vous avez parlé de ma perte de connaissance hier, du fait que ma sœur n'est sans doute pas l'héritière légitime de ma mère...

L'abbesse sourit à ma répartie.

— Oui, il y a un peu de ça, en effet. Mais nous aimerions surtout te soumettre à un petit test à l'issue duquel nous devrions être fixées. Qu'est-ce que tu en dis ?

Nerveuse, je me mords l'intérieur des joues. Il n'a jamais été question de test, jusqu'ici. Et si je le ratais ? Et si cet évanouissement n'était rien de plus qu'une banale chute de tension ? Après tout, je suis peut-être simplement épileptique et on ne l'avait pas encore diagnostiqué... Ou peut-être était-ce de la tachycardie ? Difficile à dire alors que seul Charles a été témoin de la scène.

Mes pensées s'interrompent. Mais qu'est-ce qu'il me prend, tout à coup ? Depuis quand est-ce que je me réjouis à l'idée de les rejoindre ?

— Rassure-toi, me réconforte l'abbesse. Ça n'a rien d'insurmontable.

— En quoi ça consiste, au juste ?

Nous ne sommes plus qu'à quelques mètres des pierres. Camélia s'arrête, se tourne vers moi, et me regarde droit dans les yeux lorsqu'elle déclare :

— En réalité, je ne m'attends pas à ce que tu nous prouves quoi que ce soit aujourd'hui. C'est impossible. Les premières traversées s'effectuent toujours lors d'un solstice ou plus rarement d'un équinoxe, mais jamais pendant une journée ordinaire telle que celle-ci. Néanmoins, tu devrais être en mesure de ressentir l'appel de ta pierre. Tu n'as rien de spécial à faire, approche-toi, observe-les attentivement et vois si l'une d'entre elles réagit à ton contact. Cela comblera nos soupçons.

Une à une, je fais craquer mes phalanges. Comme cela ne suffit pas à apaiser mon anxiété, je m'attaque aussi aux phalangettes, preuve manifeste de mon angoisse. Dans mon abdomen, mes viscères se tortillent comme la veille d'un examen capital pour mon avenir. La gorge sèche, je tente de déglutir sans toutefois y parvenir.

J'expire un bon coup et décide d'étudier le premier menhir en commençant par la droite. Imposant, de forme rectangulaire, c'est celui qui m'inspire le plus visuellement.

À pas lents, je m'avance en direction du rocher. Je le scrute et tourne autour pendant près d'une minute entière... rien. Je choisis donc d'examiner le suivant. Celui-ci, tout aussi monumental, repose sur sa plus large base. Je ne peux empêcher mon esprit de s'interroger à son sujet. A-t-il été volontairement placé ainsi ? Est-il tombé ? Mais en dehors de mes questions, rien ne vient.

Le troisième menhir est également le plus particulier du groupe. Non seulement parce qu'il est plus gros que les autres, mais aussi car c'est le seul triangulaire. À nouveau, je tourne autour, je l'observe avec minutie, mais en dehors d'un nid de guêpes parfaitement rond, je ne vois rien de spécial.

Plus que deux... Le stress monte d'un cran.

L'avant-dernier n'a pas grand-chose pour lui. Certes, il est un brin plus haut que ses frères, mais sa forme quadrangulaire lui confère un aspect plus classique. Je m'en approche malgré tout, attirée par une sorte de bruit. Un peu comme un murmure en provenance du cœur même de la pierre. Cela m'intrigue. Est-ce le signe tant attendu ?

Au fur et à mesure que j'avance, le son s'apparente davantage à une voix féminine. Arrivée face au rocher, j'entends désormais clairement un chant émaner du menhir :

Descendante de Séraphine, approche-toi de nous.
Si ton cœur est noble et que tes intentions sont pures, alors
de ta paume effleure-nous.
Descendante de Séraphine, approche-toi de nous.
Si ton cœur est noble et que tes intentions sont pures, alors
rejoins-nous.

Émue, troublée, je lance un regard en direction de l'abbesse. Celle-ci me répond d'un sourire encourageant, l'air de sous-entendre « tu as réussi ton test, bravo ». Mes entrailles sont désormais emmêlées, mon cœur bat trop rapidement et j'oublie presque de respirer.

J'ai réussi ! J'ai vraiment réussi.

Lorsque je retrouve une certaine contenance, je tends la paume et la pose délicatement sur la roche, fière de l'avoir trouvée. En quelques secondes, cette dernière m'aspire et, l'instant suivant… je disparais.

Chapitre 11

Le cromlech souterrain

Lorsque j'ouvre les yeux, une tout autre vision s'offre à moi. Ici, finis les champs de blé qui s'étendent à perte de vue. Plus de prêtresses ni d'héritières. Même les rayons du soleil ont disparu. À présent, je suis encadrée de murs en terre humide d'où jaillissent une série de galeries. Seule la présence de torches enflammées suspendues à intervalles réguliers m'offre une certaine visibilité.

Accroupie sur le sol, je me redresse, l'esprit en pleine confusion. Étonnamment, je n'ai pas peur et mes accès d'anxiété m'ont lâchement abandonnée, non pas que je m'en plaigne.

— Eh oh... il y a quelqu'un ?

Seul le silence me répond. Perdue dans cet environnement austère et inconnu, je progresse d'un pas hésitant tandis qu'un des tunnels attire mon attention. L'espace d'une seconde, je crois déceler la présence d'une lueur à l'autre bout. Serait-ce un signe ? Une sorte d'invitation à emprunter cette voie plutôt que celle d'à côté ?

Faute d'une meilleure piste à exploiter, je choisis de suivre cette galerie en particulier. Durant près de dix minutes, je marche en direction de la lumière qui, progressivement, s'étend. Bientôt, des éclats de voix me parviennent. Parmi elles, je reconnais celle de... Maman ?

— Elle arrive, je l'entends.

— Laissons-la venir, ne la brusquons pas, rétorque quelqu'un d'autre en langue française.

Enfin, la galerie débouche sur une salle circulaire bordée de hautes cascades. Au centre trône un cromlech colossal. Le plus grand qu'il m'ait été donné de voir jusqu'à aujourd'hui. Il est au moins deux fois plus imposant que celui de Stonehenge en Angleterre. Il est mieux conservé, également.

Incroyable !

Nous sommes toujours sous terre et, pourtant, bien au-dessus de nos têtes, par-delà les chutes d'eau, j'aperçois une auréole de lumière donnant sur le monde extérieur. Un peu comme si nous nous trouvions à l'intérieur d'un volcan ou plutôt d'une cénote gigantesque.

Face à moi se tient une série de menhirs formant un cercle parfait. Chacun d'eux est relié par un dolmen lisse directement posé sur son sommet. Une fois encore, je compte douze pierres dressées.

Au cœur de l'édifice, je constate la présence d'un autel, qui – je ne sais pour quelle raison – m'attire irrésistiblement. Intriguée, j'en oublie les prêtresses qui m'encadrent et me dirige d'un pas hésitant vers le centre du cromlech. Une épée repose sur la lourde table en roche blanche. L'objet est somptueux, agrémenté de runes. Elle est si belle que je ne peux m'empêcher de penser « C'est elle. Voici l'élément précieux sur lequel les Descendantes de Séraphine sont censées veiller. »

— Bienvenue, Kassy.

Je tressaille au moment où la main chaleureuse de l'abbesse se pose sur mon épaule. Sa voix résonne en écho dans mon dos, suivie de près par une seconde dans une langue que je ne comprends pas.

— Meal do naidheachd. Tha thu air an t-slighe a lorg dhuinn[4].

— Nora te félicite, Kassy, me traduit gentiment Camélia.

Puis, elle ajoute :

— Nous nous joignons toutes à elle, naturellement. C'est tellement merveilleux…

— Quoi donc ?

— Tu ne te rappelles pas ce que je t'ai dit tout à l'heure ? Le fait que les premiers voyages ne s'effectuent jamais en dehors des jours de solstice ou d'équinoxe. Tu viens de défier toutes nos certitudes, Kassy ! Qui plus est, tu as trouvé seule le chemin qui mène jusqu'à nous. Tu es l'une des nôtres… Tu es sans conteste l'héritière légitime de Gabrielle. La représentante du peuple loup. Tout comme ta mère, tu incarnes la fidélité, c'est un privilège de te compter parmi nous, mon enfant. Sois la bienvenue, chère sœur.

Il y a tant de bienveillance dans ses paroles que j'en suis toute retournée. Les mots me manquent pour exprimer ma gratitude et tout ce que je ressens en mon for intérieur. Alors, je me tais et me contente d'observer.

---

[4] Tu as trouvé le chemin qui mène à nous (Gaélique écossais)

Devant chaque menhir se tient une Descendante de Séraphine. Toutes sont vêtues d'une robe simple en lin blanchi, dont les manches évasées ont été brodées de feuilles vertes. Je reconnais à peine Maman dans cet accoutrement. En général, ses cheveux auburn sont relevés en un chignon serré qui lui confère un petit côté sévère. Les voir pendre naturellement sur ses épaules, libres de toute entrave, me surprend un peu. Elle a l'air plus jeune, plus douce et surtout plus heureuse qu'à l'ordinaire, malgré sa façon bien à elle de me toiser du coin de l'œil.

— Permets-moi de t'offrir ce médaillon au nom de notre communauté, Kassy.

L'abbesse m'enfile un pendentif en or blanc autour du cou. Je reconnais le même motif que sur celui d'Hélène et ne peux m'empêcher de m'interroger à son sujet : est-ce le sien ?

— Où est Hélène ?

Puis, remarquant que seules les prêtresses sont présentes, je m'empresse d'ajouter :

— Et où sont les autres filles ?

Maman et l'abbesse échangent un regard entendu, mais c'est finalement ma mère qui me répond :

— Hélène ne voyage pas. Quant aux filles, une partie d'entre elles arpentent les galeries à ta recherche. Nous ignorions où tu réapparaîtrais et donc... et donc...

— Ce que ta maman essaye de te dire, Kassy, reprend une des prêtresses à la peau couleur ébène (que je suppose être la mère de Naomi, tant la ressemblance est frappante), c'est que lorsqu'une héritière voyage pour la première fois, nous ne savons pas où le cromlech extérieur l'enverra. Généralement, aucune d'entre nous ne retrouve son chemin par elle-même. C'est... rarissime. En outre, toutes les filles ne savent pas traverser. De manière générale, seules celles qui ont achevé leur formation y parviennent ou bien celles dont la mère est récemment décédée. Mais quoi qu'il arrive, un premier voyage s'effectue toujours lors d'un solstice ou d'un équinoxe. Tu dois être vraiment exceptionnelle pour que le cromlech décide de t'accueillir à bras ouverts.

Fidèle à mes habitudes lorsque je suis sous le choc, je demande à la dame de répéter. Agacée, ma mère ne cache pas son mécontentement à mon égard.

— Tu as parfaitement compris ce qu'elle a dit, Kassy. La situation est déjà bien assez compliquée sans que tu en rajoutes inutilement. Ce que tu es énervante, à la fin !

Les mots prononcés par ma mère à l'intention d'Hélène un peu plus tôt me reviennent en mémoire. « Ce n'est pas grave, laisse-lui le temps de s'y faire », m'a-t-elle dit. Et moi ? N'ai-je pas mérité un moment d'adaptation ? Ignore-t-elle que tout un tas de questions se bousculent dans ma tête depuis hier soir ? Pourquoi refuse-t-elle de le voir ? Pourquoi Hélène a-t-elle droit à toute sa considération, alors que moi, même une fois devenue son héritière légitime, je ne cesse de la décevoir ? Qu'ai-je bien pu faire pour mériter une telle punition ?

— Kassy ? intervient l'abbesse avec sa gentillesse habituelle. Permets-moi de te présenter officiellement toutes les Descendantes de Séraphine. Viens, approche.

À regret, je me détourne du regard de ma mère. Mon cœur est empli de rage et je n'ai aucune envie d'être celle qui cédera la première. Camélia ne me laisse pourtant pas le choix. De sa main douce, elle me saisit par le bras et m'annonce :

— Voici Ona, originaire du Kenya. Elle incarne la force à travers le symbole du lion.

— Bonjour, Kassy, ravie de te rencontrer.

Dans mon esprit, tout se floute. Qu'est-ce que cela signifie ? J'aimerais comprendre pourquoi des animaux et quel est le rapport avec toutes ces vertus telles que la force, la fidélité ou encore l'équilibre. J'ai besoin d'explications claires.

— Toutes mes excuses, Camélia, mais je... J'ai l'impression que tout ça va un peu trop vite pour moi. Je ne comprends pas. Qui êtes-vous exactement ? Qui est cette Séraphine ? Et quel est le rapport entre ces animaux et...

Je m'interromps, consciente que l'abbesse a déjà compris où je veux en venir.

— Tu as raison, confirme-t-elle, tout sourire. Excuse-moi, Kassy, nous devrions t'enseigner l'essentiel pour commencer. Je... Je supposais que Gabrielle t'avait au moins appris...

Puis, se tournant vers Maman, Camélia lui demande :

— Gabrielle, tu... Tu ne lui as jamais rien dit ?

Ma mère semble soudain mal à l'aise. C'est alors que je réalise toute l'horreur de la situation.

— Vous voulez dire que... notre existence ne doit pas rester secrète ?

— Si, bien sûr que si, renchérit promptement l'abbesse. Seulement, nos familles font généralement exception. Nos maris, nos enfants... Comment vivre avec un tel poids sur les épaules ? Ce n'est pas possible, voyons.

Une boule amère se forme au fond de ma gorge. J'ai soudain du mal à respirer. Les paroles de la responsable me font l'effet d'une claque en plein visage. Ainsi, elle nous a menti, à Sophie, à Papa et à moi. Durant toutes ces années, elle nous a tenus éloignés volontairement. Cette réalité me blesse bien plus que je ne veux l'admettre.

— Je t'en prie, Camélia, puis-je enseigner à Kassy ce qu'elle a besoin de savoir ? intervient la prêtresse dont les propos m'ont échappé tout à l'heure.

Mon cœur se déchire en un millier de morceaux. De rage, je me mords l'intérieur des joues tout en serrant mes poings.

Pourquoi ? Pourquoi nous tenir dans l'ignorance ? Que lui avons-nous fait ?

— Euh... Eh bien, ma foi, cela te convient-il, Kassy ?

— Tout à fait.

— Très bien, alors dans ce cas, je confie à Nora le soin d'éduquer notre nouvelle héritière. Je propose que nous nous retrouvions ici la semaine prochaine pour faire le point. C'est bon pour tout le monde ?

Toutes les prêtresses acquiescent d'une même voix. Je m'abstiens de répondre. De toute façon, ce n'est pas comme si on me demandait mon avis.

Les prêtresses reparties à la « surface » pour rejoindre leurs filles, Nora et moi nous retrouvons seules au milieu du cercle de pierres souterrain. Le regard empli de bienveillance que me lance la sœur me rassure.

— Tout va bien, Kassy ?

Je lui offre un sourire sans joie, légèrement peiné. J'espère qu'à travers lui, elle comprendra mon souhait de ne pas m'étendre sur le sujet. Je détesterais lui mentir.

— Tu sais, les choses n'ont pas toujours été simples entre Jenny et moi non plus, m'avoue-t-elle.

Surprise par sa remarque, je l'interroge du regard. Elle m'explique alors :

— Jenny est mon héritière. Tu l'as vue tout à l'heure à Wéris. Vingt-deux ans, les cheveux noirs teintés, la peau très pâle, vêtue de sombre de la tête aux pieds.

Je fais aussitôt le lien avec la jeune fille aperçue plus tôt. D'après ce que j'ai pu remarquer, Jenny est un peu le phénomène étrange du groupe. Toujours à l'écart, j'ai rapidement compris qu'elle appréciait le monde gothique, même si ce n'est pas ultra-prononcé.

— Jenny est très gentille, tu sais. Elle a le cœur sur la main. Malheureusement, ses goûts vestimentaires n'ont pas facilité son intégration au sein de notre communauté. Au départ, je reconnais avoir éprouvé quelques difficultés, moi aussi. Je ne comprenais pas pourquoi elle insistait autant pour ne porter que du noir. J'ai longtemps pensé qu'elle agissait ainsi pour me provoquer. Je me suis posé une série de questions, j'ai échafaudé un tas de théories sans queue ni tête. Ça créait pas mal de tensions entre nous, et puis j'ai pris le parti de discuter avec elle. Je veux dire par là, une vraie discussion à cœur ouvert, et c'est à ce moment précis que j'ai compris : je me trompais sur toute la ligne. Ce n'était pas de la provocation, ses choix n'étaient en rien dirigés contre moi. C'est ainsi qu'elle se sent bien, tout simplement. Le regard des gens lui importe peu, car elle est totalement dévouée à notre cause. C'est un peu paradoxal lorsqu'on la voit, mais je t'assure... il suffit de la voir à l'œuvre pour s'en apercevoir. Elle est faite pour ça.

— Je comprends, mais...

— Je ne compare pas mon histoire à la tienne, Kassy, mais peut-être que si tu essayais d'ouvrir ton cœur à ta mère, cela pourrait vous soulager l'une et l'autre, tu ne crois pas ? Il n'y a rien de pire que de s'imaginer des choses qui, en réalité, n'existent sans doute pas. Les secrets de famille, tous ces non-dits et l'incompréhension qui en découle sont des poisons qui, lentement, s'insinuent dans nos têtes et contaminent nos cœurs. Ils nous rendent malades et, peu à peu, ils gangrènent nos vies. Dans le cas de Jenny et moi, ce n'était pas trop grave. Nous nous sommes occupées du problème pendant qu'il était encore temps, mais... je ne suis pas aveugle. Dans ton cas, Kassy, le temps est un atout qui vous fait défaut.

Ces paroles, prononcées avec sincérité, font écho en moi. Elles résonnent avec force dans mon cœur et dans mon esprit. Nora a raison, il faut que nous discutions, Maman et moi.

— Merci, Nora.

Les mots franchissent difficilement mes lèvres et les larmes me montent aux yeux. Je les retiens aussi longtemps que je peux, mais Nora remarque mon trouble et me serre aussitôt dans ses bras. Par réflexe, je m'éloigne. Je n'ai pas l'habitude qu'une femme me prenne contre elle. Jusque-là, ce privilège était uniquement réservé à mon père et à Aurélie.

— Tu n'aimes pas les câlins ?

— Je... Ce n'est pas ça, c'est juste que... je ne suis pas vraiment...

Convaincue qu'elle comprend mon ressenti et mon besoin d'échapper à son étreinte, je recule d'un pas lorsqu'au contraire, elle me dit :

— Ce n'est pas bien, on va corriger ça tout de suite. Viens par ici, je vais te montrer à quel point une simple accolade peut se révéler salvatrice.

Joignant l'acte à la parole, Nora écarte les bras pour m'accueillir. Je me sens atrocement gênée et, cependant, l'idée de me blottir contre sa poitrine m'attire irrésistiblement.

— Allez, viens.

J'hésite une demi-seconde, puis m'exécute. La tête posée sur son épaule, j'enlace sa taille tandis qu'elle passe ses doigts dans mes cheveux, retirant au passage quelques nœuds et une ou deux brindilles.

— Ça va aller, me rassure-t-elle. Parfois, on a l'impression que la vie est injuste et on se demande ce qu'on a pu faire pour mériter ça, mais n'oublie pas : nos épreuves nous forgent et font de nous les êtres que nous sommes. Si tu n'avais pas vécu tout ça, tu ne serais pas la personne merveilleuse qui se tient en face de moi en cet instant. Je me trompe ?

Ces quelques mots me réchauffent le cœur. Je ne connais pas cette femme, j'ignore ce qui la pousse à affirmer de telles choses, mais peu importe. Je me sens soulagée d'un poids.

— Merci. Vous êtes trop gentille. Je ne sais pas comment vous remercier.

— Taratata ! Et commence par me tutoyer, veux-tu ? Nous sommes toutes de la même famille, ici.

La personne en face de moi a la petite cinquantaine. Sa peau est pâle comme du marbre et ses cheveux d'un roux foncé descendent en cascade jusqu'au milieu de son dos. Ses grands yeux verts sont sans doute ce que les gens remarquent de prime abord. Ils sont si beaux que l'on aimerait plonger au tréfonds de cet océan d'émeraude et ne plus jamais en sortir.

— Bien, je vais essayer.

— Parfait ! Et maintenant, Kassy, dis-moi… que souhaiterais-tu savoir pour commencer ? Dis-moi tout.

— Je peux vraiment te poser toutes les questions que je veux ?

— Bien entendu. Tu es des nôtres.

Ravie, je formule celle qui me brûle les lèvres depuis des années entières :

— Qui est Séraphine ? Et pourquoi est-ce qu'on prétend faire partie de ses descendantes ?

De nature très sociable et plutôt tactile, Nora me saisit par le bras et, ensemble, nous nous baladons au hasard des galeries souterraines. Toute la pression accumulée depuis hier soir disparaît au fur et à mesure que nous marchons.

— Ça, c'est une excellente question. D'après ce que nous savons, Séraphine est la toute première prêtresse, notre aïeule. Selon les légendes, elle serait née de l'union entre la Terre et le Vent. On raconte qu'elle chantait en l'honneur des arbres, qu'elle dansait au profit des animaux et que, sous chacun de ses pas, une fleur voyait le jour. Puis, l'Homme est arrivé et, comme à son habitude, a tout gâché. L'Homme a détruit la création de Séraphine sans prendre en compte les besoins vitaux de notre planète. En larmes, Séraphine a sombré dans la mélancolie avant de sacrifier sa vie au profit de ceux qu'elle a tant aimés. On dit que de son offrande a jailli une épée aux multiples vertus, capable d'engendrer de nouvelles prêtresses et ainsi sauvegarder sa lignée.

À l'écoute de ces légendes, mon rythme cardiaque s'accélère. J'ignore pourquoi, je me sens émue au plus profond de moi. Je trouve ça magnifique.

— C'est tellement puissant, avoué-je, à court de mots.

— N'est-ce pas ? Bon, ne m'en veux pas, mais j'ai un peu triché.

— Ah ?

Face à ma réaction, elle s'empresse d'ajouter :

— Disons que ces mots ne sont pas de mon cru. En fait, ils font partie d'une ballade que nous enseignons à nos filles dès le plus jeune âge. Ainsi, elles grandissent et peuvent directement participer aux Dévotions.

— Aux Dévotions ? Qu'est-ce que c'est, au juste ? En quoi ça consiste ?

— Eh bien, chaque fois que nous nous réunissons au cromlech, nous communions avec la nature. Ça se présente sous forme de danses tribales. À certaines occasions, notamment aux solstices et aux équinoxes, nous organisons de belles cérémonies. Cela fait partie intégrante de la formation de nos héritières.

— D'accord, et en dehors de ces Dévotions, quel est notre rôle ? J'imagine que nous ne dansons pas du matin au soir, si ?

Nora réprime un petit rire face à ma question. Sa réponse est néanmoins on ne peut plus sérieuse :

— Non, et heureusement. En fait, notre rôle consiste à maintenir l'équilibre de la nature. En gros, nous nettoyons notre planète de toutes ses impuretés, nous tentons de sauvegarder les lignées animales en voie d'extinction par tous les moyens mis à notre disposition. Certaines prêtresses se chargent aussi de former nos héritières. Elles leur apprennent les danses spécifiques aux Dévotions, mais aussi à se battre et à se défendre. Il y a également tout le côté éducatif à prendre en considération. Comme tu l'as remarqué en grandissant auprès d'Hélène, les héritières n'ont pas une scolarité des plus régulières, alors nous compensons en leur prodiguant divers petits cours dans le cadre de nos occupations. Nous les aidons à maîtriser leur magie et à l'employer à bon escient. D'autres prêtresses utilisent leurs talents au profit de la nature et des animaux, c'est notre fonction première. D'ailleurs, ta mère est fréquemment sollicitée. Elle possède l'un des dons les plus fructueux qui soient. Nous espérons que tu hériteras de cette aptitude, toi aussi. Ce n'est pas le cas dans toutes les familles. Regarde ma fille, Jenny, elle voyage depuis bientôt cinq ans, mais elle ne semble pas développer le même don que moi.

— Quel don a-t-elle ?

— Pour le moment, on n'en sait rien.

— Et vous ? Enfin, je veux dire, et toi ?

— Tu n'as pas deviné ?

Je réfléchis une seconde avant de répondre par la négative.

— J'ai le don d'empathie. Je peux apaiser les tensions. Ce qui s'avère plutôt utile quand une laie charge ou qu'un vieux chien, victime de maltraitance, se retrouve à errer seul dans les bois.

Je songe que j'apprécierais vraiment hériter du pouvoir de Maman. J'ai toujours été fascinée par son talent. Je l'envie certainement un peu aussi, mais après tout, qui ne rêverait pas de pouvoir guérir toutes les blessures du monde... ou presque ?

— Et enfin, termine-t-elle, nous sommes toutes en charge de protéger l'épée, ne l'oublions pas. C'est probablement l'une de nos missions les plus importantes, car sans elle, nous ne serions pas là.

Perplexe, je lui demande :

— Pourquoi ? Qu'a-t-elle de particulier ?

Toujours armée de son sourire bienveillant, Nora m'entraîne jusqu'à l'autel au centre du cromlech. Comme tout à l'heure, l'épée repose sur un dolmen, immobile.

— Le pouvoir de Séraphine doit faire l'objet d'une surveillance constante, répond-elle d'un ton grave. C'est primordial. Elle ne doit jamais rester seule. C'est pourquoi nous la veillons en permanence à tour de rôle.

Troublée, j'examine l'artéfact avec fascination. Elle est belle, certes, mais qu'a-t-elle de si spécial pour mériter une telle attention ?

— L'épée est précieuse, car elle renferme l'esprit de Séraphine. Souviens-toi la ballade que je t'ai récitée tout à l'heure : « de son offrande a jailli une épée aux multiples vertus. »

Tant bien que mal, je réfléchis. Pense-t-elle sérieusement que cet objet renferme un pouvoir magique ? Croit-elle réellement que l'esprit de Séraphine est retenu captif à l'intérieur ? Si tel est le cas, cela me refroidit. Les voyages à travers les pierres passent encore, des prêtresses qui possèdent des aptitudes hors normes également, mais une arme prodigieuse, ça fait un chouia cliché, non ?

— Qu'est-ce qu'elle fait, au juste ?

Consciente de mes doutes, la prêtresse me répond :

— Eh bien, elle peut engendrer de nouvelles Descendantes, par exemple.

Je médite un moment cette information. Si l'épée est réellement capable d'un tel miracle, dans ce cas, pourquoi ne pas s'en servir pour créer davantage de membres ? La nature reprendrait ses droits et cela sauverait notre planète à coup sûr.

— Ce n'est pas si simple, se défend Nora en réponse à la question que je lui pose. L'épée ne peut être utilisée que sous certaines conditions. Qui plus est, les prêtresses doivent toujours être au nombre de douze. C'est notre chiffre sacré. Nous ne devons y avoir recours que dans le cas où l'une d'entre nous décéderait sans laisser de descendante. Dans ce cas, nous nous réunissons et nous nous mettons en quête d'une candidate particulièrement sensible à la cause animale et terrestre. L'esprit de Séraphine décide de l'accepter ou non.

— D'accord, mais... si l'épée se trouve ici et que même certaines héritières ne parviennent pas à voyager... comment une personne lambda pourrait-elle atteindre le cercle de pierres dans le but de la dérober ?

Le visage de mon interlocutrice blêmit soudainement.

— Je préfère que tu adresses cette question directement à l'abbesse. Le sujet n'est pas interdit, mais il vaut mieux que ce soit elle qui se charge de t'informer sur ce point. Moi, je ne peux pas.

— Mais pourquoi ?

Cette fois, ma curiosité est à son comble et il est impensable que je patiente une semaine entière pour obtenir mes réponses. Et Maman ne me dira rien non plus, c'est certain. Ce n'est même pas la peine d'essayer.

— Comment t'expliquer ça ? Il y a eu une sorte de précédent auquel je préfère ne pas faire allusion sans la permission de l'abbesse.

— Tu veux dire que quelqu'un est déjà descendu ici auparavant ? Mais... comment s'y est-il pris ? Et du coup, il... Qu'a-t-il fait de l'épée ?

— Excuse-moi, Kassy. Ce sont des questions auxquelles je ne suis pas autorisée à répondre dans l'immédiat.

Trop tard ! Il me faut savoir.

— S'il te plaît, Nora. Je ne dirai rien, promis.

Mal à l'aise, ma formatrice fuit mon regard. Je m'en veux d'insister, pourtant, c'est plus fort que moi. J'ai besoin de comprendre.

— Je suis navrée, ma puce, mais je ne parlerai pas sans l'accord préalable de Camélia. Sache seulement que si l'épée est en grande partie bénéfique, elle possède également sa part d'ombre. Et c'est ce qui la rend dangereuse. On doit l'utiliser qu'avec d'extrêmes précautions, car entre de mauvaises mains, elle pourrait se révéler dévastatrice.

Consciente qu'elle refusera de m'en confier davantage, je me contente du peu d'informations récoltées. Mon esprit, lui, échafaude déjà un tas de théories incongrues.

Il me tarde de savoir…

Chapitre 12

Chez le directeur

— Attends, tu n'es pas sérieuse, là ? me demande Aurélie, stupéfaite.

— Quel intérêt j'aurais à te mentir ?

— Mais c'est… carrément génial !

— Oui, enfin, je suppose.

En réalité, je ne suis plus certaine de voir les choses de la même façon, avec du recul. Sur le chemin du retour, alors que je pensais observer une amélioration entre nous, ma mère et Hélène m'ont clairement fait comprendre qu'elles m'en voulaient. J'ai eu beau leur expliquer que je n'y étais pour rien, que je n'avais rien demandé, toutes deux refusent de m'adresser la parole depuis que l'on a quitté Wéris.

Maman est particulièrement silencieuse. Je la trouve même un peu bizarre, comme si elle était trop calme par rapport à ses réactions habituelles. Moi qui espérais développer une complicité similaire à celle qu'elle entretient avec sa fille préférée, je me trompais lourdement. C'est presque pire. Avant, j'étais juste invisible à ses yeux, désormais, elle voit rouge dès que j'entre dans son champ de vision.

— Arrête ! Ça me plairait, à moi, d'avoir des pouvoirs magiques. Tu ressens déjà quelque chose ? Tu me raconteras tout, hein ? Promis ? Je veux tout savoir, même ce qu'on t'interdit de me dire... *Surtout* ce qu'on t'interdit de me dire.

L'enthousiasme de ma meilleure amie est contagieux. Nous rions aux éclats lorsque, tout à coup, nous tombons nez à nez avec Ben. Bizarrement, il est seul. Ni Charles ni sa copine ne l'accompagnent.

— Eille ! Salut, chérie, me hèle-t-il tout en me gratifiant d'un clin d'œil.

Exaspérée, je lève les yeux au ciel et poursuis ma route sans lui prêter attention. Mais c'est sans compter son obstination légendaire. Feignant d'être gêné par une odeur pestilentielle, Benjamin se pince le nez et crie à qui veut l'entendre :

— Arkkk ! Ça sent la frite et la mayonnaise de ce côté, vous ne trouvez pas ?

Référence à sa petite prestation d'avant-hier au réfectoire. Instinctivement, mes muscles se tendent, mes poings se serrent, prêts à rendre justice à leur manière. Aurélie, inquiète, me tire vers elle et me chuchote à l'oreille :

— Laisse tomber, Kassy, s'te plaît.

Je prends sur moi, pour elle, consciente que nous avons déjà une heure de colle ce soir à cause de ce maudit caribou.

— En fait, poursuit-il, infatigable, la prochaine fois, évite de m'embrasser, d'accord ? Maintenant, ma blonde refuse que je la touche. Elle a peur de tomber malade à cause de toi.

Cette fois, ma colère est à son comble. C'est plus que je ne peux en supporter. Oh, non ! Foi de Kassy, il ne s'en sortira pas indemne !

— Va en classe, Auré ! tonné-je.

Je ne tiens pas à ce que mon amie soit encore punie à cause de moi.

— Kassy, s'te plaît, laisse-le dire. C'est n'importe quoi, tout le monde le sait. C'est justement ce qu'il cherche.

Elle n'a pas tort. Là où les élèves joignaient leurs rires à celui de Ben il n'y a pas si longtemps, maintenant il est seul, à quelques ricanements près, évidemment. Les autres se sont lassés. Ce n'est cependant pas une excuse pour le laisser m'insulter à sa guise. Tant que je ne l'aurai pas remis à sa place une bonne fois pour toutes, il continuera son numéro !

— Va en classe ! Dépêche-toi.

Je ne devrais pas lui parler sur ce ton, mais c'est plus fort que moi. Je ne cherche qu'à la protéger du mieux que je peux.

— Oh, comme c'est *cute*, la p'tite souris s'énerve.

— À ta place, je la fermerais, Ben ! Je ne suis pas d'humeur, lancé-je tel un cadeau.

Une sorte d'ultime avertissement avant de déclencher la bombe qui sommeille en moi depuis bien trop longtemps.

— Sinon quoi ? Je trouve ce petit jeu très excitant. Pourquoi j'arrêterais ?

Autour de nous, nos camarades observent la scène avec une curiosité limite malsaine. Même Aurélie n'a pas rejoint la classe comme je le lui ai demandé. Elle reste plantée là, légèrement en retrait, afin d'assister au déroulement des choses.

— Tu n'es qu'un con, Ben. On te l'a déjà dit ?

— Ouais, mais moi au moins, je ne cours pas après quelqu'un trop bien pour moi ! Qui plus est, je n'embrasse pas un gars en pensant à un autre. C'est tellement… pitoyable. *Tu es pitoyable*, crache-t-il avec son accent canadien à couper au couteau.

Touchée dans mon amour-propre, je ne réplique pas tout de suite. Ben est un malin, il vise exprès là où ça fait mal. Mais pourquoi ? Que lui ai-je fait ? Refroidie dans mes ardeurs, je me détourne pour rejoindre Aurélie.

— Laisse tomber. Tu ne vaux pas la peine que je me salisse les mains.

Ben met une seconde à répliquer. Sa voix est teintée d'une rage contenue, mais ses propos transpirent le venin :

— Ouais, je suis peut-être un con, mais moi au moins, je ne simule pas une syncope devant la personne que j'aime juste pour me rendre intéressant.

Cette fois, nous atteignons le point de non-retour. Ma colère, trop longtemps contenue, explose. Je ne réfléchis plus, j'agis. Dans un élan de fureur, j'avance vers lui et le claque violemment, tant et si bien qu'une trace rouge apparaît instantanément. L'empreinte de ma paume est clairement marquée sur sa joue droite.

— Mademoiselle Rochecourt ! s'exclame vertement la surveillante (qui, comme par hasard, choisit ce moment précis pour manifester sa présence !). Au bureau du directeur ! Et plus vite que ça.

Sereine, je m'exécute sans discuter. Je me sens tout à coup légère comme une plume. Peu importe qu'ils me renvoient un jour, deux s'ils le veulent. J'en assume pleinement les conséquences, cette fois. Bon sang, que ça fait du bien !

Dans le couloir, les élèves me toisent, estomaqués. Même Aurélie n'en croit pas ses yeux. Tant mieux. Que cette petite expérience serve de leçon. J'en ai assez d'être sans cesse maltraitée par ce caribou.

— Vous aussi, monsieur Fraikin !

Ah ! ah ! ah ! La cerise sur le gâteau.

Sur la route, j'avise Charles qui sort des toilettes en m'observant avec intérêt. Il tombe soudain des nues.

— Kassy ? Qu'est-ce qu'il se passe ?

Je lui adresse mon plus beau sourire, fière d'avoir remis son cousin à sa place, et lui dis :

— T'inquiète... tout va bien.

— Mademoiselle Rochecourt, m'accueille poliment notre directeur.

— Bonjour, monsieur Bouzon.

— Je vous en prie, asseyez-vous.

La pièce n'est pas bien grande. Je la découvre pour la toute première fois. Les murs jaune pastel confèrent à l'espace un petit côté ancien, délabré. Les piles de courriers sur la table et la poubelle qui déborde n'arrangent pas vraiment les choses. Même les tiroirs, desquels dépassent des tas de dossiers, sont ouverts. Probablement parce qu'ils ne ferment plus depuis longtemps.

— Madame Hoyaux m'a informé à l'instant de ce qu'il s'est passé entre vous et monsieur Fraikin durant l'intercours. Elle dit aussi que vous êtes déjà en retenue ce soir, si je ne me trompe. Qu'est-ce qu'il vous arrive, en ce moment ?

L'homme, d'une cinquantaine d'années environ, m'analyse de pied en cap, puis ajoute :

— Nous n'avions pas de problèmes avec vous jusqu'à récemment. Quel est le souci ? Vous pouvez tout me dire, je ne suis pas là pour vous juger, mais pour essayer de comprendre ce qu'il se passe. D'après ce que je vois ici, ce n'est pas votre première altercation avec monsieur Fraikin. Vous ennuie-t-il ?

Oh que oui ! Et le mot est faible. C'est carrément du harcèlement, de l'acharnement, même ! Alors pourquoi ce simple mot refuse-t-il de sortir ? Qu'est-ce qui me retient ?

Les paroles de Charles me reviennent aussitôt en mémoire. Ben a perdu ses deux parents il y a tout juste un mois. Sans lui demander son avis, on l'a arraché au Canada pour l'obliger à vivre en Belgique, un pays qu'il ne connaît pas. Du jour au lendemain, tous ses repères se sont évanouis dans la nature. Certes, ça n'excuse pas son comportement et il mériterait que je déballe tout ici et maintenant, seulement... il se ferait virer. La famille de Charles aurait des ennuis et sans doute devraient-ils quitter l'école tous les deux.

Non ! Ça, c'est inconcevable, par contre.

— C'est ma faute, monsieur. Le jour où Ben est arrivé, nous nous sommes percutés et la maquette technologique que j'ai fabriquée pour le cours de monsieur Mac Doug a été brisée. J'étais en colère et je... Je lui en veux à cause de ça.

Mentir me coûte, mais je préfère ça plutôt qu'imaginer Charles changer d'école.

— Vraiment ?

— Bah oui, pourquoi ?

— Ce n'est pas tout à fait la version que j'ai entendue. Interloquée, je lui demande :

— Qu'est-ce qu'on vous a dit ?

— Eh bien, ma foi, que vous étiez davantage victime que bourreau. Enfin, si on omet l'épisode de ce matin.

Face à mon trouble, monsieur Bouzon se lève et me tourne le dos une seconde, le temps d'attraper quelque chose sur le meuble derrière lui, puis se rassoit. Devant moi, il pose une carte de visite racornie sur laquelle je peux lire :

Cavas Samaras

Psychologue Centre P.M.S.

Étonnée, je lui adresse un regard interrogatif.

— J'ai pris la liberté de prendre un rendez-vous pour ce lundi à neuf heures. Ne soyez pas en retard.

— Pardon ?

— Sachez que nous ne tolérons pas le harcèlement, ici, mademoiselle Rochecourt. Ainsi que la violence sous toutes ses formes. J'ignore pourquoi vous protégez monsieur Fraikin malgré ce qu'il vous fait subir, mais monsieur Samaras vous aidera certainement à y voir plus clair. Il sait écouter et, en dépit de son originalité, vous ne regretterez pas d'y être allée. Vous verrez…

— Et si je refuse ?

— Eh bien, dans ce cas, je n'aurais pas d'autre choix que de sanctionner en fonction des éléments qui se présentent à moi. « Coups et blessures » sur un élève pour vous, et probablement « harcèlement sur mineure » pour monsieur Fraikin. Croyez-moi, vous n'aimeriez pas du tout ça.

À court de mots, je saisis la carte et la fourre rapidement dans ma poche, outrée par cette perspective qui ne m'enchante absolument pas.

Midi.

La sonnerie retentit enfin. Une fois n'est pas coutume, le cours de français m'a semblé interminable. Sans doute parce que nous étions pressées de nous rejoindre, Aurélie et moi. Impatiente, ma camarade ne se gêne pas pour bousculer les élèves qui lui bloquent la route.

— Oh, regarde ! Il y a des cheeseburgers végétariens à la cantine, on y va ?

La moue qu'elle affiche me laisse perplexe.

— Quoi ? Tu n'as pas envie d'un bon burger de légumes dégoulinant de fromage ?

— Mouais, je ne sais pas trop. Je n'ai pas très faim, aujourd'hui.

Cela m'étonne. Généralement, mon amie ne rate jamais une occasion pareille. Est-elle malade ? Elle m'affirme que non et, pourtant, je devine la convoitise dans ses yeux.

— Tu commences un régime ?

— Quoi ? Tu rigoles ? Tu sais que j'aime trop manger pour ça. Mais bon, j'aimerais bien faire un peu plus attention à ce que j'ingère quand même. Tu devrais faire gaffe, toi aussi, car au rythme où tu ingurgites toutes ces graisses, tu ne garderas pas ta taille de guêpe bien longtemps.

Indifférente, je hausse les sourcils. Peu importent mon poids et ma ligne tant que je me sens bien dans ma peau. Aurélie devrait pouvoir se régaler avec ce dont elle a envie. Ce soi-disant régime qui n'en est pas vraiment un... Encore une idée de sa mère, j'imagine.

— Bon, si tu n'en veux pas, alors je n'en mange pas non plus, décrété-je.

Touchée par ma solidarité, mon amie m'adresse un magnifique sourire.

— C'est gentil, vraiment, mais ce n'est pas nécessaire. Prends-le et je mordrai peut-être un morceau.

— Tu es sûre ? Ça ne me gêne pas du tout.

En un clin d'œil, nous nous retrouvons dans la file d'attente. Mon estomac crie famine. Toutes ces émotions m'ont vidée de mon énergie. Me sacrifier pour mon amie n'aurait pas été un problème. Il n'empêche que je suis bien contente de pouvoir manger quand même.

— Tu as eu des nouvelles de ton père, récemment ?

— Ce matin, oui. Il a trouvé un petit appart du côté de Faimes. Il emménage ce week-end.

— Oh, génial ! Vous allez pouvoir le rejoindre.

Déçue, je lui annonce que cette option n'est malheureusement pas possible dans l'immédiat. L'appartement qu'il loue ne possède qu'une seule chambre. Occasionnellement, nous pourrons y passer un jour ou deux et occuper le lit, Sophie et moi. À long terme, ce n'est pas le meilleur plan qui soit, d'après mon père. Je ne comprends pas pourquoi. Je serais prête à dormir dans la salle de bains si ça pouvait me permettre de vivre avec lui. Hélas, Papa ne voit pas les choses de la même façon.

— C'est provisoire, me rassure Aurélie.

— Oui, je sais. Mais ce n'est pas facile. Ma mère et ma sœur ne m'adressent plus la parole. L'ambiance est tendue dès que j'ouvre la porte de la maison. Quant au collège, bah... tu as vu ce que ça donne.

— C'est sûr, d'ailleurs, maintenant qu'on en parle, je ne comprends toujours pas pourquoi tu n'as pas dénoncé Ben. Il ne mérite franchement pas que tu sois aussi sympa avec lui.

— Je te l'ai dit, je l'ai fait pour Charles.

— Eh bien, quand on parle du loup, regarde qui arrive, m'annonce-t-elle.

Tournant la tête, je constate que Charles se dirige vers nous, seul. Un léger sourire s'imprime sur ses traits déjà gracieux.

— Bonjour, les filles, ça va ? Tout baigne ?

Nous répondons en chœur par l'affirmative.

— Au fait, Kassy, je voulais savoir... Je pourrais te parler une minute après les cours ?

— À moi ? Euh, oui, bien sûr. C'est juste que...

Grrr.

— Je suis collée jusqu'à dix-sept heures.

— Ce n'est pas grave, je peux attendre.

— Quoi ? Mais euh...

— T'en fais pas. Je termine à seize heures trente le vendredi. Je n'aurai qu'une petite demi-heure à patienter.

— Bon, eh bien, dans ce cas. Si tu es certain que ça ne te dérange pas.

— Génial ! À tout à l'heure, donc ! Bye.

— Bye.

Charles parti, Aurélie et moi sautons sur place, hystériques. Je me retiens de justesse de grimper sur la table pour y danser la gigue.

Chapitre 13

BEN

Encore sous le choc de ce que je viens d'apprendre, j'entends à peine les filles m'appeler lorsque je traverse la cour. Leurs voix résonnent tel un lointain écho, sourd et incompréhensible. Un peu comme des poules qui caquettent toutes en même temps à la vue d'un ver. Nul doute qu'elles veulent savoir comment s'est déroulé mon entretien avec le directeur.

Si seulement elles savaient... J'en reste moi-même sur le cul.

L'esprit encore retourné, je me réfugie aux toilettes et, une fois certain d'être seul, j'inspire profondément à plusieurs reprises afin de reprendre contenance.

Merde, j'en reviens toujours pas ! Elle n'a rien dit. Rien du tout.

C'est à n'y rien comprendre. Cette fille est tellement... Elle aurait pu prendre une longueur d'avance et elle... Elle refuse de dire au directeur ce qu'il s'est réellement passé entre nous : les baisers volés au parc, mon acharnement contre elle... pourquoi ?

Par amour pour Charles ? Trop facile... Et puis, comparé à mon exclusion définitive, ça ne pèse pas dans la balance.

Par pitié, alors ? Impossible, Charles n'aurait jamais osé lui dire. Pourtant, la perspective de cette hypothèse me noue les entrailles. Kassy sait-elle ce qu'il s'est produit, cette fameuse nuit ? Je refuse d'y croire, seulement... comment justifier son geste autrement ? Ne pas savoir me ronge.

La tête en appui contre la paroi des W.C., je sens les larmes naître sous mes paupières.

Eh merde, pas maintenant !

Trop tard, son image apparaît déjà devant mes yeux. Comme toujours, je tente de l'éviter. Je ne veux pas penser à elle. C'est hors de question. Mais malgré ma volonté de l'ignorer, elle s'acharne, encore et encore. Je n'ai pas d'autre choix pour l'obscurcir que de recourir à la manière forte…

Sans attendre, j'extirpe mon portable de la poche arrière de mon jean. Rapidement, la musique de Vangelis, *Conquest of Paradise,* résonne à mes oreilles et les images défilent les unes après les autres. Autant de souvenirs qui me rappellent à quel point je suis un monstre, mais aussi à quel point je mérite de souffrir.

Chapitre 14

Joie et déception

De toute ma vie, jamais une heure de colle ne m'avait semblé aussi longue. Si au moins le temps imparti avait été mis à profit. En recopiant un cours, par exemple, ou bien en réalisant quelques exercices additionnels, mais non. Monsieur Mac Doug a réclamé le silence total. Dos bien droit, le regard figé sur le tableau, sans esquisser le moindre mouvement. Seule Aurélie a été autorisée à quitter la classe à trois reprises pour se rendre aux toilettes (elle a prétexté une gastro, la maligne). Quant à moi, des clous, rien ! Obligée d'observer le fond vert sans prononcer un mot. À un moment, j'ai même failli m'endormir.

— Je vous apprendrai à respecter mon cours, mesdemoiselles, nous a-t-il promis dès les premières minutes.

Et il a tenu parole !

— Enfin libre ! déclare joyeusement mon amie.

— De quoi tu te plains ? Tu es partie aux W.C. à trois reprises sur une heure de temps.

— Oui, bah, j'avais super mal au ventre.

Le ton de sa voix me laisse penser qu'elle me cache quelque chose. Et ce n'est pas la première fois. Ce pseudo-régime alors que sa mère la tanne depuis plusieurs années, ses escapades récurrentes au petit coin, où ma présence n'est curieusement plus requise alors qu'elle l'était jusque-là... Pourquoi ?

La réponse à cette question me saute soudain aux yeux, telle une évidence : elle y rejoint sans doute quelqu'un. Mais dans ce cas, pourquoi ne pas me le dire, tout simplement ?

Je songe que c'est ma faute. Entre le divorce de mes parents, le fait que je sois devenue une Descendante de Séraphine, et mon récent rapprochement avec Charles, sans parler des altercations avec Benjamin, où trouverait-elle le temps de me parler d'elle ? La honte me submerge. Je suis une bien piètre amie...

— Auré, est-ce que tu...

La voix de Charles m'interrompt.

— Alors, ça a été avec monsieur Mac Doug ? Il n'a pas été trop dur ? Paraît qu'il n'est pas tendre avec ses élèves en retenue.

— Ça va, ça n'a pas été aussi désagréable que ça, s'empresse-t-elle de répondre, tout sourire. On a vu pire comme punition, pas vrai, Kassy ?

— Oh, eh bien, ça m'a semblé super long, à moi.

— Tu m'étonnes ! réplique-t-elle, amusée.

Puis, elle ajoute :

— Bon, je vous laisse, ma mère m'attend à la grille. À lundi ?

— À lundi !

Une fois en compagnie de Charles, mon corps entier se tend. De quoi souhaite-t-il m'entretenir ? Est-ce à propos de ce qu'il s'est passé hier à Wéris ? Si seulement je savais ce que j'ai le droit de dire ou non... Maman m'interdit de lui en parler, mais... c'est Charles, quoi. Et puis, je n'ai pas eu autant de scrupules à tout raconter à Aurélie. Certes, ce n'est pas la même chose, nous nous connaissons depuis la maternelle et elle gardera mon secret, j'en mettrais ma main à couper, mais...

Dans mon esprit, mon cœur et ma raison se querellent. Que dois-je faire ?

— De quoi voulais-tu me parler, en fait ?

— Ah oui, c'est vrai ! Euh, eh bien... Tu sais que j'organise une petite fête samedi prochain à la maison ?

Comment oublier un tel évènement alors que c'est probablement l'élément déclencheur de tous mes problèmes actuels ? À commencer par l'heure de colle que je viens de subir.

— Oui, bien sûr !

— Super ! Euh, du coup, je me demandais : si tu ne fais rien ce week-end-là, tu... Tu accepterais de venir ?

Une douce chaleur me consume. Je n'en crois pas mes oreilles. Ai-je bien entendu ? Une invitation en bonne et due forme, directement de la bouche de Charles ?

— Tu n'es pas obligée de répondre tout de suite, ajoute-t-il.

Je remarque qu'il semble presque aussi nerveux que moi. Mais pour quelle raison le serait-il ? Il est beau, grand et populaire. Que redoute-t-il ? Qu'un être insignifiant comme moi refuse son invitation ?

En même temps... comment lui expliquer ?

« J'aimerais bien venir, mais je crains de tomber nez à nez avec ton cousin », « J'aimerais beaucoup, seulement, je risque de gâcher ta fête si Ben est présent », ou bien « J'aimerais vraiment, mais pourquoi moi, alors que tu peux avoir n'importe quelle fille ? »

— C'est très gentil à toi, seulement...

— Oui ?

Je me mords les joues lorsque je prends soudain conscience qu'il m'a simplement invitée à sa fête. Il ne m'a pas proposé de sortir avec lui. Il m'a juste demandé d'y aller si je n'avais rien de mieux à faire.

— Pourquoi pas ? Est-ce qu'Aurélie peut venir aussi ?

Bien sûr, andouille ! Toute l'école a été conviée. Aurais-tu oublié ?

— Carrément ouais, avec plaisir.

Mon cœur bat vite, très vite.

— C'est tout ce que tu voulais me dire ?

Son visage se fend d'un sourire magnifique, chaleureux, presque trop beau pour être vrai.

— Ça te dit qu'on rentre à pied ?

Je tente d'arborer une expression neutre. En réalité, je suis au comble du bonheur. Rien ne pourrait me faire plus plaisir.

— Pourquoi pas ?

Sur le chemin du retour, nous abordons le sujet tant redouté. Charles m'interroge sur ce que j'ai vu et sur tout ce que j'ai découvert à Wéris. Au bout du compte, j'ai choisi de tout lui révéler. Après tout, pourquoi le lui cacher étant donné qu'il sait déjà le plus important ? Lui-même n'a-t-il pas toujours été honnête envers moi ?

— Donc, tu peux guérir les blessures, comme ta mère ?

— En toute sincérité, je ne crois pas. Peut-être que j'aurai le don seulement lorsque Maman ne sera plus de ce monde ou alors avant, c'est difficile à dire.

Charles m'observe avec attention. Ses pupilles ancrées dans les miennes me troublent.

— Nous pourrions essayer, qu'est-ce que tu en dis ?

— Quoi ? Comment ça ?

— Attends ! m'ordonne-t-il d'une voix particulièrement excitée.

Il s'agenouille et s'empresse d'ouvrir son sac. Au bout d'une poignée de secondes, il extirpe un compas de sa trousse et m'annonce d'un ton espiègle :

— C'est ça ou une paire de ciseaux recouverte de blanc correcteur.

— Qu'est-ce que tu racontes ? Que comptes-tu faire avec cet engin ? Tu ne vas quand même pas te couper le bras ?

D'un geste décidé, Charles relève sa manche jusqu'au coude et dirige la pointe de l'outil vers son membre gauche, prêt à tenter l'expérience.

— Arrête, Charles ! Mais qu'est-ce que tu…

Trop tard. Le sang s'échappe déjà de la blessure. Ses traits se plissent sous l'effet de la douleur. La plaie en elle-même n'a rien de gravissime, mais elle risque de s'infecter rapidement si nous ne faisons rien.

— Non ! Non ! Non ! Charles Fraikin, tu es un idiot !

L'intéressé se marre. J'adore écouter ce son merveilleux. Pourtant, je n'ai aucune envie de l'accompagner dans son délire. Je suis même en rogne contre lui. Non, mais qu'est-ce qu'il lui a pris ?

— Soigne-moi, m'implore-t-il sans se départir de son sourire. Je t'en supplie, ô divine Kassy, sauve-moi d'une mort atroce. Si tu ne fais rien, je vais périr ici, seul au milieu des champs, sans jamais avoir rien vu des merveilles dont regorge notre belle planète. Je t'en conjure, aide-moi. Pour le salut de mon âme.

Je réprime un fou rire au prix de mille efforts. Ma colère cède place à l'amusement. Il me faut pourtant garder tout mon sérieux. Ce genre de gamineries n'a rien de drôle. Ça pourrait être véritablement dangereux.

— Je t'ai dit que je ne savais pas…

— Essaye, au moins !

Nos regards se croisent. Ses yeux brillent d'un tel éclat que j'en suis toute retournée.

— J'ai confiance en toi.

— Je ne sais même pas ce que je suis censée faire.

— Ça va aller, m'assure-t-il. Qu'est-ce que ta mère aurait fait ?

Saisissant sa main, je peste tandis que ma peau s'électrise à son contact.

— Cesse de râler, ça ne te va pas du tout, raille-t-il.

Mon comportement enfantin l'amuse. En cet instant, il se remémore sans doute nos jeux, lorsque nous étions hauts comme trois pommes. Sur ce point, j'admets que je n'ai pas beaucoup évolué. Je boude toujours autant.

— Arrête de te marrer, j'essaye de me concentrer !

Les yeux clos, je caresse délicatement la blessure, puis soulève mes paupières afin de me rendre compte du résultat : RIEN. La taillade est béante.

— Recommence.

Je réitère l'expérience, à la différence près que, cette fois, j'adresse une prière à mon aïeule. En vain, car je n'obtiens pas l'effet escompté.

— Je suis vraiment désolée.

— Ce n'est pas ta faute. Je savais quel risque j'encourais. Et puis, c'est l'affaire de deux ou trois jours. Il n'est pas question d'amputer.

Certes, la blessure est sans gravité, il n'empêche que je m'en veux.

— Je vais demander à Maman de te soigner. Nous trouverons bien une excuse pour justifier cette vilaine coupure.

— Ce n'est pas nécessaire.

— Si, j'insiste.

— Bien, si Madame y tient, dans ce cas, allons chez toi.

Chapitre 15

Rapprochement

Lorsque nous franchissons la porte, Maya et Lucky accueillent notre invité avec engouement, m'ignorant superbement au passage. Ils n'ont d'yeux que pour Charles. Comme je les comprends !

— Eh bien ! Bonjour à vous aussi, bande d'ingrats.

Dans la salle à manger, Sophie étudie son tableau périodique. À côté d'elle, éprouvettes, erlenmeyer et autres ustensiles nécessaires à ses expériences chimiques trônent sur la table. Aucun signe de vie en ce qui concerne Hélène et Maman.

Sur les genoux de ma sœur, je remarque une minuscule boule de poils d'un beau roux tigré.

— Oh, mais… on ne se connaît pas, tous les deux. Tu viens d'arriver ?

Sophie acquiesce et je ne peux résister à l'envie de prendre l'adorable chaton, tant il est mignon. L'animal tient sans difficulté dans la paume de ma main. Charles s'approche à son tour pour le caresser. J'en profite pour faire les présentations.

— Sophie, tu te souviens de notre ancien voisin, Charles ? Charles, voici ma sœur, Sophie.

— Je me rappelle très bien, prétend Charles.

Sophie ne prononce pas un mot, mais d'après le regard qu'elle me lance, je comprends qu'elle aussi.

— Au fait, So, tu as trouvé une nouvelle école ?

Elle remue la tête en signe de négation. Je comprends dès lors qu'elle prend un peu d'avance sur le programme de façon non officielle. Je la reconnais bien.

— OK. Tu sais si elles sont là ?

J'insiste volontairement sur le « elles » pour qu'elle sache à qui je fais allusion. Pour toute réponse, elle pointe l'étage du bout des doigts.

— Je suis désolée, So, mais je vais avoir besoin de Maman.

La mimique qu'elle m'adresse m'informe qu'elle ne m'en veut pas. Pourtant, je sens au fond de moi qu'il aurait mieux valu éviter de nous réunir toutes les trois dans la même pièce.

— Maman ? crié-je. Tu peux venir une minute ?

— J'arrive.

Le ton de sa voix ne me donne aucun indice quant à son humeur. Je prie néanmoins pour qu'elle soit bonne.

— Qu'est-ce qu'il se passe encore, Kassy ? m'interroge-t-elle tout en descendant l'escalier.

Puis, avisant la présence de Charles, elle se raidit.

— Bonjour, madame Rochecourt.

— Bonjour, Charles.

— Euh, M'man, Charles s'est blessé au bras. Tu pourrais… s'te plaît ?

Furibonde, ma mère me toise d'un œil mauvais, l'air de dire « Tu crois que je suis là pour guérir les bobos de tous tes amis ? ». Ce à quoi j'ai envie de répondre par l'affirmative. Je m'en garde néanmoins, peu désireuse d'attiser la rancœur qu'elle me porte déjà.

— Venez avec moi.

Nous la suivons sans discuter jusqu'à la petite salle de bains du rez-de-chaussée, qui nous est réservée, à mes sœurs et moi.

Papa et Maman, eux, en ont une directement dans leur chambre. Les seules pièces situées au premier étage.

— Comment tu t'es fait ça, jeune homme ?

J'adresse un regard lourd de sens à mon ami, l'incitant à mentir, même si c'est mal.

— Oh euh… Je me suis blessé sur une pierre en tombant dans les remembrements.

Mon Dieu, qu'il est bête ! Qui irait croire une chose pareille ? On voit clairement que la coupure est bien trop nette pour avoir été causée par n'importe quel caillou. Et Maman n'est pas née de la dernière pluie, elle est médecin. Elle comprendra tout de suite.

— Vraiment ? Drôlement bien aiguisée cette pierre, dis donc.

Une dizaine de secondes s'écoulent, puis elle ajoute :

— Bon, j'attends : qu'est-ce qu'il s'est réellement passé ?

Nous échangeons un regard ennuyé. C'est lui, cependant, qui répond en premier :

— C'est ma faute, j'ai… J'ai lourdement insisté. Je l'ai même menacée. Kassy n'a pas flanché, alors je… Je me suis dit qu'en la mettant devant le fait accompli, elle n'aurait plus trop le choix. Qu'elle serait bien obligée d'essayer. Sauf qu'en fait, elle ne savait pas du tout comment faire. Elle a refusé plusieurs fois, mais je ne l'ai pas crue. Je suis vraiment désolé, madame. Cela ne se reproduira plus. Je vous le promets.

Charles a prononcé ces mots d'une seule traite. Jamais je ne l'avais entendu parler aussi vite. Ma mère, pourtant, ne semble pas satisfaite de ses explications. Doute-t-elle de sa sincérité ? Il s'est montré honnête, cela dit.

— Alors, tu n'as même pas su attendre que ton entraînement commence ! lance-t-elle à mon attention.

Stupéfaite, je la regarde sans savoir quoi dire.

— Madame, je viens de vous dire que…

— J'ai entendu, claque-t-elle d'un ton sec. Et je t'avais demandé de te tenir loin de ma fille, pourquoi es-tu encore là ?

L'expression figée sur les traits de Charles est parfaitement éloquente. Il ne comprend pas ce qu'il se passe. Bienvenue dans mon monde, Charles…

— Je ne faisais que la raccompagner, voilà tout. Nous ne faisions rien de mal, je vous l'assure.

— Bien, maintenant que c'est fait, tu peux rentrer chez toi.

— Et sa blessure ?

— Tiens. Un peu de désinfectant fera très bien l'affaire.

Joignant l'acte à la parole, elle lui plaque la petite bouteille jaune et noire sur la poitrine, puis elle se tourne vers moi et ajoute :

— Tu n'es qu'une enfant arrogante et égocentrique. Tu ne mérites pas d'être une Descendante de Séraphine !

Ces mots, prononcés avec froideur, m'atteignent en plein cœur. Charles lui-même a du mal à en croire ses oreilles.

— Elle te parle souvent comme ça ? m'interroge-t-il, une fois ma mère retournée à ses petites affaires.

— C'est encore pire depuis que Papa est parti. Avant, Sophie et moi, on était simplement invisibles pour elle. Maintenant, notre seule présence l'insupporte.

— Désolé, je ne savais pas.

Conscient de la souffrance que j'endure au quotidien, Charles m'attire vers lui. Je me laisse faire tandis qu'il me réconforte au creux de ses bras. J'aimerais laisser libre cours aux larmes qui menacent de jaillir de mes paupières, seulement, quelque chose m'en empêche.

La sonnerie de mon téléphone portable retentit à l'arrivée d'un S.M.S.

« Coucou, ma belle, je viens voir comment tu vas. Raconte, que te voulait Charles, finalement ? »

Zut ! J'ai oublié d'annoncer la bonne nouvelle à Aurélie. Sans plus attendre, je déverrouille l'écran et tapote un message à la va-vite pour lui expliquer que Charles nous a personnellement invitées à sa fête.

« Quoi ? Mais c'est incroyable ! Kassy, je crois que tu as un ticket avec lui. »

Je retiens un rire. Aurélie adore inventer des scénarios abracadabrantesques, seulement là, elle se trompe. Charles et moi sommes juste amis, rien de plus. Pourquoi les gens déduisent-ils toujours que si nous passons du temps ensemble, c'est parce que nous éprouvons de l'attirance l'un pour l'autre ? Enfin, pour ma part, je reconnais que c'est un peu plus que ça, mais soit... Pour l'instant, la situation me convient parfaitement telle quelle.

« Bon, et toi alors ? Quoi de neuf ? Ce n'est pas trop dur de passer le week-end toute seule, sans pouvoir sortir ? »

Je tente d'attirer l'attention sur elle pour éviter que le sujet ne dévie. D'autant que ces derniers jours, je n'ai pas été au top en tant que meilleure amie.

« Disons que ça pourrait être mieux, mais je ne me plains pas. J'ai beaucoup discuté avec ma mère et nous avons finalement décidé de commencer un petit régime ensemble. »

Déçue, je hausse les sourcils tout en soupirant. Pourquoi perdre son temps avec un régime ? À seize ans, doit-on vraiment se préoccuper de ce genre de choses ? Après tout, ce qui compte, ce n'est pas d'être bien dans sa peau ?

Oh ! Je crois que je comprends. Si Auré a finalement cédé au caprice de sa mère, c'est certainement pour plaire à ce garçon dont elle ne m'a pas parlé. Mais… de qui peut-il bien s'agir ? Il faut que je le sache ! Mais comment faire pour qu'elle me l'avoue sans lui mettre la pression ? Ah ! Je crois que j'ai une idée.

« Toutes mes félicitations, je suis contente pour toi, si c'est ce que tu souhaites. Au fait, je voulais te demander un truc. Si…

comment dire ? Si je me rapprochais un peu de Charles, est-ce que ça te dérangerait ? Je veux dire, si la relation que nous entretenons devait évoluer… Je sais que tu l'aimes, toi aussi, et j'ai peur que cela détruise notre amitié. »

Petit à petit, je vais essayer de l'amener à me révéler ses secrets. Si elle m'avoue qu'elle n'est plus amoureuse de Charles, je comprendrai qu'elle en pince pour un autre. Et si elle m'annonce qu'elle l'aime, je trouverai un moyen différent d'expliquer ses allers-retours aux toilettes.

« Charles aura toujours une place particulière dans mon cœur, mais je sais depuis longtemps qu'il ne m'est pas destiné. Si tu as la chance de vivre quelque chose avec lui, n'hésite surtout pas. En ce qui me concerne, il y a plein d'autres mecs mignons dans les parages. Ne t'en fais pas pour moi. Bon, faut que je te laisse, mon père a besoin de moi au garage. Bisous et bonne soirée, ma belle. »

Et voilà ! Si ça, ce n'est pas une preuve. Il ne me reste plus qu'à découvrir le nom de l'heureux élu. Ça ne devrait pas être trop difficile… La suite au prochain épisode !

Le fil de mes pensées s'interrompt soudain lorsqu'on frappe à ma porte. La tête de Sophie apparaît dans l'embrasure. Jamais elle n'a arboré un plus joli sourire.

— Papa, mime-t-elle du bout des lèvres.

Mes yeux s'écarquillent de plaisir. Papa ! Papa est là ! Il est venu nous voir !

Sans plus attendre, je fourre mon téléphone portable dans la poche arrière de mon jean et suis ma sœur jusqu'au salon. Dans le hall d'entrée, nos parents discutent sur le pas de la porte.

— Je préférerais que Kassy reste ici ou, du moins, qu'elle ne rentre pas trop tard. Nous avons une sortie prévue demain très tôt et je tiens à ce qu'elle se couche de bonne heure pour être en forme. Une longue journée l'attend.

Bah ça alors ! Non, mais, et puis quoi encore ?

— Je la ramènerai vers vingt-deux heures trente au plus tard, abdique mon père d'un ton las.

Lorsque nous arrivons, Maman s'écarte de la porte pour nous laisser passer. Je lui lance un regard noir auquel elle me répond par un haussement d'épaules désinvolte. Nul besoin d'échanges verbaux. Elle sait pertinemment que j'ai tout entendu de leur conversation, même si elle s'en fiche royalement.

— Hélène ne vient pas ?

— Ta sœur est occupée, s'agace-t-elle.

Enfin... c'est Maman.

— On y va, les filles ? nous invite-t-il, impatient.

Ravies, nous l'accompagnons jusqu'à la voiture. Sophie étant l'aînée, je lui cède volontiers le siège avant pour m'asseoir juste derrière Papa.

— Tu m'as trop manqué, papounet, lui dis-je tout en l'embrassant sur la joue.

Puis, j'inspire à pleins poumons l'odeur qui émane de lui : Kouros, d'Yves Saint-Laurent.

— Vous aussi, les filles. J'avais hâte de vous voir.

— Tu nous emmènes où ?

Il me tarde de savoir où il vit en attendant de récupérer les clefs de son nouvel appart.

— Que diriez-vous d'aller prendre une pizza ?

Cette suggestion me déçoit un peu, mais le simple fait de bénéficier de sa compagnie suffit à mon bonheur.

— C'est parti, mon kiki...

Au restaurant, nous choisissons une table près de la fenêtre donnant sur l'avenue. Sophie s'installe à côté de Papa, tandis que j'opte pour la chaise en face de lui.

— Comment ça va, papounet ? Tu arrives à t'y faire ?

Mon père me couve de son regard tendre. Ses mains, lourdes et imposantes, se posent sur mes doigts, puis exercent une légère pression.

— C'était inévitable, confesse-t-il d'une voix triste. Ce qui me désole surtout, c'est de ne pas pouvoir vous emmener avec moi tout de suite.

Mon cœur se comprime. Si seulement il savait combien c'est réciproque. Autant pour Sophie que pour moi. Son absence nous pèse bien plus qu'il ne peut l'imaginer.

— Et vous, comment ça va à la maison ?

Sophie baisse les yeux tandis que je m'entête à suivre les mouvements du serveur. Nous répugnons à lui mentir, lui qui a déjà tant à gérer en ce moment. Pourtant, je ne peux m'empêcher de répondre :

— Ça va.

Il n'a pas l'air convaincu.

— Vraiment ?

J'ai intérêt à me montrer plus persuasive si je veux qu'il me croie. Sophie griffonne rapidement un message sur la nappe en papier blanche.

Oui, mais tu nous manques. C'est dur sans toi.

Soulagée, je lance un sourire plein de gratitude à ma sœur. Je refuse que Papa apprenne pour les Descendantes de Séraphine. C'est inutile pour le moment. Lorsqu'il sera bien installé et qu'il sera physiquement et mentalement remis de ce stupide divorce, alors, seulement, j'accepterai de tout lui raconter.

— Vous me manquez terriblement aussi, vous savez. Je sais que la cohabitation avec votre mère est loin d'être évidente, mais montrez-vous patientes, d'accord ? Ce n'est pas facile pour elle non plus. Elle...

Je rêve ou il prend sa défense ?

— Maman est une... passionnée. Elle ne vit que pour sauver des vies, c'est ce qui la rend heureuse. Quand elle bosse à l'hôpital toute la journée, à l'infirmerie le soir quand elle rentre ou dès qu'elle a un moment de libre au sein des Descendantes de Séraphine. En fait, elle a un cœur si gros que cela l'aveugle. Elle voit tellement de mauvaises choses à longueur de temps qu'elle ne se rend même plus compte de la souffrance qu'elle inflige à ses propres filles. Elle n'en a pas conscience. Elle croit agir pour le bien du plus grand nombre, il ne faut pas trop lui en vouloir. Je sais que pour vous, rien n'excuse son attitude, et vous avez raison dans un certain sens, seulement vous devez savoir qu'elle vous aime aussi par-dessus tout. Elle vous aime profondément, elle ne sait simplement plus comment vous le montrer. Et puis, elle a peur de vous perdre, peur de trop s'attacher et que l'histoire de Noémie se répète. Elle n'y survivrait pas, cette fois.

Nous restons muettes un moment, méditant les paroles de Papa, jusqu'à ce que Sophie écrive un nouveau message en dessous du premier :

Quand est-ce qu'on pourra venir chez toi ?

— Bientôt, nous promet-il. Je suis en train d'acheter quelques meubles de dépannage, ensuite j'irai chercher quelques affaires à la maison. Je pense être relativement bien installé d'ici mercredi ou jeudi. Ça vous dit de passer le week-end qui arrive à l'appart ?

Dans ma tête, un signal d'alarme retentit : oh, non ! pas le week-end prochain !

— C'est que... Euh, samedi, je suis justement invitée à une fête avec Aurélie et je...

Face à mon trouble, mon père et Sophie rigolent de concert.

— Et alors ? Où est le problème ? Je viens te chercher le vendredi soir et, si tu es sage, je t'autoriserai à te rendre à la boom organisée chez Charles.

Mon sang se glace. Comment est-il au courant que la soirée a lieu là-bas ?

— Mais qui t'a dit que... ?

Il rit de plus belle, satisfait de son petit effet.

— Ma puce, nous vivons dans un village minuscule, tout se sait rapidement ici.

— Mouais.

— Au moins, tu n'auras pas besoin de demander l'autorisation à ta mère si tu passes le week-end avec nous.

Il me gratifie d'un clin d'œil éloquent et je ne peux m'empêcher de sourire. J'adore mon père.

— Déjà gamine, tu en pinçais pour lui. J'espère que je peux te faire confiance, sinon...

Le rouge aux joues, je m'emporte :

— Quoi ? Mais... ce n'est pas vrai ! Nous étions juste amis. Et maintenant... Et maintenant...

Ça alors, j'en perds mes mots !

— Roh, ça va, réplique-t-il tout en retenant un petit rire moqueur.

Il adore me taquiner et moi, je me laisse prendre à chacune de ses tentatives. Quelle gourde !

Nous passons encore une heure ensemble. Sophie lui raconte, toujours succinctement lorsqu'elle n'écrit pas, le compte rendu de son exposé de chimie, ainsi que diverses recettes qu'elle aimerait tester avec lui. Tous deux projettent d'aller visionner un film au cinéma samedi soir pendant que je serai à la fête. Une petite pincée de jalousie me titille lorsqu'ils y font allusion, mais dans le fond, ils ont raison. Et puis, Sophie en a clairement besoin. Ma présence serait de trop.

À vingt-deux heures trente précises, la voiture de Papa se gare devant la maison. Le cœur lourd, nous quittons l'habitacle pour rentrer. Maya et Lucky semblent tristes lorsqu'ils comprennent que leur maître ne passera pas la porte. Tout comme Sophie et moi.

Chapitre 16

Irina

Le trajet qui nous sépare de Wéris se déroule dans le silence le plus total. La tête appuyée contre la fenêtre, côté passager, j'observe le paysage qui défile tout en songeant à Charles, mais aussi un peu à Ben. Je me demande comment s'est terminé son entretien avec le directeur, hier. Écopera-t-il d'un rendez-vous chez le psychologue de l'établissement au même titre que moi ? Ou sa peine sera-t-elle décuplée ? Je n'ai pas pensé à interroger Charles.

Quant à l'idée de ce rendez-vous, pff... je n'ai pas la moindre envie de m'y rendre. Pour raconter quoi, de toute façon ? Ils savent très bien que je ne dirai rien qui serait susceptible de créer des problèmes à Charles. Et puis, je suis bien assez grande pour me plaindre si cela prend des proportions que je ne suis plus en mesure de supporter. Pourquoi les gens se croient-ils obligés de se mêler des choses qui ne les concernent pas ? Ben risque des ennuis, à cause d'eux. Non pas que je le défende, loin de là. Ce qu'il a fait est inexcusable, seulement... il faut reconnaître qu'à sa décharge, il possède de nombreuses circonstances atténuantes. Perdre ses deux parents à quelques jours d'intervalle, c'est tout de même... Seigneur ! Je n'ose imaginer ce qu'il doit ressentir. Sans parler de son changement de vie radical. Quitter un pays magnifique comme le Canada pour venir s'installer dans une famille qu'il connaît à peine, au sein d'une contrée tout ce qu'il y a de plus banale, c'est... J'ai mal pour lui, sincèrement.

— Nous sommes arrivées, m'informe ma mère.

Sortie de la voiture, je m'étire de tout mon long. D'après Maman, cette journée sera consacrée à ma formation. Nora, représentante du peuple saumon en Écosse, m'enseignera tout ce qu'il y a à savoir sur les prêtresses de Séraphine entre huit heures et midi. Meryem, émissaire des camélidés au Maroc, se chargera des cours d'autodéfense entre treize et quinze heures.

Avec un peu de chance, j'obtiendrai aujourd'hui les réponses à mes innombrables questions, notamment celles concernant le « précédent » dont me parlait Nora la dernière fois.

— Bonjour, Gabrielle ! Bonjour, Kassy ! nous accueille chaleureusement Camélia.

Nous la saluons en retour, ensuite, l'abbesse nous guide jusqu'au cromlech, curieuse de réitérer l'expérience, j'imagine. Nul doute que cela fonctionnera cette fois encore, car j'entends clairement la pierre m'appeler de loin.

— Où sont les autres prêtresses ?

— Elles nous rejoindront au cercle souterrain. Inutile d'attirer l'attention sur nous en nous réunissant toutes ici en même temps. Cela pourrait éveiller les soupçons des autochtones. D'autant que les touristes semblent plus nombreux à Wéris, depuis quelque temps.

Cette fois, c'est Maman qui voyage la première. Sa pierre – la plus éloignée de la mienne – se situe à l'extrémité droite. Lorsque sa main entre en contact avec la roche, j'observe son corps se désintégrer sous mes yeux, avant de disparaître pour de bon. La bouche ouverte en un grand « O » muet, je reste un long moment interdite. Vivre la chose et la contempler sont deux expériences très différentes. Je n'en reviens pas.

— Impressionnant, n'est-ce pas ?

— Plutôt, oui ! répliqué-je après un bref instant de silence.

— Au fait, Kassy, comment dire ? Je m'inquiète un peu à ton sujet. J'aimerais savoir si tout se passe bien pour toi à la maison. Je sais que ça ne me regarde pas directement, mais… je connais ta mère depuis toutes ces années et je dois bien admettre que son comportement envers toi me surprend.

Aïe ! Terrain sensible.

Si je lui dis que tout va bien, l'abbesse risque de ne pas me croire. Mais si je lui avoue la vérité et que Maman l'apprend, cela deviendra encore pire pour moi. Comment me tirer de ce guêpier sans trop de casse ?

— J'imagine qu'elle est simplement déçue. Elle espérait sincèrement qu'Hélène lui succéderait. Il faut sans doute lui laisser un peu de temps, à elle aussi. Ce n'est pas une période facile. Le divorce, et maintenant ça…

L'abbesse m'adresse un sourire bienveillant et je ne peux m'empêcher de penser combien il serait agréable de vivre aux côtés d'une mère aussi attentionnée. Émy a beaucoup de chance, j'espère qu'elle en a conscience.

— Je vois. Et pour toi, comment cela se passe-t-il ?

J'hésite à lui parler. Il le faut, pourtant :

— Oh, eh bien, ça ne va pas trop mal, pour le moment.

— Tu n'aimes pas beaucoup te confier, n'est-ce pas ?

Ce n'est pas une question, mais une observation perspicace. Pour toute réponse, je lui adresse un sourire gêné. Compatissante, la dirigeante n'insiste pas, mais m'invite à traverser les pierres.

Une fois de l'autre côté, je m'empresse de rejoindre le groupe sur le chemin emprunté lors de mon premier voyage. À nouveau, je reste en admiration devant la magnificence des lieux. Les hautes cascades déversent des flots de liquide cristallin et rafraîchissent l'air ambiant, tandis que les centaines de plantes et de fleurs confèrent un aspect paradisiaque à cet endroit.

— Mes sœurs, soyez les bienvenues, annonce sereinement Camélia.

Toutes répondent en chœur, à l'exception de deux héritières, qui se tiennent légèrement en retrait. Le regard qu'elles me lancent, additionné aux messes basses qu'elles échangent, me met un brin mal à l'aise. Tout comme la dernière fois.

Toutes deux sont plus âgées que moi. La grande blonde aux boucles épaisses doit avoir dans les vingt-cinq ans. Celle aux cheveux courts à la garçonne paraît un peu plus jeune, bien que dans la même tranche.

— Bien, nous allons démarrer la journée par les dévotions habituelles. Kassy, je te propose de rester en dehors du cercle quelques minutes. Ainsi, tu pourras observer en quoi consiste l'un de nos rituels les plus importants.

En retrait donc, j'admire la scène, priant pour ne pas succomber à un fou rire nerveux au moment où elles commenceront à danser.

Chacune des prêtresses se tient solennellement devant son menhir, vêtue de sa robe de cérémonie. Les héritières, elles, restent sur le côté du rocher attribué à leur mère. Enfin, c'est le cas pour les sept jeunes filles aptes à voyager. D'après Maman, les autres s'entraînent à l'extérieur, chacune dans son pays d'origine, en attendant patiemment le prochain solstice.

Dans un profond soupir, je contemple à nouveau le paysage tandis qu'elles se préparent. Les rayons du soleil se reflètent à présent sur les longs filets d'eau qui, lentement, se déversent dans la rivière. De magnifiques arcs-en-ciel naissent sous mes yeux ébahis, puis, les voix des héritières s'élèvent en chœur, douces, vibrantes. Une musique générée à l'aide de leurs seules cordes vocales. J'en frissonne tellement c'est beau. Dans une mesure parfaitement synchronisée, prêtresses et héritières effectuent des mouvements délicats avec leurs bras tout en réalisant une série de pas chassés. Les fins voiles en mousseline suspendus à leurs manches leur confèrent un aspect de déesses orientales. Mon rythme cardiaque s'intensifie au moment où elles enchaînent des figures de plus en plus gracieuses. Même Jenny, la fille de Nora, semble éprouver un certain plaisir à danser de la sorte. En cet instant, dans sa robe blanche, plus rien ne la différencie de ses sœurs. Elle est heureuse et c'est tout ce qui compte.

Serai-je un jour capable d'atteindre un tel degré de perfection, moi aussi ? Je n'ose l'espérer. L'exercice n'excède pas les trois minutes. Je suis troublée par l'expérience vécue à travers elles. C'était absolument… magique.

Chacune d'entre elles se retire ensuite pour vaquer à ses occupations. Lorsqu'elle passe à proximité de moi, je ne peux m'empêcher d'appeler Jenny pour la féliciter.

— Jenny ?

Surprise, la jeune fille s'arrête un instant à ma hauteur.

— Je voulais… Je t'ai vraiment trouvée magnifique, tout à l'heure. Tu danses divinement bien.

Aucune expression ne s'affiche sur son visage. J'ignore si mon compliment lui fait plaisir ou si elle s'imagine que je me moque d'elle. Toujours est-il qu'elle reprend sa route sans m'adresser le moindre remerciement. Comme si je n'existais pas.

— Bonjour, Kassy, me salue en revanche Nora. Tu veux bien me suivre, s'il te plaît ?

Nous nous dirigeons vers l'une des nombreuses galeries souterraines. Au bout de quelques minutes, nous débouchons sur un grand jardin carré inondé de lumière. Au milieu, une petite fontaine en marbre blanc abreuve quelques oiseaux, parmi lesquels je reconnais une colombe et deux pigeons. Le dernier, plus gros et pourvu de longues plumes d'un rouge flamboyant au niveau de la queue, m'est totalement inconnu. Tout autour, des centaines de fleurs aux couleurs éblouissantes et aux parfums enivrants décorent l'endroit. J'inspire profondément cette fragrance apaisante.

— Les filles ne vont pas tarder à nous rejoindre pour le cours. Nous n'avons pas beaucoup de temps devant nous. Ce cloître te plaît ?

— Beaucoup, oui. On se croirait dans une dimension parallèle.

Cette remarque éveille en moi une nouvelle question, que je m'empresse d'adresser à ma formatrice avant que les autres n'arrivent.

— Au fait, où sommes-nous, au juste ?

Au vu de la température idéale et des rayons de soleil dans lesquels nous baignons, il est peu probable que nous soyons en Belgique ou même quelque part en Europe. Cela n'aurait aucun sens.

— Pour être totalement honnête, nous ne sommes pas vraiment sûres. Nous n'avons trouvé aucune information à ce sujet dans nos archives. Tout ce que nous savons avec certitude, c'est qu'en plus des mégalithes en activité, comme ceux de Wéris ou celui de Calanais, d'où je viens, il existe également quelques passages naturels qui donnent accès au cromlech souterrain. Nous ne les connaissons pas tous, mais nous nous efforçons de les garder en permanence, au cas où...

Elle s'interrompt, mais nul besoin d'achever sa phrase pour que mon esprit s'éveille et fasse le lien.

— Au cas où l'histoire se répéterait, achevé-je à la place de Nora.

Son regard sur moi est intense. Je remarque aussi qu'elle respire avec difficulté et ne cesse de jeter des coups d'œil dans tous les sens afin de surveiller les allées et venues.

— As-tu obtenu son accord ?

Nerveuse, je craque les jointures de mes phalanges. Il me tarde de savoir si quelqu'un est descendu ici sans permission et, surtout, comment il s'y est pris.

Nora se mord les lèvres, hésitante, puis finit par m'avouer :

— L'abbesse m'a autorisée à t'en parler, oui.

Ignorant son malaise, je souris, ravie.

— Génial ! Dans ce cas, je t'écoute. Raconte-moi tout.

Après un dernier regard dans le couloir, ma formatrice me rejoint. Bras dessus bras dessous, nous flânons un moment entre les arbres et les colonnes en granit qui bordent le jardin. Seul le chant mélodieux des oiseaux résonne à mes oreilles, en plus du ruissellement de l'eau.

— Bien, allons-y !

J'acquiesce d'un signe de tête avec un large sourire encourageant, consciente qu'elle ne se lance pas de gaieté de cœur.

— Tu permets que je commence par le début ? Ça sera plus facile à comprendre.

— Bien sûr. Comme tu le sens.

— Parfait ! Tout d'abord, tu dois savoir que notre communauté est basée sur certains principes. Le chiffre douze, par exemple, n'a pas été choisi au hasard. Tu ne t'es jamais posé la question ? Pourquoi douze rochers ? Douze prêtresses ? Douze héritières ?

Effectivement, cet aspect m'a bel et bien effleuré l'esprit à plusieurs reprises.

— Tu en connais la raison ?

Je réponds par la négative, suite à quoi, elle reprend ses explications :

— Eh bien, figure-toi qu'à l'origine, les animaux vivaient répartis sur douze territoires géographiquement bien distincts : les forêts, les savanes, les déserts, les rivières, les mers, les jungles, sous terre, dans le ciel, sur les glaciers, dans les plaines, les marais et, pour finir, dans les montagnes. Tu saisis ? Douze habitats et chacune de nous est associée à l'un de ces territoires.

— Alors, si je comprends bien, ma mère et moi représentons les forêts ? C'est bien ça ?

— C'est exact. Jenny et moi représentons les rivières. Et dans la même vague, chaque habitat symbolise un animal. Pour Gabrielle et toi, ce sont les loups. Pour ma fille et moi, ce sont les saumons. Quant à Camélia et Émy…

— Les montagnes, terminé-je, fière d'après compris le principe. Et l'animal totem qu'Émy et sa mère représentent, ce sont les chèvres.

Nora éclate d'un rire franc, puis me corrige :

— Les bouquetins, pour être précise. Mais c'est bien, je vois que tu es attentive et que rien ne t'échappe.

Le sourire de Nora s'efface progressivement lorsqu'elle reprend :

— Irina incarnait le peuple des marais en mille huit cent trente. La pauvre... Elle n'a pas eu la vie facile. Sa mère est décédée lorsqu'elle avait neuf ans et elle n'avait personne d'autre pour veiller sur elle. Son père était mort bien avant sa naissance et, du coup, nos prédécesseures ont veillé sur elle, mais comme tu le sais, rien ne remplace l'amour d'une mère.

Sentant le regard de la prêtresse se poser sur moi, je détourne d'emblée mon visage. Elle poursuit :

— D'après nos archives, la formation d'Irina s'est révélée plus difficile que prévu. Elle ne développait aucun don particulier et les Descendantes commençaient à perdre patience à cause de son tempérament rebelle. Elle voyageait d'une famille à l'autre sans parvenir à trouver sa place. Quand elle a atteint l'âge de quatorze ans, Irina a croisé la route d'un jeune homme. Un personnage un peu sombre, mais extrêmement charismatique. Tu vois ce que je veux dire ? Aucun écrit ne mentionne son véritable nom, mais les prêtresses de l'époque ont choisi de le baptiser « *El Greco* », nous ignorons pourquoi. Peut-être en raison de ses origines, ou peut-être pas... Va savoir.

Les pas de Nora s'interrompent le temps de lancer un regard circulaire tout autour de nous. Lorsqu'elle obtient la certitude que les autres ne sont pas encore arrivées, elle cueille une poire sur l'une des branches à proximité et, après en avoir retiré la poussière avec sa manche, celle-ci me la tend. Malgré mon manque d'appétit, j'accepte le fruit et y mords à pleines dents tandis qu'elle continue :

— Irina s'est laissé séduire comme une débutante, mais… comment lui en vouloir ? À l'époque, ce n'était pas pareil qu'aujourd'hui, l'amour était chose sérieuse. Sans doute voyait-elle en lui une sorte de sauveur… sauf que, sourde aux avertissements de nos sœurs, elle… Elle a finalement révélé notre secret à son ami. La magie des prêtresses, notre mission première… jusqu'aux pouvoirs merveilleux que confère l'épée. Inutile de te dire ce qu'il s'est passé ensuite.

— Il est parvenu à la dérober ? demandé-je malgré la dizaine de questions qui affluent à mon esprit.

Je songe également au fait que Charles et Aurélie sont eux aussi au courant. Même si j'ai entièrement confiance en l'un comme en l'autre, j'espère que les Descendantes de Séraphine n'apprendront jamais que j'ai vendu la mèche.

— C'est ce que je tenais à t'expliquer au sujet de ces fameux passages, ces portes naturelles dont nous parlions tout à l'heure. Elles sont extrêmement rares, mais pour des raisons mystérieuses, elles sont ouvertes au commun des mortels à certaines périodes de l'année. Nos archives mentionnent l'emplacement de certaines d'entre elles, mais nous sommes loin de tout savoir. Nous en connaissons actuellement six, que nous surveillons en permanence grâce au soutien précieux de certaines sympathisantes, qui se sont installées de façon stratégique autour des portes afin de pouvoir guetter les entrées. Je crois me rappeler qu'il y en a une pas loin de Wéris, justement. On la nomme... attends, laisse-moi me souvenir... Je ne sais plus s'il s'agit de la *pierre de Haina* ou peut-être du *lit du diable*, je t'avoue que je m'y intéresse très peu.

— On sait laquelle a empruntée l'ami d'Irina ?

— Heureusement, oui. L'abbesse de l'époque, Angélique de Mont-Tarhan, en a aussitôt condamné l'accès. Elle était située du côté de Kalokol, au Kenya.

Face à toutes ces révélations, j'inspire profondément. Cette histoire est captivante et j'aurais adoré en connaître tous les détails. Malheureusement, Nora ne partage pas mon enthousiasme.

— Lors de notre dernière entrevue, tu m'as dit que l'épée avait également une part d'ombre. Qu'est-ce que tu voulais dire, au juste ?

— Oh ça, eh bien, comme tu le sais, elle permet de créer de nouvelles prêtresses lorsqu'une situation l'exige, seulement, nous ne devons pas oublier que notre monde repose sur un principe fondamental très important : l'équilibre qui existe en toute chose. Ainsi, il ne peut y avoir de bien sans y avoir de mal. Tout comme il est impossible de dissocier la vie et la mort, le jour et la nuit, tu comprends ? L'épée représente la lumière, car elle peut engendrer des créatures capables de protéger notre planète. Il est logique qu'en échange, elle puisse aussi créer des êtres susceptibles de la détruire.

— Mais... comment ?

— Il existe un rituel très ancien, qui, selon nos archives, permet d'accorder l'immortalité à quiconque l'accomplit.

Incrédule, je répète :

— L'immortalité ?

— Oui, confirme-t-elle tout en s'empressant de refroidir mes ardeurs. Mais le prix à payer est si élevé qu'il nous est interdit d'y avoir recours. Jamais nous ne devons user de ce pouvoir, sous aucun prétexte.

Tout à mes réflexions, je médite les propos de ma formatrice. Il y a effectivement une certaine logique à tout cela.

— Alors, *El Greco* est devenu immortel grâce à l'une des nôtres ? Irina nous a trahies, c'est bien ça ?

Nora attrape son pendentif entre ses doigts fins. Elle semble soudain très absorbée par ce dernier.

— Avant de porter un quelconque jugement, tu dois comprendre qu'Irina n'avait pas conscience de ses actes. Ce n'était qu'une enfant, encore plus jeune que toi. Une fillette amoureuse. Elle n'y a vu aucune malice. Elle avait confiance en lui. Et Dieu sait comment sont les hommes lorsqu'ils désirent ardemment quelque chose. *El Greco* s'est joué d'elle. Ce n'est que lorsque le mal était fait que la pauvre petite a compris ses intentions.

— Qu'est-ce qu'il s'est passé, ensuite ? Le rituel a fonctionné ? Et du coup, *El Greco*... il est devenu immortel ? Ou bien est-ce qu'on a pu l'arrêter à temps ? Et Irina ? Qu'est-ce qu'elle...

— Eh, doucement ! Une seule question à la fois, d'accord ?

Je hoche la tête en signe de consentement. Mon esprit est en ébullition.

— Irina a tout avoué aux prêtresses dès qu'elle a compris ce qu'il se passait. Bien entendu, il était trop tard. *El Greco* avait déjà commencé ses démarches. Heureusement, les révélations d'Irina ont permis à nos sœurs d'intervenir au moment où il accomplissait le processus. Et grâce à cela, nous avons pu récupérer l'épée, ce qui est déjà une très bonne chose, tu peux me croire.

— C'est certain. Mais… c'est quoi au juste, ce rituel ? En quoi est-ce qu'il consiste ?

Nora soupire. Je comprends qu'elle n'a aucune envie de répondre à cette question. Elle s'exécute néanmoins, fidèle à sa promesse de tout me raconter.

— Pour devenir immortel, le sujet doit sacrifier un représentant animal correspondant à chacun des menhirs du cercle de pierres. Chaque meurtre doit avoir lieu dans le pays mère à l'aide de l'épée de Séraphine. Une fois le sang de chacun d'entre eux récolté, une cérémonie doit se dérouler au cromlech souterrain. Une ou plusieurs prêtresses doivent alors procéder aux Dévotions, mais cela ne fonctionne qu'à la condition que celles-ci soient pures. Ensuite… Ensuite, le sujet doit ajouter son sang à ceux recueillis précédemment. Pour conclure, il devra ingurgiter le breuvage lors d'une nuit de pleine lune.

La prêtresse frissonne, puis continue son récit. Pour ma part, horrifiée par cette effroyable vision, je suis prise de violentes nausées. La tête me tourne au point qu'il me faut m'asseoir sous peine de perdre conscience. L'image d'un loup égorgé apparaît dans mon esprit, suivie de celle du minuscule chaton qui tenait dans le creux de ma main il y a tout juste quelques jours. Les corps sans vie de différents animaux, tels que des lions, des bouquetins ou encore des aigles et des chameaux, se multiplient sous mes yeux. C'est insupportable.

— Kassy ? Est-ce que tout va bien ?

Le teint de Nora est lui aussi très pâle.

— Ça va, c'est juste que… tout ça.

— Je comprends. C'est la raison pour laquelle j'aurais préféré ne rien dire. Raconter cette histoire nous est extrêmement douloureux. La perspective de commettre douze meurtres au profit d'un seul être, c'est…

— Atroce, oui. Alors, pourquoi as-tu accepté ? De tout me révéler, je veux dire.

Nora m'adresse un sourire compatissant. Son visage reprend quelques couleurs lorsqu'elle me répond :

— Camélia pense que cacher ce genre de choses peut avoir un impact encore plus dévastateur que ne rien dire du tout. Qui plus est, nous formons une communauté, Kassy. Et à ce titre, nous devons pouvoir nous faire confiance mutuellement. Les secrets sont nocifs. De plus, nous devons apprendre de nos erreurs et non les dissimuler, au risque de les reproduire.

— Je te remercie, vraiment.

— Je t'en prie.

Mais tandis que ma formatrice me couve de son regard maternel, mon cerveau, lui, continue de cogiter et de nouvelles questions surgissent encore et encore.

— Mais ensuite, qu'est-ce qu'il s'est passé pour Irina ? Les autres lui ont pardonné son erreur ? Elles ont repris leur vie comme si de rien n'était ? Et qu'est-ce qu'il est advenu d'*El Greco,* après ça ?

L'attention de Nora est figée sur l'eau qui jaillit de la petite fontaine non loin de nous.

— Je pense qu'elles auraient toutes été disposées à l'absoudre, seulement, Irina, elle, n'aurait pas pu vivre avec cette trahison sur la conscience.

— C'est-à-dire ?

— Une fois que les prêtresses eurent récupéré l'arme, Irina a adressé une sorte de prière à notre ancêtre. Elle tenait fermement l'épée de Séraphine entre ses doigts et pleurait toutes les larmes de son corps en s'excusant pour les horreurs commises par sa faute. Ensuite, les choses se sont déroulées très vite et les Descendantes de l'époque n'ont rien pu faire.

Nora s'interrompt afin de reprendre son souffle. Parler en marchant, même quand on est dans la fleur de l'âge, c'est épuisant, alors une fois la cinquantaine passée…

— Dans son rapport, Angélique de Mont-Tahran nous décrit la scène de façon très détaillée, mais je... Tu pourras le consulter si tu le souhaites, moi, je ne peux pas. C'est trop dur.

Intriguée, je demande :

— Pourquoi ? Que s'est-il passé ?

— Irina a fait une sorte de vœu. À l'image de notre ancêtre, elle a exprimé le souhait de sacrifier sa vie au profit d'une arme susceptible de détruire *El Greco*.

Stupéfaite, je dévisage ma formatrice, les yeux ronds.

— Mais... comment est-ce que... Qu'est-ce qui... ?

Incapable d'élaborer une phrase cohérente, Nora me porte secours :

— Irina a offert sa vie pour effacer son erreur et permettre au monde de rétablir l'équilibre. Mais ce n'est pas tout. Pour la toute première fois depuis des temps immémoriaux, notre ancêtre a accédé à sa requête, et du sacrifice d'Irina est née une prophétie.

Le duvet sur mes avant-bras se hérisse en entendant cette nouvelle. Ma gorge se serre et mes paupières menacent de libérer mes larmes sous le coup de l'émotion. Face à mon trouble, elle ajoute :

— Moi, Séraphine, fille du Vent et de la Terre, proclame solennellement : des vœux de ma descendante naîtra une arme plus puissante que l'épée, plus redoutable que l'immortalité dérobée. La réponse à ses prières s'accomplira le jour où celui qui sait sans savoir se réveillera de sa longue léthargie. Alors, seulement, l'équilibre du monde se verra rétabli.

Je reste un moment muette, à méditer cette... prophétie. Tout cela paraît insensé et, pourtant, je crois intimement tout ce que Nora me raconte.

— Alors, c'est vrai. Il existe une personne immortelle sur cette Terre et... une autre capable de la terrasser.

— Oui.

— Mais... a-t-on des indices permettant de l'identifier ? Ou du moins l'époque approximative à laquelle il est censé apparaître ? Parce que, depuis mille huit cent trente... c'est long, quand même !

Soudain, une idée folle me traverse l'esprit. Et si la personne attendue était en réalité déjà arrivée ? Et si *El Greco* n'était plus de ce monde ? Comment savoir ?

Nora m'informe alors :

— Tu dois aussi te rendre compte que de nombreuses prêtresses pensent qu'*El Greco* n'a pas survécu au rituel.

— Quoi ? Pourquoi ?

— Nos archives relatent qu'il était blessé et très affaibli au moment où il s'est enfui. Nos sœurs se sont rapidement lancées à sa poursuite, mais aucune n'a été en mesure de retrouver sa trace. Certaines sont persuadées qu'il a succombé à ses blessures avant que le rituel ait eu le temps de faire effet. Et puis... personne n'a plus entendu parler de lui depuis ce fameux jour. S'il était vraiment devenu immortel et que l'équilibre avait été rompu... nous l'aurions su, tu ne crois pas ?

En moi-même, je songe au réchauffement climatique, à l'urbanisation de plus en plus présente, à l'érosion et aux pluies acides, dont l'homme est majoritairement responsable. Je pense aux fumées nocives de nos usines, à celles de nos véhicules, et aussi à l'épuisement de nos ressources naturelles, sans parler du nombre d'espèces en voie d'extinction... Et si... ?

Je m'apprête à faire part de ma théorie à Nora, lorsque soudain, elle s'exclame :

— Oh là là, mais tu as vu l'heure ? Nous avons raté le début du cours !

Chapitre 17

Apprentissage

— Pardon, mesdemoiselles ! Veuillez excuser mon retard. On discute, on discute, et on perd la notion du temps. Cela ne se reproduira plus, ne vous en faites pas. Allez, hop, hop, hop ! On se presse un peu ! Chacune à sa place. Finis les bavardages.

Les héritières présentes dans la « salle de classe » gloussent et taquinent gentiment notre formatrice tandis que j'observe religieusement les lieux sans trop savoir quoi faire. De gros rochers plats sont installés en forme de cercle au milieu des fleurs sauvages. Ils sont tellement imposants qu'une seule pierre suffit à accueillir deux ou trois élèves.

— Prends place où tu veux, Kassy, m'enjoint Nora.

Je la remercie d'un signe de tête tout en jetant un œil aux différents sièges libres ou occupés par une seule personne. J'aurais aimé m'asseoir auprès d'Émy, malheureusement, elle partage déjà le sien avec son amie Gina. Au bout de quelques secondes de réflexion, je décide de m'installer à droite de Jenny.

— Je peux ?

Pour toute réponse, l'héritière de Nora recule d'une dizaine de centimètres. Aucun son ne franchit ses lèvres, mais elle semble davantage surprise que fâchée ou réticente.

— Merci.

Rapidement, la voix de notre enseignante résonne à nos oreilles. Chacune des étudiantes présentes sort un carnet de notes de son sac, ainsi qu'un gros bouquin mentionnant « 1001 plantes et leurs vertus médicinales », de Claudine Souris. Consciencieuse, Nora dépose un exemplaire sur mes genoux, tout en m'offrant l'un de ses clins d'œil rassurants.

— Page cent quatre-vingt-neuf.

Le livre ouvert au feuillet demandé, je découvre que la plante prévue au programme ce matin n'est autre que la sauge.

Je ne peux m'empêcher d'être déçue par tant de banalité. Pour mon premier cours, j'espérais apprendre tout un tas de nouveautés, des choses exceptionnelles... au lieu de quoi, nous étudions un végétal classique.

— Alors, la sauge. Qui peut me dire quelles sont ses capacités médicinales ? Gina ?

Une dame d'environ trente-cinq ans, l'esprit vif, se lève et déclare aussitôt avec un sourire resplendissant :

— La sauge est une plante verte qui, lorsqu'on frotte ses feuilles, dégage une forte odeur de camphre. Elle possède notamment des propriétés digestives, diurétiques et antispasmodiques. Elle peut également...

— Merci, Gina, ça suffira amplement pour l'instant. Il faut en laisser un peu aux autres.

Amusée, je lance un regard à ma voisine, qui ne réagit absolument pas. La façon dont la dénommée Gina a étalé ses connaissances était pourtant tout à fait remarquable. Jamais je n'avais entendu quelqu'un parler aussi vite.

— Kassy ? As-tu une idée des parties qu'on utilise ?

— Euh...

Dafney et Ivana m'observent en échangeant des messes basses, un sourire carnassier gravé sur le visage. L'image de Ben s'impose soudain à mon esprit. Nul doute que ces filles s'entendraient à merveille avec mon ennemi attitré. Car j'ai beau ne pas apprécier les jugements hâtifs, il est clair que ces demoiselles se réjouissent de mon échec.

— Eh bien ?

— Je ne sais pas.

— Je peux ? demande aussitôt Gina.

Nora l'y autorise. L'héritière s'empresse de compléter sa réponse :

— Lorsqu'elles sont fraîches, on peut utiliser les feuilles et les tiges, et ce, même si elles sont fleuries. Sèches, on emploie seulement les feuilles. On peut en faire du vin, qui sera utile en cas de céphalées ou pour prévenir les maux de ventre provoqués par une mauvaise digestion. Sinon, on peut aussi la boire en tisane. Parfois...

— Merci, intervient à nouveau Nora. C'était parfait, comme toujours. À un détail près. Tu as oublié de nous préciser si ton exposé concernait toutes les espèces de sauge ou seulement une variété en particulier. Alors, quelqu'un peut-il répondre ?

Parmi toutes les personnes présentes, une seule main se dresse. Celle de Dafney ou d'Ivana. Je ne sais jamais qui est laquelle.

Lorsqu'elle se lève pour donner la solution, je ne peux m'empêcher de remarquer son petit air supérieur. L'héritière me toise. Et c'est d'une telle évidence que, cette fois, je n'ai plus l'ombre d'un doute concernant mes impressions. Elle et son amie me détestent. Pourquoi ? Je n'en ai pas la moindre idée.

— Seules les espèces *officinalis* et *sclarea* ont des propriétés médicinales.

— Très bien, Ivana. Tu peux te rasseoir, je te remercie.

L'intéressée obéit tout en me lorgnant du coin de l'œil. J'ai beau réfléchir, je ne comprends pas ce qui a pu se passer pour que, d'un seul coup, cette fille m'en veuille à ce point.

Assise seule à ma table, j'observe les héritières. Désormais, je suis en mesure de les reconnaître et de les associer à leurs pouvoirs respectifs. Enfin, si tant est qu'elles en aient un. D'après mes constatations, toutes possèdent un caractère propre. Naomi, par exemple, est sans conteste la plus jolie du groupe, pourtant, elle a l'air solitaire et passe la majeure partie de son temps libre à lire des bouquins instructifs. Les sciences semblent être sa matière favorite. Tout comme sa mère, Ona, Naomi peut faire jaillir de l'eau du sol. Originaires du Kenya, elles représentent la force à travers le peuple des lions. Et leur habitat est la savane.

Ouf, pas facile à retenir, tout ça !

Jenny, la fille de Nora, est perçue comme le phénomène étrange du groupe. Sa tenue vestimentaire – en dehors des Dévotions – est légèrement inspirée du monde gothique. D'après les on-dit, elle a tendance à fuir les autres sœurs et n'a pas encore développé de talent particulier. Cela me rassure un peu, car j'avais nettement l'impression que sa froideur était due à ma présence. En tout cas, elle a l'air gentille et j'aimerais beaucoup entrer dans son cercle si elle m'y autorise un jour. Nora et elle représentent le peuple saumon à travers le symbole de la sociabilité. Oui, oui… Jenny aussi !

Dafney et Ivana… Ah ! Ces deux-là sont inséparables, voire indissociables, à mes yeux. Pourtant, elles ne se ressemblent en rien. J'ai appris ce matin qu'avec ma sœur, Hélène, elles formaient un trio de choc lorsqu'elles étaient en déplacement du côté de Wéris. Toujours collées les unes aux autres. Et en toute honnêteté, sachant la rancœur que je leur inspire, je ne culpabilise même pas. C'est déjà pas mal que je retienne leurs « fiches techniques ».

Dafney représente le peuple aigle et, par conséquent, le ciel. Et tout à fait entre nous, j'ai manqué de m'étouffer lorsque l'on m'a dit qu'elle symbolisait la sagesse. Ouais... je n'y ai carrément pas cru.

Ivana est originaire de Russie et incarne les glaciers. Elle est, sans surprise, l'ambassadrice des ours polaires et représente la résistance.

Ni l'une ni l'autre ne possèdent de pouvoir actuellement, sauf peut-être celui de me mettre de mauvais poil en un temps record, mais bon, je ne suis pas certaine que cela compte. Si ?

Gina est l'héritière d'Aïna. C'est aussi la plus bavarde du groupe. Alors, certes, elle adore les ragots, d'après ce qu'on m'a dit, mais contrairement à nos « siamoises », elle a un fond bienveillant, ça se sent. Elle est également très intelligente, comme en témoigne son totem : le dauphin. Gina représente la mer et nous vient tout droit de Suède.

Ensuite, il y a Fano, la fille de Terry. L'héritière la plus engagée qu'il m'ait été donné de rencontrer. D'après ce que m'a confié Gina, Fano vit uniquement pour « la cause » depuis qu'elle a perdu son petit ami à l'âge de dix-neuf ans. Elle représente le peuple fourmi et incarne la persévérance. C'est aussi la première à se dévouer pour un remplacement ou une mission quelconque.

Les autres sœurs me posent davantage de problèmes. N'ayant jamais rencontré Joudya, Awa, Ako et Ama, il m'est moins aisé de retenir toutes les informations les concernant. Mais qui sait, peut-être lors du prochain solstice ? Émy m'a proposé d'aller leur rendre visite directement chez elles, un jour. L'idée de me rendre au Maroc, au Sénégal, en Mongolie ou encore en Inde sans passer des heures entières dans un avion m'enchante littéralement. J'adore les voyages, même si, à cause des activités de Maman, nos seules escapades se limitaient jusqu'ici à un séjour d'un week-end à la mer du Nord.

Tandis que je déballe mon sandwich beurre-fromage, je remarque qu'Émy se dirige vers moi, tout sourire.

— Alors, tout se passe bien ? Tu arrives à suivre ? Nora est vraiment une formatrice hors pair, tu ne trouves pas ?

Je confirme, puis ajoute :

— Elle est juste parfaite.

— Oui, en même temps, je t'avoue que j'ai un peu flippé quand ma mère a demandé à la tienne de t'enseigner les bases de notre communauté.

Elle m'adresse un clin d'œil et je réprime de justesse un fou rire.

— C'est si évident que ça ?

Émy s'installe à ma table et me couve d'un regard empli de compassion, juste avant de me répondre :

— Tu sais, il ne faut pas trop lui en vouloir. Elle était très proche d'Hélène. Mais je suis certaine que tout ira bientôt mieux entre vous. Notre cause nous rapproche. Nous sommes liées les unes aux autres, c'est inévitable.

La sincérité se lit sur son visage, cependant, je n'y crois pas une seconde. Émy est très fusionnelle avec sa mère. Elle ne peut pas comprendre le fossé qui nous sépare, Maman et moi... Que dis-je, le gouffre !

— Ah, j'oubliais presque, m'informe-t-elle tout en s'infligeant une petite tape au niveau du front. Meryem m'a demandé de te dire qu'elle t'attendait à côté de son menhir. Elle aimerait te parler avant que le cours ne commence.

— Tout de suite ? Mais... je n'ai pas encore eu le temps de déjeuner.

Émy hausse les épaules, puis ajoute :

— Je ne fais que transmettre le message.

Résignée, je remballe mon pain dans son sachet, puis le range pour plus tard. Je rejoins ensuite ma prochaine formatrice au lieu de rendez-vous.

— Bonjour, Kassy.

Je la salue en retour. Vêtue d'un kimono blanc et d'un beau voile bleu nuit, la prêtresse m'invite à l'accompagner dans une immense salle d'entraînement.

— Alors, jeune fille... comment se passe ton intégration ?

— Très bien, je vous remercie.

— Bien ! Dans ce cas, inutile de perdre du temps en courtoisies d'usage. Entrons directement dans le vif du sujet, veux-tu ? Qu'as-tu comme base, dis-moi ?

L'esprit encore embrumé par toutes les révélations de ce matin, j'observe la prêtresse avec insistance, l'air interrogatif.

— Qu'as-tu pratiqué comme sport jusqu'à aujourd'hui ? Du karaté ? Du judo ? De la lutte ?

— Ah, euh... de la course à pied de temps en temps. Une fois par semaine avec ma meilleure amie, pendant genre, euh... environ un mois, l'année dernière.

Perplexe, la prêtresse m'évalue de son regard intense. J'en arrive à me demander si elle sourit de temps à autre. Quel contraste avec Nora ! Au bout de quelques secondes, la commissure droite de ses lèvres remonte de trois millimètres à peine, presque imperceptible.

— Tu n'as jamais fait de sport ?

La mine honteuse, j'avoue sans détour. À quoi bon mentir ? Elle verra bien trop vite mes lacunes et mon inexpérience.

— Seulement un peu à l'école.

— Mais... pour quelle raison ? Le sport, c'est important pour la santé ! Tu n'aimes pas ça ? Tu es du genre littéraire ou artistique, c'est ça ?

Dans ma tête, je me remémore une scène. Je devais avoir onze ou douze ans à l'époque, et Aurélie et moi rêvions de nous inscrire au cours de taekwondo avec Hélène. Maman a catégoriquement refusé, même lorsque la mère d'Aurélie a proposé de nous emmener. L'année suivante, nous avions demandé à nous abonner au studio de danse tout près de l'école, mais là aussi, la priorité avait été accordée à ma sœur.

— Je crois que Maman n'avait pas trop le temps. Hélène avait un planning extrêmement chargé, vous savez. Entre ses cours, ses sports annexes et les allers-retours entre Oreye et Wéris, où aurait-elle trouvé un moment pour s'occuper de moi ?

J'entends un léger soupir de résignation. Le regard de la prêtresse passe brièvement en mode « compassion » avant qu'elle ne m'annonce d'une voix ferme et résolue :

— Bien ! Dans ce cas, il faudra combler tes lacunes et travailler deux fois plus dur que les autres. Par quoi aimerais-tu commencer ?

— Oh euh... Eh bien, je ne sais pas trop. Les sports de combat, ce n'est pas vraiment mon truc. Enfin, je veux dire... quand j'étais plus jeune, peut-être, mais à mon avis, c'était juste un moyen de me rapprocher de ma grande sœur.

Durant d'interminables secondes, le silence qui nous entoure m'oppresse. J'ai l'étrange sensation d'être jugée coupable d'un crime horrible.

— Il faudra pourtant faire un choix. Nous ne sommes pas ici pour prendre le thé ou admirer le paysage, mais pour nous entraîner. C'est primordial. Tu n'imagines pas à quel point ton manque d'exercice pourrait nous être fatal.

Intriguée par ses propos, je l'interroge :

— Comment ça ?

— Eh bien, notre mission consiste à venir en aide à la nature, mais aussi aux animaux. Nous devons maintenir l'équilibre et protéger l'épée, cela implique parfois quelques batailles. Dis-toi que l'Homme n'est pas l'unique danger sur cette Terre. Il existe bien d'autres maux. Savoir te battre, pouvoir riposter ou simplement te défendre peut te sauver la vie… ou celle d'une de tes sœurs. Ce n'est pas un jeu ou un exercice à prendre à la légère.

Je réfléchis rapidement. Ses paroles ne sont pas dénuées de sens. Malgré tout, je boude. J'aurais préféré une activité plus amusante, comme le soin aux créatures, par exemple.

Résignée, je lui propose alors :

— Très bien, dans ce cas, pourquoi pas du judo ?

Meryem opine du chef et m'offre l'un de ses rares sourires. Ensemble, nous nous dirigeons vers le centre de la salle d'entraînement, dont le sol est intégralement recouvert de tatamis couleur paille et bordés de noir.

— Tiens, enfile ça en attendant que les autres arrivent.

Je saisis le paquetage, composé d'un judogi et d'une ceinture blanche, que je revêts en quatrième vitesse. Je rejoins ensuite la prêtresse, qui m'attend de pied ferme sur les tapis, entourée de toutes les héritières.

Pendant près d'un quart d'heure, notre formatrice me résume en quelques mots l'importance du « salut », ainsi que quelques notions de base, puis nous enchaînons sur la première prise : Tai Otoshi.

Mes tentatives sont loin d'être concluantes. Même si l'amulette que je porte en permanence à mon cou me simplifie la tâche au niveau du langage, j'avoue que les tactiques et les règles à mémoriser me compliquent un brin les choses. Sans compter que je ne suis pas dans une forme olympique malgré mon jeune âge.

— Tu utilises trop ton bassin, Kassy. C'est une technique de bras, pas de hanche.

Ouais… facile à dire !

Parallèlement, le fait d'entendre les autres ricaner dans mon dos ne m'aide pas à me concentrer. Déjà qu'en temps normal, je suis réputée pour ma maladresse…

Au bout d'une heure, Meryem met fin à notre entraînement. Surprise, bien que soulagée, je l'interroge sur les raisons de cette interruption.

— Nous allons tenter quelque chose d'un peu plus simple, m'annonce-t-elle.

Je constate que Dafney et Ivana ne peuvent s'empêcher de se moquer. Meryem le remarque également et leur demande gentiment de mettre un terme à leurs persiflages. Quant à moi, j'aimerais comprendre quel plaisir elles retirent à agir de la sorte.

L'espace d'une seconde, je songe au fait que c'est peut-être moi qui ai un problème. Car il semble évident que toutes ces personnes se moquent de moi pour une bonne raison, non ? Ben, toutes ses copines, dont la fameuse Camille, et maintenant les siamoises. C'est un peu gros pour être simplement le fruit du hasard, à mon avis.

— Ça va aller, m'encourage Émy.

Ravie à l'idée de passer à autre chose, je me relève tant bien que mal et masse mes propres épaules pour soulager mes muscles endoloris. Une pause me fera le plus grand bien, aussi courte soit-elle. Mais c'est sans compter Meryem, pour qui le mot « pause » ne fait pas partie du dictionnaire. Déjà, la prêtresse nous rejoint sur le tatami. Elle semble en pleine forme, alors que moi, je suis en nage.

— Bien ! As-tu entendu parler de Krav Maga ?

Épuisée, courbaturée, je réfléchis à la question. Le terme ne m'évoque pas grand-chose. En tout cas, rien en rapport avec les arts martiaux. Un groupe de rock, peut-être ?

— Pas vraiment.

— Ce n'est pas vraiment un art martial à proprement parler, mais ça te permettra sans doute d'apprendre un maximum de choses en un minimum de temps.

Intriguée, j'attends des explications plus détaillées.

— En réalité, c'est un mélange de boxe, de karaté et de lutte, mais aussi un peu de judo et de jujitsu. Il n'y a pas vraiment de règles, mais le principe repose sur les réflexes naturels du corps humain. Pour parvenir à tes fins, tu dois utiliser tout objet à ta portée, quel qu'il soit.

Cela ne me dit rien qui vaille. Ma silhouette à moi n'est pas formatée pour le combat, mais pour une petite vie tranquille et sans conflits.

— Je ne suis pas sûre que...

— Je ne t'ai pas demandé ton avis ! m'interrompt la formatrice d'un ton glacial.

Derrière nous, j'entends les héritières échanger quelques mots, mais c'est à peine si je perçois leurs propos tant le franc-parler de Meryem m'a fait monter les larmes aux yeux. Je me retiens de pleurer au prix de mille efforts. Déjà que je suis éreintée à cause de notre entraînement précédent, je n'ai nulle envie de remettre ça. Je ne suis pas physiquement en état.

— Ne pourrait-on pas reporter ça à la semaine prochaine ? insisté-je.

Une lueur de défi traverse le regard noir de la prêtresse. Je m'empresse d'ajouter d'une voix suppliante :

— S'il vous plaît ?

— Le monde, lui, ne te laissera pas de répit, me lance-t-elle, venimeuse. Tu dois pouvoir te défendre, quoi qu'il t'en coûte, et ce n'est pas négociable. La sœur avec qui tu protégeras l'épée te soutiendra au péril de sa vie. Mais qui préservera la sienne, si toi tu n'en es pas capable ? Pourrais-tu porter un tel fardeau s'il lui arrivait malheur par ta faute ? Serais-tu capable de vivre avec ce genre d'erreur sur la conscience ?

— Non.

— Alors, remonte immédiatement sur ce tatami et prépare-toi. C'est un ordre.

La gorge sèche, je m'exécute, certaine que les forces me manqueront. Je ne sais pas si je dois en vouloir à Meryem pour ses propos si durs ou si je dois m'en remettre à son expérience. Les heures qui suivront nous le dirons sûrement.

Pendant près d'une heure encore, j'enchaîne échec sur échec. Les héritières affrontées les unes après les autres ont toutes l'avantage sur nos combats. Même Émy, qui a tout fait pour me ménager, s'est révélée plus forte que moi.

— Ivana, à ton tour, tonne la voix de ma formatrice.

Mes sens sont soudain en alerte. Moi contre Ivana ? Mais c'est du délire ! Elle va m'écraser comme une vulgaire mouche et, en plus, cette sadique y prendra du plaisir !

— Plus de force dans tes bras, la mauviette. On dirait des spaghettis, grogne-t-elle dès le premier coup échangé.

Munie de son bouclier en mousse, Ivana fonce sur moi tel un taureau enragé. Je tombe à la renverse à plusieurs reprises, accusant coup sur coup à la grande satisfaction de Dafney. Je n'ai désormais plus la moindre vigueur.

— Relève-toi, m'ordonne mon bourreau.

Je m'exécute, évitant de justesse une barre en métal à quelques centimètres de mon front.

— Défends-toi ! hurle-t-elle, presque en transe. On dirait que tu aimes ça, tâter du bâton.

Je cours, trébuche, ignorant les crampes dans tous les recoins de mon corps.

— Courir ? C'est tout ce que tu sais faire ? Tu fuis comme une lâche. Quel déshonneur ! Tu fais honte à notre communauté, à notre ancêtre !

Ses propos me blessent, mais je n'ai malheureusement pas le temps de m'apitoyer. Pour l'heure, je veux juste m'éloigner pour éviter les coups. Guidée par je ne sais quel instinct, je me réfugie dans un coin et me recroqueville tel un animal torturé par son tortionnaire. Je me rends compte de mon erreur bien trop tard. Ivana n'est plus qu'à quelques mètres de moi. Et

Meryem n'a pas l'intention d'intervenir en ma faveur, c'est clair comme le jour.

— C'est comme ça que tu penses prouver au monde que tu mérites cette place plus que ta sœur ? Hélène sait se battre, elle. Elle connaît les vertus médicinales d'une plante aussi banale qu'une sauge. Qui es-tu, toi ? Tu ne vaux guère mieux qu'une crevette... Jamais tu n'arriveras à la cheville de la plus faible d'entre nous.

Cette fois, je ne peux retenir mes larmes. Pas à cause de la douleur, non, celles-ci sont générées par la rage. Une rage qui me consume et que je refrène depuis bien trop longtemps. Pour qui se prend-elle pour oser se mêler de mes problèmes familiaux ? Qui est-elle pour moi ? Pour ma mère ? Ou pour Hélène ?

En colère, j'examine les éléments qui m'entourent en quête d'une arme pour me défendre. Peu importe ce qui arrivera, elle paiera pour ce qu'elle vient de dire. Elle va voir de quel bois je me chauffe !

Sur ma droite, j'avise une pierre lourde de plusieurs kilos. Le souci ? Les quatre mètres qui nous séparent. À l'allure à laquelle Ivana se rapproche, je n'aurai pas le temps de l'atteindre. Et pourtant, sans que je comprenne comment ni pourquoi, l'héritière se retrouve inconsciente sur le sol. Du sang s'échappe de son crâne.

Apeurée, j'accours auprès d'elle.

— Ivana ?

Les autres nous rejoignent rapidement. Meryem me pousse sans ménagement vers l'arrière afin d'apporter son aide à la blessée.

— Fano, va chercher Gabrielle, s'empresse-t-elle d'ordonner.

La jeune femme s'exécute aussitôt, non sans me dévisager étrangement. Toutes, d'ailleurs, me regardent d'une drôle de manière.

— Je... Je suis désolée.

Au bout d'un moment qui me semble interminable, les paupières d'Ivana s'entrouvrent. Des larmes, inondent ses joues.

— Tout va bien, Ivana ? Fano est partie chercher Gabrielle. Ne t'en fais pas, tu seras remise sur pied en un rien de temps, l'informe notre formatrice.

Je l'entends grommeler des propos incompréhensibles, puis, très vite, elle reprend conscience.

— Purée ! C'est la crevette qui m'a fait ça ?

Tous les regards pivotent vers moi.

— Je suis désolée, Ivana. Je ne voulais pas... Je ne sais même pas comment j'ai... Toutes mes excuses.

Mue par l'émotion de la savoir en vie, je m'écroule lourdement sur le tatami. Mes jambes tremblent, ma tête tourne, mais la phrase d'Ivana résonne en boucle dans mon esprit : « C'est la crevette qui m'a fait ça ? »

Si seulement je le savais...

La pierre était trop éloignée et je suis certaine de ne pas avoir bougé d'un pouce. Alors, comment ?

Assise à mes côtés, la prêtresse m'observe avec insistance. Je m'interroge : va-t-elle me punir ? Rendra-t-elle un rapport à l'abbesse ? Ou pire... à ma mère ?

Au bout d'un moment incroyablement long, Meryem me demande :

— Est-ce que cela t'est déjà arrivé auparavant ?

— Quoi donc ?

Un goût âcre se propage sur ma langue : du sang. Je suis tellement à cran que je me suis mordu l'intérieur des joues sans m'en rendre compte.

— Je crois que je comprends, m'informe la prêtresse. Il me faut voir l'abbesse immédiatement.

Incrédule, je lui demande :

— Quoi ? Mais... Que s'est-il passé, au juste ? Dites-le-moi, je vous en prie.

La mine grave, notre formatrice se tourne vers moi. Son regard est empreint de doutes et d'une joie qu'elle tente vainement de me dissimuler.

— Je crois... Je crois que nous venons de découvrir ton pouvoir, Kassy.

Chapitre 18

Une conversation inattendue

Immobile devant la porte close, l'œil rivé sur l'écriteau portant la mention « C. Samaras, Psychologue — Centre P.M.S. », je songe un instant à m'enfuir. Après tout, que je bâcle mon entretien ou que je refuse de communiquer, qu'est-ce que ça changerait ? Rien, sinon lui faire perdre une heure de son temps précieux, alors qu'il pourrait la mettre à profit avec un élève qui, lui, en a cruellement besoin.

Il ne m'en faut pas plus pour me convaincre. Déjà, je m'éloigne au moment où le battant s'ouvre sur un homme de grande taille, dont les cheveux d'un noir de jais sont partiellement absents sur le devant de son crâne. Un individu sans âge, sans particularité aucune. Pourtant, je reconnais qu'il dégage un certain charisme qui invite facilement à la confidence. Vu de loin, il me rappelle vaguement l'acteur qui interprète Zorro dans la série télévisée de 1957, le côté mexicain en moins.

— Mademoiselle Rochecourt, je présume ?

Pour toute réponse, je hoche la tête en me mordant la lèvre inférieure.

— Ravi de vous rencontrer. Je vous en prie, entrez.

La pièce, de dimension modeste, ne comporte aucune fenêtre. Seuls un bureau et trois chaises dépareillées meublent l'endroit, en sus d'une étagère tenant lieu de bibliothèque. Je remarque qu'une dizaine de bandes dessinées, une bible et quelques romans basés sur le bien-être ou le développement personnel la garnissent. Quelle originalité !

— Bien. Pouvons-nous commencer ?

Je réponds par un large sourire, qui se traduit par un « cause toujours, coco, tu m'intéresses. »

Amusé, il observe mon manège en silence. Évalue-t-il ma détermination à rester muette ? Si tel est le cas, il n'en laisse rien paraître et enchaîne aussitôt :

— Alors, comment vous sentez-vous aujourd'hui, Kassy ? À vous voir, j'ai l'impression que vous ne souhaitiez pas venir, je me trompe ? Notre brave directeur vous y aurait-il contrainte, par hasard ?

Silencieuse, je prends soin de détourner les yeux, m'intéressant aux murs peints en saumon clair. Une couleur qui me déplaît au plus haut point, soit dit en passant.

Face à mon mutisme persistant, il ajoute :

— Savez-vous au moins pourquoi vous êtes ici ?

Je réponds mentalement à cette question sans le vouloir. Si je suis dans cette pièce aujourd'hui, c'est seulement parce que je n'ai pas le choix. Parce que le dirlo est persuadé que la pauvre jeune fille que je suis est victime de harcèlement. Ce qui n'est pas totalement faux, mais bon... je refuse d'en discuter avec lui. Cela causerait des soucis à Ben et, par extension, à Charles.

— Vous ne comptez pas me répondre, n'est-ce pas ? en déduit mon brillant interlocuteur.

— Non.

Il sourit, puis ajoute :

— Un « non », c'est toujours mieux que rien, on progresse. Il faut bien commencer quelque part, après tout.

Pendant une longue minute, peut-être même deux, nous échangeons d'étranges regards. Il a beau arborer ce petit rictus enjôleur pour m'inviter à rompre mon silence, cela n'ébranle en rien ma détermination à rester muette comme une carpe.

— Vous savez, Kassy, m'annonce-t-il enfin, rien ne vous oblige à me répondre. Nous pouvons passer l'heure qui suit à nous regarder dans le blanc des yeux, cela ne me dérange pas. Seulement, songez que si vous refusez de me parler, je devrai rendre un rapport allant dans ce sens au directeur. Inutile de vous dire qu'il exigera de nouveaux rendez-vous, et ce, jusqu'à ce que votre langue se délie.

Outrée, mes lèvres s'entrouvrent légèrement. Je me sens tout à coup bien stupide.

— Croyez-moi, reprend-il d'un ton serein, j'ai compris que, pour une obscure raison, vous souhaitiez protéger votre ami. Et même si vos motivations me surprennent un peu, je respecte votre décision. C'est votre droit.

Mon cerveau met un instant avant de percuter : ai-je bien entendu ? Où est l'entourloupe, dans ce cas ?

— Écoutez, Kassy, je ne vais pas y aller par quatre chemins. Monsieur Bouzon, appuyé par de nombreux témoignages, est convaincu que monsieur Fraikin vous harcèle de façon régulière depuis son arrivée au sein de cette école. Et vous, en le couvrant, vous n'arrangez pas son cas.

— Comment ça ?

Cela m'échappe. Pourtant, aucune satisfaction ne s'affiche sur le visage de l'homme en face de moi.

— Qui ne dit mot consent, reprend-il. Vous connaissez l'adage ? Si je rends un rapport dans lequel vous niez les faits, le directeur sera convaincu que vous contestez par crainte de représailles de la part de votre ami.

— Mais c'est faux !

— C'est ce que j'essaye de vous dire, seulement, vous devez savoir que notre école prend le harcèlement scolaire très au sérieux. Qu'il soit moral ou sexuel.

À l'écoute du terme « sexuel », mes joues rosissent comme si un mot extrêmement tabou venait d'être prononcé. Surpris par ma réaction, le psychologue réagit au quart de tour.

— Monsieur Fraikin se serait-il autorisé un comportement, disons… trop intime à votre encontre ?

Les images d'une après-midi au parc me reviennent en mémoire. Certes, ce jour-là, Benjamin s'était permis d'outrepasser les limites en m'embrassant contre mon gré, mais de là à traduire son geste par du « harcèlement sexuel », n'exagérons rien.

— Mademoiselle Rochecourt ?

Le ton de sa voix me ramène au moment présent.

— Euh non, bien sûr que non !

Il ne semble pas convaincu.

— En êtes-vous bien certaine ?

Nerveuse face à tant d'insistance, j'inspire profondément, puis réponds :

— Pourquoi je mentirais ?

— Sans doute pour protéger votre potentiel agresseur. Ce ne serait pas la première fois que cela se produit. C'est même souvent le cas, contrairement à ce que l'on pourrait croire.

J'ignore pourquoi, je me sens soudain extrêmement mal à l'aise. Je tente de ne pas gesticuler sur ma chaise, consciente qu'il étudie le moindre de mes mouvements.

— Je vais vous dire une chose, Kassy. Entre nous, les ados, ça me connaît, vous savez. D'abord parce que j'en ai été un, moi aussi, même si ça remonte à une éternité, vous pouvez me croire. Mais surtout du fait que j'en côtoie tous les jours. C'est mon métier. Au départ, ils sont tous un peu comme vous : méfiants, refusant d'adresser la parole à un « psy », puis, lorsqu'ils comprennent que je suis là dans le seul but de les aider, les choses vont beaucoup mieux. N'oubliez pas qu'il existe un lien très important entre vous et moi, Kassy. Cela s'appelle le secret professionnel.

— Mais, monsieur Bouzon ? Il ne...

Il m'interrompt. Sa voix est à la fois douce et rassurante.

— Ne saura rien, si vous me demandez de ne rien dire. Mais il faut parler. Cela vous fera énormément de bien, vous verrez.

L'espace d'un instant, je ne sais plus trop quoi faire. Benjamin n'a jamais tenté quoi que ce soit envers moi. Il me déteste, c'est vrai, mais ça s'arrête là.

Il sourit à nouveau, mais je devine qu'il n'est pas totalement convaincu. Ses doigts s'emmêlent nerveusement autour de son crayon et son regard évite le mien.

— Est-ce que tout va bien ?

— Eh bien, puisque vous me posez la question, j'aimerais... hum, vous faire part de quelque chose, si vous le permettez.

Ma curiosité éveillée, je l'y autorise.

— Vous n'êtes pas sans savoir qu'à l'adolescence, certains garçons ressentent de l'attirance pour leurs congénères féminines. Pour certains, les choses sont simples : une fille leur plaît, ils dévoilent leurs sentiments et, ensuite, ils décident de sortir ensemble ou non. Dans d'autres cas, c'est un brin plus complexe. Le jeune éprouve de l'affection, mais il craint de la montrer ouvertement à l'élue de son cœur. La peur d'être rejeté ou de paraître faible aux yeux de ses congénères. Vous comprenez où je veux en venir ?

Et zut ! Il ne va pas remettre ça, lui aussi !

— Ce n'est absolument pas le cas ici, monsieur. Je peux vous le certifier.

— En êtes-vous bien certaine ?

Je me remémore cette fameuse après-midi près des étangs. Si on omet la scène du baiser volé, nous n'avons pas passé un si mauvais moment. L'instant était propice, Benjamin aurait eu tout le loisir d'exprimer ses sentiments, si tant est qu'il en ait. Au lieu de ça, il m'a littéralement ridiculisée devant toute l'école dès le lendemain. C'est tout sauf de l'amour, ça, c'est de la méchanceté gratuite.

— Oui.

— Bien.

Soulagée, j'inspire à pleins poumons, ravie que le sujet soit clos. Il rajoute cependant :

— Quoi qu'il en soit, mademoiselle Rochecourt, n'oubliez pas que l'amour est une matière délicate. Soyez vigilante et veillez à ne pas confondre « amour » et « désir charnel » lorsque l'heure sera venue. Certaines choses sont précieuses... irremplaçables, même.

Mes yeux s'écarquillent de surprise.

— C'est-à-dire ?

— Allons, vous ne comprenez pas ? lance-t-il avec un sourire incrédule.

J'ai beau réfléchir, je ne vois vraiment pas où il veut en venir... ou peut-être que si. Enfin, je ne sais plus.

— Je ne saisis pas, non.

Mon interlocuteur semble hésitant et peut-être un brin mal à l'aise lorsqu'il me dit :

— En général, je n'aborde pas vraiment ce sujet, sauf si mes patients en font expressément la demande, seulement, vous ne paraissez pas au fait de ce genre de choses, je me trompe ? Et puis, nous sommes dans un établissement catholique, ne l'oublions pas. De tout temps, la virginité a été considérée comme inestimable, mademoiselle Rochecourt. Il faut en prendre soin. La préserver jusqu'au moment opportun, car une fois perdue, rien ne peut plus la remplacer.

À ces mots, mon visage vire au cramoisi.

C'est bon, Kassy, ce n'est pas la fin du monde. C'est un sujet banal pour un spécialiste de l'adolescence, pas de quoi en faire un drame.

— Sans doute, oui.

— D'ailleurs, à ce propos, enchaîne-t-il comme si de rien n'était, le nez plongé dans ses notes. J'ose espérer que vous êtes déjà au courant des différents moyens de contraception existants ?

— Euh, oui. Enfin, il me semble.

— De toute façon, vous n'en êtes pas encore là, si ?

Le rouge me monte aux joues.

— Non, bien sûr que non !

Un large sourire étire ses lèvres lorsque le « spécialiste des ados » m'informe :

— Parfait ! Au cas où vous décideriez de franchir le cap dans un avenir plus ou moins proche, n'hésitez pas à revenir vers nous. C'est une décision importante dans la vie d'une jeune fille. En discuter avec une personne neutre peut s'avérer bien plus utile qu'on ne le pense. Mais vous pouvez également venir me demander des contraceptifs gratuits si vous préférez. Les adolescents rechignent souvent à se rendre eux-mêmes à la pharmacie.

Troublée, je remercie monsieur Samaras pour cet entretien des plus particuliers. Jamais, jusqu'à présent, je n'avais évoqué le « sujet tabou » avec un adulte. Mon père, lui, me voit toujours comme la petite dernière, son bébé. Quant à

Maman, il ne lui viendrait jamais à l'esprit de me parler de sexe. Elle éprouve déjà toutes les difficultés du monde à me saluer le matin, alors aborder ce domaine…

Tandis que je referme la porte derrière moi, je réalise que ce n'est peut-être pas si bête, en fin de compte. Monsieur Samaras, malgré son indiscrétion, n'est pas un mauvais bougre, après tout. En tout cas, c'est une idée à méditer.

— Kassy ?

Mes pas s'interrompent tandis que je rejoins ma salle de classe. Devant moi, Charles m'observe, l'air étonné.

— Tu n'as pas cours ?

Et zut ! Il m'a sans doute vue sortir du bureau de Samaras… La honte !

— Euh, si. J'y retournais, justement. Bouzon a insisté pour que je *lui* parle.

— À propos de mon cousin, j'imagine ?

Je confirme. Charles ne prononce pas un mot, mais ses traits trahissent clairement son inquiétude. Quoi de plus normal ?

— Ne t'en fais pas. Je ne lui ai rien dit.

— Vraiment ? s'étonne-t-il. Mais… pourquoi ?

Je soupire.

— Je ne veux pas vous créer d'ennuis, et puis… il en bave suffisamment comme ça, non ?

Charles m'offre le plus beau sourire jamais arboré. Je tombe littéralement sous le charme.

— Tu es la meilleure, merci.

Nous échangeons un regard qui semble s'éterniser. Troublé, il finit par m'interroger au sujet de mes allers-retours à Wéris.

— C'est vrai ? Tu as réellement découvert ton don ? Alors, dis-moi... qu'est-ce que c'est ?

À l'idée de le lui révéler, mon corps entier se crispe. Ma mauvaise humeur prend le dessus. Rien que d'y penser, je suis malade.

L'abbesse prétend que chaque don est une véritable bénédiction. Qu'ils nous sont octroyés pour une raison qui dépasse notre entendement. Il n'empêche... En quoi être capable de déplacer des objets par la seule force de mon esprit va-t-il me permettre de venir en aide aux animaux et à la nature ? J'enrage ! Et dire que la plupart des filles héritent du don de leur mère... c'est un comble. C'est bien l'unique chose que j'aurais espéré recevoir d'elle un jour... Eh ben, non !

— Je... Je peux faire bouger des trucs à distance, voilà, t'es content ?

— Quoi ? Mais... c'est carrément génial, chantonne Charles avec légèreté, tandis que nous traversons le couloir.

Je m'exaspère.

— Tu ne vas pas t'y mettre, toi aussi !

— Allez, cesse de jouer les rabat-joie et fais-moi une petite démonstration.

— Quoi ? Ici ? Mais ça va pas, la tête ?

Le son cristallin de son rire me réchauffe le cœur.

— Personne ne nous verra, enchaîne-t-il. Il nous reste encore sept minutes avant le prochain intercours.

— Mais je…

Charles ne m'écoute déjà plus. Il est d'ores et déjà en quête d'une chose à déplacer.

— Le sac de natation, là-bas, en dessous des porte-manteaux, m'indique-t-il, surexcité comme un enfant de quatre ans.

Lasse, je soupire et me résigne.

Pendant un court instant, je me concentre sur l'objet et ordonne à mon cerveau de le décaler d'un bon mètre. Le sac réagit au quart de tour, sous les yeux écarquillés de Charles, qui n'en revient pas.

— Waouh ! Mais… c'est trop fort ! Comment tu as fait ?

Je souris, amusée par son enthousiasme. Pourtant, je ne vois rien d'exceptionnel. Comparé à ma mère et à son pouvoir de guérison, mon don de télékinésie, c'est des cacahuètes, de la menue monnaie.

— Tu es trop exigeante avec toi-même, murmure Charles qui, tout à coup, retrouve son sérieux.

— Ce n'est pas ça.

Face à son silence, j'ajoute :

— Je croyais que... Bah, tu vois, dans la plupart des films, quand la jeune fille apprend qu'elle est finalement l'élue, sa vie change du tout au tout. D'un coup de baguette magique, elle devient belle et populaire, tout le monde l'admire. Tu vois le genre ? Moi, j'ai l'impression que la mienne s'est écroulée le jour où j'ai traversé ces maudites pierres.

— Je pensais que tu commençais à te sentir dans ton élément ? s'étonne Charles.

Je réplique :

— Disons que j'apprécie me retrouver là-bas, c'est plutôt chouette, mais... c'est tout le reste qui me perturbe. Je...

J'hésite un moment. Une soudaine envie de pleurer me submerge. Jusqu'à cet instant, je ne m'étais pas rendu compte à quel point j'avais besoin de me confier à quelqu'un.

— Je croyais que tout irait tout seul, lâché-je d'un ton las. Je pensais qu'étant donné certains détails, comme le fait d'avoir pu traverser les pierres alors que nous n'étions pas un jour de solstice, ni même d'équinoxe, d'avoir retrouvé mon chemin sans l'aide d'aucune prêtresse, et tout ça... Je me visualisais déjà comme l'élue tant attendue, capable de terrasser *El Greco*.

— *El Greco* ?

— Oh je... Je ne t'ai pas raconté ?

— Je ne crois pas, non. Qui est-ce ? Attends, laisse-moi deviner : une sorte de vampire assoiffé de sang, ennemi juré des Descendantes de Séraphine ?

Je retiens un petit rire, juste avant de répondre :

— Tu n'es pas si loin de la vérité, tu sais. D'après ce que m'a raconté Nora, la prêtresse originaire d'Écosse, *El Greco* serait un homme devenu immortel grâce à l'épée de mon ancêtre. C'est une histoire assez sombre, mais en gros, il aurait manipulé une jeune héritière pour qu'elle le laisse entrer par l'une des portes secrètes qui mènent au cercle de pierres souterrain. Et une fois à l'intérieur, il en a profité pour dérober l'arme et accomplir un rituel.

— Sérieux ? Mais c'est génial ! Je ne savais pas qu'on pouvait rejoindre le cromlech central sans voyager à travers les menhirs.

— Je l'ignorais aussi, jusqu'à ce que Nora me l'apprenne. Les portes sont extrêmement rares, mais il paraît qu'il en existe une pas loin de Wéris. Après, je sais qu'elles sont étroitement surveillées par des sympathisantes.

— Dommage.

— Pourquoi « dommage » ?

— Eh bien, parce que tu aurais pu m'emmener ! J'adorerais découvrir toutes les merveilles dont tu m'as parlé. Les cascades géantes, les jardins remplis de fleurs... Tu ne te rends pas compte de la chance que tu as ?

Je souris en silence, suite à quoi, il ajoute :

— Tu ne peux vraiment pas m'y accompagner ? Ne serait-ce qu'une fois ? Juste pour me montrer, sans que personne ne le sache ?

Mal à l'aise, je m'efforce de trouver une façon de l'éconduire sans trop le vexer, lorsque soudain, j'aperçois Ben au milieu d'une foule d'élèves. Je ne m'étais même pas rendu compte que la cloche avait sonné. Charles non plus, apparemment.

— Ton cousin t'attend, l'informé-je, ravie de changer de sujet.

Curieusement, Ben ne me cherche pas d'ennuis. Seraient-ce les conséquences de sa visite chez le directeur, la semaine passée ? Cette petite convocation lui a-t-elle ouvert les yeux ? Je l'espère, car entre nous, j'en ai plus qu'assez de le couvrir.

— On y va ? s'impatiente Ben.

— Deux minutes, j'aimerais terminer ma conversation avec Kassy. Je te rejoins tout de suite.

Ben me lance un regard noir, pourtant, il ne prononce pas le moindre mot. Cela me surprend un peu.

— Il est malade ?

— Arf... C'est une longue histoire, je te raconterai. Mais bon, tu ne m'as toujours pas dit... Tu accepterais de m'emmener ?

Et zut, il n'a pas oublié !

— Charles, écoute... Ce n'est pas que je ne veux pas, seulement...

— T'inquiète, je plaisante, ne t'en fais pas. Les fleurs... tout ça, ce sont des trucs de filles. Ça ne m'intéresse pas vraiment. Je voulais juste voir ta réaction. Ça valait le coup, tu peux me croire. On dirait que tu as croisé un fantôme.

Soulagée, je relâche la pression.

— Tu m'as fait peur ! grogné-je, plus mal à l'aise que réellement fâchée.

— Mais du coup, il existe vraiment cet... *El Greco,* ou ce n'est qu'une histoire ?

— Eh bien, certaines sœurs pensent qu'il est encore parmi nous. Ce qui expliquerait la dégénérescence de notre planète :

l'urbanisation, le réchauffement climatique, les animaux en voie d'extinction... Bref, le fait que notre monde coure à sa perte. Ce qui est dingue, c'est de constater que, d'après nos archives, il aurait accompli le rituel en mille huit cent trente, ce qui, pour ma part, tend à prouver qu'il est bel et bien responsable des maux de notre belle planète. Tu comprends ?

— Un peu, m'avoue-t-il, à moitié convaincu.

— C'est pourtant simple... *El Greco* est devenu immortel en mille huit cent trente et, comme par hasard, c'est à cette époque que l'équilibre du monde a été bouleversé. Parce que, ne l'oublions pas, c'est aussi au dix-neuvième siècle que les plus grandes avancées technologiques ont fait leur apparition. L'ampoule à incandescence de Thomas Edison, les premières locomotives à vapeur, et puis, il y a eu les usines et tout ce qui s'en suit... Bref, toutes sortes de choses qui ont progressivement déséquilibré le monde dans lequel nous vivions sereinement depuis des temps immémoriaux. La pollution a provoqué des gaz à effet de serre qui sont responsables du réchauffement climatique, ce qui a engendré la disparition de milliers d'espèces animales.

— Je vois...

— Tu n'as pas l'air très sûr.

— Si, si, seulement… je n'y connais pas grand-chose dans ce domaine.

— Moi non plus. Je ne fais qu'analyser des faits et en tirer les conclusions qui s'imposent.

— D'accord, donc toi, tu fais partie des Descendantes qui pensent qu'*El Greco* a réussi à accomplir son rituel.

Un large sourire s'affiche sur son visage et je ne peux m'empêcher de détourner les yeux, troublée une fois encore par son charisme envoûtant.

Chapitre 19

Disparition inquiétante

Comme tous les mercredis, une fois l'école terminée, nous nous rendons à la friterie près de la gare avant de reprendre le bus 147 à destination de notre village. Curieusement, la file semble plus longue qu'à l'accoutumée, pourtant, rien ne change : nous sommes à l'heure.

— Ça doit être le train pour Bruxelles qui est en retard, en déduit mon amie.

Je confirme d'un hochement de tête tout en songeant au contenu de ma prochaine assiette. À vrai dire, j'hésite entre un bicky burger végétarien avec des frites et une mitraillette de falafel.

— Qu'est-ce que tu vas prendre ?

J'espère que son propre choix m'aiguillera.

— Oh, je n'en sais rien. J'ai mal au ventre, alors un truc léger.

Agacée, je lui lance un regard assassin.

— Encore ?

Elle semble surprise par ma réaction.

— Tu en as parlé à tes parents, au moins ? Ce n'est pas la première fois, c'est même de plus en plus fréquent. Il serait temps que tu prennes rendez-vous chez le médecin.

Je songe que c'est sans doute en lien avec son fameux régime. Aussi, je propose :

— Tu préfères qu'on aille chercher une salade ?

— Ce n'est pas ça, se renfrogne-t-elle. Je vais avoir mes….

— Oh. Désolée, je compatis.

Quelle belle idiote je fais ! Rien qu'à son teint pâlichon, j'aurais dû comprendre. Non, mais, quelle nouille !

— Bon, du coup, on mange quoi ?

— Une frite sans sauce, commande-t-elle au vendeur quand vient son tour.

— Petite, moyenne ou large ?

— Petite, merci.

Décidément, je ne reconnais plus mon amie. Le type sur lequel elle a craqué doit être sacrément canon pour justifier de tels efforts.

— Et pour vous, mademoiselle ?

— Pour moi, ça sera un bicky veggie et une petite frite, s'il vous plaît, merci.

Nous prenons place quelques minutes plus tard sur l'une des rares tables encore disponibles. Puis, nous discutons de choses et d'autres.

— Tu crois que Charles voudra sortir avec toi de façon officielle, un de ces jours ? m'interroge-t-elle tout en picorant ses frites du bout des dents.

Puis, avec un clin d'œil, elle ajoute :

— Oh zut ! J'ai oublié de prendre du sel. Tu ne pourrais pas…

Elle n'achève pas sa phrase. Je devine néanmoins ce qu'elle espère.

— Tu es devenue folle ? Tu veux que ma mère me tue ou quoi ? Il y a beaucoup trop de monde, enfin !

— Oh, mais quoi ? Juste une petite pincée, personne ne s'en rendra compte.

J'aimerais lui faire plaisir, mais je dois avant tout me montrer responsable. Si quelqu'un me surprenait en train de transporter du sel par la voie des airs, j'aurais à coup sûr de gros ennuis… sans parler de la punition dont j'écoperais auprès de Maman.

— Une autre fois, promis. Mais pour prouver à quel point je tiens à toi, je vais aller te chercher ton sel. J'arrive tout de suite.

Elle sourit, mais ses sourires n'ont plus le même éclat qu'avant cette satanée histoire. Je culpabilise. J'ai l'horrible impression de la laisser tomber, ces derniers temps.

De retour à table, je constate qu'elle a avalé la moitié de son cornet.

— Ce n'est pas si mauvais sans condiment, finalement, plaisante-t-elle.

Mon rire se mêle au sien.

— Alors, tu ne m'as pas répondu à propos de Charles et toi.

Je soupire et déclare :

— Non, je ne pense pas. Il est super gentil et je suis sincèrement heureuse que nous ayons retrouvé une partie de notre complicité, mais j'ai le sentiment qu'il me voit plus comme une petite sœur.

— Sérieux ?

— Oui.

— Bah ! Tu devrais être fixée samedi à la soirée.

À la perspective de cette fête tant attendue, mon rythme cardiaque s'accélère.

— Tu sais déjà ce que tu vas porter ?

— Je crois que je vais mettre la jolie robe bleue que mes parents m'ont achetée pour le mariage de mon cousin, l'an dernier. Elle ne fait pas trop habillée, juste ce qu'il faut pour ce genre d'évènements. Et toi ?

— Je ne sais pas encore. Mon père m'a promis qu'il m'emmènerait faire les boutiques samedi matin.

— Génial !

— Oui ! Et maintenant, parlons un peu de toi. Raconte, tu as quelqu'un en vue en ce moment ?

— Moi ? Mais bien sûr que non ! Je te l'aurais dit. Qu'est-ce qui te fait penser ça ?

Cette réponse me déçoit et me blesse au plus haut point. D'accord, je n'ai pas été aussi impliquée qu'à l'ordinaire dans notre relation amicale, mais je ne l'aurais jamais crue capable de me mentir. Cela me fait terriblement mal.

Arrête, Kassy. Rien ne prouve qu'elle ne te dit pas la vérité. Au pire, elle te dissimule juste quelques informations.

Je m'apprête à l'interroger sérieusement, lorsque soudain, j'entends vibrer mon téléphone.

— C'est ma mère, grogné-je, dépitée.

Elle, au contraire, semble soulagée. Ou bien... est-ce juste une impression ?

— Réponds-lui. Tu sais ce qu'il va se passer, sinon.

Elle a raison : Maman n'aime pas attendre. Son temps est bien trop précieux. Je m'exécute donc.

— Allô, Maman ?

— ...

— Mais je suis avec Aurélie, là !

— ...

— Quoi ? Mais... c'est impossible ! Comment ça se pourrait ?

— ...

— OK, ça va, ça va ! Rejoins-moi à la friterie, tout près de la gare. J'y suis déjà.

Les yeux ronds, je raccroche, incapable de croire à ce que mes oreilles viennent d'entendre.

— Tout va bien ? me demande Aurélie, inquiétée par ma réaction.

— Je... L'épée. Quelqu'un a volé l'épée de Séraphine.

— Tu rigoles ?

Comment pourrais-je avoir envie de plaisanter dans un moment pareil ? C'est juste... inconcevable. L'artéfact est surveillé en permanence, comment est-ce que quelqu'un... Non.

— On sait qui a fait ça ? m'interroge mon amie.

Je n'ai pas la force de répondre tant la situation me paraît irréelle. Mon cerveau se déconnecte, assailli par un tas d'hypothèses sans queue ni tête. Aussi, je me contente de dodeliner de la tête, de droite à gauche, à demi présente.

Ma mère arrive dans les cinq minutes qui suivent notre échange téléphonique. Son teint blême et la peur que je lis dans ses yeux me confirment qu'elle ne mentait pas à propos de cette histoire d'épée.

Sans prendre la peine de serrer Aurélie dans mes bras comme à l'accoutumée, je grimpe dans l'habitacle, avide d'interroger Maman.

— Que s'est-il passé ? demandé-je sitôt la portière refermée.

Elle démarre en trombe en direction de l'autoroute, faisant fi des radars et autres panneaux signalant la présence de travaux. Je constate également qu'il lui faut un moment pour trouver les mots adéquats. Sans parler du fait qu'elle trébuche sur chacun d'eux.

— Haley et Terry étaient de garde, mais elles... Elles ont été frappées à la tête, puis bâillonnées. D'après l'abbesse, elles sont toujours inconscientes, et si nous n'arrivons pas très vite, je crains qu'elles ne...

Soudain, je réalise pourquoi ma mère est si pressée de les rejoindre. L'épée ayant disparu, il est peu probable que nous la retrouvions, même en nous mettant toutes à sa recherche, par conséquent, aucune raison de rouler à fond la caisse. En revanche, si les deux prêtresses sont gravement blessées, leur survie repose sur les épaules de Maman. Leur avenir dépend de son don. Mais, la connaissant, elle s'estimera responsable s'il leur arrive malheur, même si, techniquement, ça ne serait pas vraiment sa faute.

— Ça va aller, tu vas les remettre sur pied en un rien de temps. Avec un peu de chance, elles pourront nous dire ce qu'il s'est produit. Et nous retrouverons l'épée en moins de deux.

J'ignore pourquoi je la rassure alors qu'elle passe son temps à m'en vouloir pour rien, mais en cet instant, j'oublie tout ce qui nous oppose. Jamais elle ne m'a semblé plus vulnérable, et j'avoue que ça me déstabilise. L'angoisse est clairement inscrite sur chacun de ses traits. On dirait presque qu'elle va pleurer.

Plus que jamais, la route qui nous sépare de Wéris nous paraît interminable et – une fois n'est pas coutume – Maman ne gare pas la voiture sur le parking près de la Maison des Mégalithes, mais continue d'une traite jusqu'au tombeau de notre ancêtre. Malgré cela, nous sommes les dernières à arriver sur place. Prêtresses et héritières nous attendent de pied ferme. À peine avons-nous atteint le cromlech que, déjà, Camélia entraîne ma mère dans une des galeries avoisinantes. À bout de souffle, je rejoins Émy, en quête d'informations plus précises sur ce qu'il vient de se passer.

— Émy !

L'héritière française m'invite à rallier son petit groupe, composé de Jenny et Gina. Toutes semblent bouleversées.

— Et entre nous, je ne suis pas certaine que Gabrielle puisse faire quoi que ce soit, cette fois. Elles étaient vraiment mal en point lorsque je les ai trouvées.

Mes sens sont en éveil en entendant les propos de Gina, aussi, je ne peux m'empêcher de lui demander si c'est réellement elle qui les a découvertes.

— C'est parce que je devais remplacer Haley, mais elle... Elle était déjà inconsciente au pied de l'autel quand je suis arrivée. Il y avait du sang... beaucoup de sang. Et juste là, Terry n'avait rien à envier à son sort. Je... Je ne savais pas quoi faire, alors j'ai regagné la Suède pour contacter ma mère qui, elle, a prévenu Camélia. La suite, tu la connais.

Je hoche la tête, rassurée d'en savoir un peu plus sur les circonstances du drame, mais en réalité, je me sens on ne peut plus mal. Comme si mon cœur se trouvait à l'étroit dans ma cage thoracique. Compressé, il tente de se frayer un passage jusqu'à ma bouche.

— Naomi devait prendre le relais avec moi, mais elle... Elle était en retard, ajoute-t-elle entre deux sanglots.

L'esprit en ébullition, je lance un regard aux autres héritières : Naomi pleure à chaudes larmes dans les bras d'Ivana. La pauvre s'excuse frénétiquement auprès de Dafney et Fano. J'entends qu'elle implore leur pardon pour être arrivée si tard. Elle culpabilise et se persuade que si elle avait respecté l'horaire, rien de tout cela ne se serait produit.

Je me retiens de justesse d'aller la réconforter. Je ne sais que trop bien ce qu'elle endure. Seulement, la présence de Dafney et Ivana à ses côtés me freine dans mon élan.

— Kassy, ça va ?

— Oui, je parviens à hoqueter.

En toute franchise, j'ignore qui m'a posé cette question. Quelle importance, de toute façon ?

Ma mère réapparaît à proximité de Camélia quelques minutes plus tard. Elles semblent épuisées, mais le soulagement se lit clairement sur leurs visages. Alors, enfin, je peux à nouveau respirer. Derrière elles, les deux blessées sourient et adressent de grands signes de la main pour prouver qu'elles sont parfaitement remises.

— Haley et Terry vont bien, crie Camélia, tout aussi sereine.

Dafney relève la tête et, remarquant que sa mère est parmi nous, fonce se réfugier au creux de ses bras. Fano en fait autant avec Terry. Seule Naomi semble encore en état de choc.

— Venez toutes ici, reprend l'abbesse, le visage à nouveau empreint d'inquiétude.

Nous nous exécutons. Chacune des héritières rejoint sa mère face au menhir qui leur est assigné. Lorsque j'arrive à proximité du nôtre, mon œil est attiré par une sorte de lumière émanant du symbole runique apposé sur le tiers supérieur de notre pierre. Je regarde derechef pour être bien certaine de ce que j'ai vu, sauf que, cette fois, rien. La rune m'apparaît telle qu'elle a toujours été : une gravure dans la roche, ni plus ni moins. Cela me rappelle que je n'ai pas encore interrogé Nora à leur sujet. Il faudra que j'y remédie dès que possible !

— Mes bien chères sœurs, l'heure est grave, déclare solennellement l'abbesse.

À ses côtés, Émy l'observe avec intérêt, comme toutes les personnes présentes autour de l'autel, où l'épée de Séraphine brille par son absence. Sa disparition me peine bien plus que je n'ose l'admettre. J'en ignore toutefois la raison. Hier encore, elle n'était qu'un magnifique objet auquel on accordait – à mon sens – un peu trop d'attention. Aujourd'hui, je ressens toute la douleur engendrée par sa perte.

— Comme vous le savez, l'épée de Séraphine a disparu et deux d'entre nous ont été grièvement blessées. Heureusement, Gabrielle est arrivée juste à temps et son don a permis de soigner Terry et Haley.

Toute l'assemblée applaudit, le regard rivé sur ma mère. Je me joins à elles, fière de l'intervention miraculeuse de celle qui m'a donné le jour.

— Bien que je me réjouisse de ce fait, cela signifie aussi que l'équilibre de notre monde est à nouveau menacé. Vous n'êtes pas sans savoir ce qui s'est passé la dernière fois que l'épée a quitté cet endroit... Aujourd'hui, je crains que notre planète ne survive pas à un second assaut.

— Attends… Rien ne prouve qu'il s'est produit quoi que ce soit à l'époque, Camélia. Tu le sais aussi bien que nous, intervient Zaya, la représentante de la Mongolie.

— Elle a raison, renchérit Sanju. Nous l'aurions su si le rituel d'*El Greco* avait fonctionné ! Un être immortel, ça se remarque forcément.

— Je n'arrive pas à croire que vous doutiez de ce qu'il s'est passé ! contre Meryem, acide.

— Cela suffit, mes sœurs. Le sujet n'est pas de savoir si *El Greco* est toujours parmi nous ou non. Ce que nous devons déterminer, à présent, c'est la façon dont nous allons nous y prendre pour retrouver l'épée au plus vite. Nous ne pouvons pas laisser l'histoire se reproduire. C'est hors de question !

Le ton de l'abbesse est somme toute un peu sévère, il n'empêche qu'elle a raison. Nous devons à tout prix la récupérer avant que quelqu'un n'accomplisse à nouveau le fameux rituel. C'est primordial.

— Est-ce que Terry ou Haley se souviennent de quelque chose ? les interroge Ona, pleine d'espoir.

— Je… Non. Tout s'est passé trop vite, répond Haley d'un air coupable.

— Ils devaient être plusieurs, car aucune de nous ne se remémore quoi que ce soit, ajoute Terry. Si notre agresseur avait été seul, en toute logique, l'une de nous devrait se rappeler... je ne sais pas, avoir vu tomber l'autre, non ?

— Ce n'est pas dénué de sens, tranche l'abbesse, songeuse.

— Nous pourrions demander aux sympathisantes si elles ont vu quelqu'un pénétrer par l'une des portes, suggère Rokhaya.

— Excellente proposition ! Lorsque vous repartirez chez vous, que chacune d'entre vous contacte la responsable des sympathisantes de son pays. Demandez-lui si elle a vu quoi que ce soit d'anormal au cours des dernières semaines, voire des derniers mois. Informez-la de ce qu'il s'est passé et, surtout, veillez à ce qu'elle surveille étroitement les portes jusqu'à nouvel ordre. Une vigilance constante et sans faille. Nous ne devons pas laisser la moindre chance à ces criminels.

Autour du cromlech, les brouhahas s'élèvent. Sur ma droite, Rokhaya et Aïna discutent du comportement de Zaya et Sanju. Sur ma gauche, Terry demande à Elin si elle croit en l'hypothèse du retour d'*El Greco*. Je comprends que la représentante du peuple fourmi ne donne pas une seconde du crédit à cette théorie, au contraire d'Elin qui, elle, pense qu'il est à nouveau parmi nous.

— Impossible, reprend Terry. Pour quelle obscure raison reviendrait-il ?

— Eh bien, je ne sais pas ! Mais c'est une théorie qui se tient, selon moi.

— Selon quels critères ?

— Je le sens, c'est tout.

Je sursaute lorsque la voix d'Émy, apeurée, résonne à mes oreilles.

— Maman ? Qu'est-ce qui se passe ?

Tous les regards pivotent vers l'abbesse qui, pâle comme un linge, semble sur le point de défaillir. Ma mère se précipite à son chevet, mais celle-ci la rassure.

— Que s'est-il passé ? demande Maman, inquiète.

— Ce n'est rien, c'est juste que... la conversation entre Elin et Terry me rappelle vaguement quelque chose. Une chose que j'ai lue, il y a de ça très longtemps. Si ma mémoire est bonne, ça remonte à l'époque des premiers mois qui ont suivi ma nomination en tant qu'abbesse. Il faut que je...

Elle s'interrompt, le visage empreint d'inquiétude, puis finit par ajouter :

— Il faut que je vérifie quelque chose. C'est urgent.

— Mais qu'est-ce que...

— Pas pour l'instant. Je reviens d'ici quelques minutes. En attendant, occupe-toi de l'organisation : veille à ce que toutes les prêtresses et héritières se relayent afin de surveiller le cromlech par groupes de trois, ordonne-t-elle à ma mère.

Sous les regards surpris de toutes les Descendantes de Séraphine, l'abbesse disparaît dans la salle dédiée aux archives pour ne réapparaître qu'une heure plus tard, munie de documents anciens.

— Que se passe-t-il, Camélia ? demande Sanju.

— Que t'arrive-t-il ? enchaîne Meryem.

— Tout va bien, ce n'était qu'une fausse alerte ! Du moins, je l'espère.

Suite à quoi, elle ajoute :

— Lorsque Elin et Terry ont mentionné l'hypothèse du retour d'*El Greco,* cela m'a rappelé un épisode en particulier. Un fait rapporté à une seule reprise dans l'une de nos archives. Bien évidemment, je sais que cela n'en fait pas une source authentique pour autant, mais il fallait néanmoins que je vérifie.

— Qu'est-ce que ça signifie ? Pourquoi autant de mystères ? Ne peux-tu en venir aux faits ?

— J'y viens, Zaya, une seconde. Lorsque j'ai commencé ma formation d'abbesse aux côtés de Sienna en deux mille dix-sept, je suis restée longtemps passionnée par l'histoire d'Irina et sa prophétie. J'ai fait d'innombrables recherches sur le sujet.

Et un jour, tout à fait par hasard, je suis tombée sur un document étrange faisant état des pouvoirs que renferme l'épée.

— Nous savons toutes ce dont elle est capable, s'impatiente Haley. Où veux-tu en venir ?

— Non, vous ne savez pas tout, justement. Il existe une ancienne légende qui prétend que l'épée de Séraphine serait non seulement en mesure de rendre un être immortel, comme tout le monde le sait, mais aussi susceptible de maîtriser une magie incroyable et extrêmement puissante.

— Mais... pourquoi n'en avons-nous jamais entendu parler ? demande Gina.

— Parce que nos prédécesseures se sont assurées que cela n'arrive pas aux oreilles d'âmes qui vivent.

— C'est impossible ! gronde Ona. Notre communauté repose sur sa transparence. Il est impensable qu'une Descendante de Séraphine ait tenté de taire ce secret, aussi terrible soit-il.

— C'est tout à fait exact, argumente Camélia, le visage un peu plus serein. Sauf que, d'après ces documents, le rituel pour s'octroyer ces pouvoirs était si grave que nos ancêtres ont veillé à ce que personne ne soit en mesure de l'accomplir un jour. L'artéfact nécessaire pour réaliser le rite a été détruit une fois pour toutes en mille cinq cent douze. L'ordre a été donné par Karima, l'abbesse de l'époque. Par conséquent, nos prédécesseures ne nous ont rien caché. Elles ont juste garanti notre sécurité en anéantissant toute preuve de son existence afin qu'il ne puisse pas être perpétré. Pour ce qui est du reste, n'importe qui ayant soif d'informations à ce propos n'aurait eu qu'à consulter les archives, exactement comme je l'ai fait à mes débuts.

— Et tu crois qu'il y a une chance qu'*El Greco* ait eu vent de ce fait ? interroge ma mère, dubitative.

— Je ne le pense pas, non. Irina était bien trop jeune, à l'époque, et elle ne s'intéressait sans doute pas au passé de notre communauté. Et quand bien même elle l'aurait fait, il aurait fallu qu'elle fouille et retourne bon nombre de documents avant de tomber sur l'article mentionnant la légende. Non, je n'y crois pas un instant.

— Dans ce cas, cela ne peut vouloir dire qu'une seule chose : nous avons été trahies, en déduit Nora.

— Pas forcément, intervient Rokhaya.

— Je ne vois pas d'autres possibilités, conteste Aïna.

— Mes sœurs... pour l'heure, je crains que cela importe peu. Nous devons avant tout demander aux sympathisantes de surveiller les portes. Même si nous ne sommes pas en période d'équinoxe ou de solstice, elles doivent faire montre d'une vigilance constante. Nous allons également nous organiser afin de les filer aussi discrètement que possible. Si l'une d'entre elles nous a trahies, nous ne devons pas prendre le moindre risque. Est-ce bien entendu ?

Toutes acquiescent d'une même voix. Je me joins à elles, troublée par cette disparition et toutes les rumeurs qui l'entourent.

— Et en dehors de ça... que suggères-tu qu'on fasse ? déclare Haley.

L'abbesse prend le temps de respirer profondément avant de répondre :

— Je crois que le mieux est d'agir le plus normalement possible. Que nos héritières continuent de s'exercer régulièrement. Quant aux prêtresses, je propose que nous nous réunissions en privé afin de nous entretenir concernant les différentes tactiques à adopter à partir de maintenant.

Suivant les ordres de l'abbesse, nous reprenons nos entraînements et enseignements habituels dès que la réunion se termine. Heureusement pour moi, aujourd'hui j'ai droit à une leçon particulière : un cours de Dévotion en tête-à-tête avec Camélia. L'unique programme de la journée.

— Eh bien, Kassy, es-tu prête ?

— Je crois, oui.

À vrai dire, j'ai hâte de commencer, même si l'envie de poser un tas de questions à l'abbesse concernant la disparition de l'épée me brûle les lèvres. J'aime la danse, même si je n'ai jamais réellement pratiqué cet art. Le chant aussi, d'ailleurs, mais bon, je crains fort de ne pas être douée dans ce domaine.

Au terme de quelques minutes, ma formatrice revient, munie d'un ensemble semblable à ceux que les prêtresses portent lors des Dévotions. Je n'ose rien dire, mais je jubile intérieurement. Je n'attendais que ça depuis le premier jour.

Vêtue de ma robe de cérémonie, j'accompagne l'abbesse jusqu'au centre de la pièce. Au milieu, un épicéa géant s'impose de toute sa splendeur. Sa taille est si haute que même en levant la tête au ciel, je ne peux en distinguer la cime.

— Bien, si tu es prête, nous pouvons commencer.

Je l'entends à peine tant je suis accaparée par ma nouvelle tenue. Les manches largement évasées me donnent l'illusion d'être une princesse issue du peuple elfe. Le tissu, semblable à de la soie, est aussi doux et agréable sur ma peau que le souffle du vent.

— Kassy ? réitère l'abbesse avec un peu plus de fermeté que d'ordinaire.

Je reprends alors mes esprits.

— Veuillez m'excuser. Je me concentre.

Ma formatrice m'accorde l'un des sourires chaleureux dont elle seule a le secret. En cet instant, j'avoue que je suis un chouïa jalouse. Je donnerais tout pour échanger ma mère avec celle d'Émy.

— Bien, nous allons commencer par évaluer ta souplesse. Si tu veux bien suivre la ligne. J'aimerais que tu avances sur la pointe des pieds jusqu'à accomplir un tour complet de l'arbre.

Je m'étonne :

— C'est tout ?

Comparé aux entraînements de Meryem, celui-ci me semble extrêmement facile.

— Avec ceci sur la tête, ajoute-t-elle d'un ton fier et amusé à la fois.

L'abbesse me tend un livre imposant à la couverture rigide. J'ai du mal à croire ce que je vois.

— Vous parlez sérieusement ?

— Et sans l'aide des mains.

Elle rit. Je me demande d'ailleurs comment elle fait pour ne pas se laisser envahir par le stress engendré par la disparition de l'épée.

— Voyons voir de quoi tu es capable.

Sans plus attendre, je maintiens le bouquin en équilibre sur le sommet de mon crâne et tente d'effectuer quelques pas. Camélia, charmée, me couvre de compliments qui me font monter le rouge aux joues. Je ne suis pas habituée à tant d'éloges. Cela me surprend un peu, même si c'est agréable.

Les heures passent sans que je m'en rende compte. Quand Maman fait irruption dans la pièce, ses pas s'interrompent. Elle reste un moment figée face à la scène qui s'offre à elle : Camélia et moi effectuons nos Dévotions ensemble, dans une parfaite synchronisation, telles une mère et sa fille. Nous rions aux éclats lorsque l'une ou l'autre trébuche par inadvertance, puis nous nous étreignons pour nous ressaisir. À coup sûr, l'abbesse n'a pas encore remarqué la présence de Maman, sans quoi elle aurait sans doute cessé ses démonstrations d'affection. Quant à moi, même si ce n'est pas bien, je me réjouis du trouble clairement visible sur le visage de ma mère.

Se rend-elle compte à côté de quoi elle passe ? Je l'espère au plus haut point.

— Gabrielle, tu es là ! Tu sais, ta fille possède un réel talent pour la danse. Est-ce que tu as vu ça ?

— Non, désolée. Je viens juste d'arriver.

Ces mots franchissent ses lèvres dans un sourire crispé adressé à notre responsable. Moi, je n'ai même pas droit à l'ombre d'un regard.

— Tu veux qu'on te montre ? insiste l'abbesse.

— La prochaine fois, peut-être. Nous devons rentrer tôt, Kassy a cours demain matin et je dois encore m'occuper de notre petite infirmerie.

Je m'attendais à voir poindre une once de déception sur le visage de Camélia, mais il n'en est rien. Ses traits sont impassibles, mais ses joues sont toujours teintées de rouge, à l'instar des miennes. Danser nous a essoufflées, mais j'espère bien remettre ça le plus vite possible.

Sur le trajet du retour, ma mère ne m'adresse pas le moindre mot. Non pas que je m'en plaigne, j'ai l'habitude, désormais. Néanmoins, je ne peux m'empêcher de regretter mes mauvaises pensées d'un peu plut tôt.

« Je me réjouis du trouble clairement visible sur le visage de ma mère. Se rend-elle compte à côté de quoi elle passe ? Je l'espère au plus haut point. »

Malgré son comportement à mon égard, elle ne mérite pas ça. C'était cruel de ma part et je ne le réalise qu'à l'instant. Quelle horrible peste je suis !

— Je suis désolée, Maman.

Elle ne répond pas. Son regard est figé sur la route, imperturbable. Je l'observe pendant une longue minute, silencieuse. C'est à peine si elle cille et j'ai l'étrange sensation qu'elle bloque sa respiration. Pourquoi ?

Tout ça, c'est de ma faute. Jamais je n'aurais dû exprimer un souhait aussi immonde. Je ne suis pas digne d'être une Descendante de Séraphine.

— Maman ?

— Pas maintenant, Kassy. Je conduis.

Sa voix est douce, pas comme d'habitude. J'aimerais profiter de cet instant pour lui parler à cœur ouvert, pour lui confier ce que je ressens au plus profond de moi. Malheureusement, le courage me manque. Il faudrait qu'elle fasse le premier pas, ensuite, peut-être que je pourrais…

La sonnerie de son portable retentit. Au terme de la seconde tonalité, Maman répond de sa voix bourrue habituelle :

— Oui, Hélène ?

— ...

— Ne t'en fais pas, nous serons là dans dix minutes.

— ...

— D'accord, à tout de suite ma puce, bye.

À cet instant, je comprends que tout espoir est vain. J'espérais me rapprocher de Maman grâce aux prêtresses, mais force est de constater que cela n'arrivera pas. Tout simplement parce que je ne suis pas... Hélène.

Chapitre 20

Visite inattendue

— Mais, si ce n'est pas cet *El Greco*, alors qui est-ce que ça pourrait être ? me demande Aurélie à l'autre bout du fil.

— Je n'en sais strictement rien ! Personne ne le sait. Jusqu'à présent, la seule hypothèse qui tient un tant soit peu la route, c'est celle d'une trahison de la part d'une sympathisante. Maintenant, il faut le temps que les prêtresses mènent l'enquête de leur côté. Elles sont des dizaines de milliers, ce n'est pas quelque chose qui se fera du jour au lendemain.

— Ah oui, quand même… Enfin, c'est…

Mon amie s'interrompt et saute soudain du coq à l'âne. J'en déduis que quelqu'un chez elle a fait irruption dans la pièce.

— Et tu es certaine que c'est Ben qui est derrière tout ça ?

Il me faut un moment pour comprendre de quoi elle parle, puis tout devient limpide. Depuis peu, le comportement de Ben est encore plus étrange que d'ordinaire. J'avoue que je ne sais pas trop comment l'expliquer. Disons, pour faire court, qu'il ne se moque plus ouvertement de moi… mais en toute franchise, je ne suis pas sûre de préférer cette nouvelle version à l'ancienne. Désormais, il est carrément bizarre, comme qui dirait retombé en enfance.

La plupart du temps, il s'amuse à me ridiculiser indirectement sous forme de petites blagues de gamin sans cervelle. Pas plus tard que ce matin, par exemple, j'ai glissé devant tout le monde sur l'eau savonneuse qu'il avait jetée sous mes pieds. Hier, juste après la pause déjeuner, notre classe avait cours de gym. Eh bien, figurez-vous qu'une de mes chaussures de sport avait disparu de mon sac ! Bien entendu, je n'ai aucune preuve qu'il est l'auteur de cette bizarrerie, mais qui d'autre se serait abaissé à ce genre d'enfantillages, franchement ?

— Je te dis que c'est lui ! Enfin, Auré ! Qui pourrait avoir des idées aussi tordues, d'après toi ?

Elle me répond, amusée et dubitative à la fois :

— Je ne sais pas. Mais reconnais que trouer ton maillot de bain, c'est quand même... Pour quelle raison agirait-il ainsi ?

Ça alors, elle est bonne, celle-là ! Qu'est-ce que j'en sais, moi ? Sans doute pour les mêmes raisons qu'il a piqué le contenu de mon classeur de géo ! Il n'empêche que cette suite d'évènements curieux et hautement énervants n'arrive pas par hasard.

— Est-ce qu'au moins tu as une preuve ?

— Non. Mais si on prend en compte le fait qu'il a cessé de m'agresser verbalement à chacune de nos rencontres et qu'il a remplacé ses provocations par ce genre de gamineries, ma théorie se tient. Et puis, tu oublies l'eau savonneuse ! C'est une preuve, mine de rien.

— Peut-être, oui. Même si je ne comprends pas trop ce qu'il aurait à y gagner. Et puis, Vanessa aussi a eu un truc chelou hier en classe, alors ça ne veut probablement rien dire. C'est peut-être juste... le fruit du hasard.

— Tu parles de son soi-disant devoir de maths qui a mystérieusement disparu ?

— Oui.

— Mais ce n'est pas du tout comparable ! Son devoir, je parie qu'elle ne l'a même pas fait et qu'elle a prétexté sa disparition dans le seul but d'éviter une note dans son carnet de liaison ! Moi, je te rapporte des faits tangibles : absence de syllabus[5], alors qu'il était bien là un peu plus tôt, d'une chaussure sur deux qui se fait la malle, de déchirure nette dans un maillot de bain tout neuf... Et que fais-tu de la tonne de mouchoirs en papier qu'on a retrouvée en boule dans mon sac à dîner ?

Mon amie soupire, puis, résignée, finit par reconnaître l'étrangeté de la situation. Même si la preuve de la culpabilité de Ben est loin d'être reconnue, qui d'autre pourrait s'acharner de la sorte sur moi ?

De loin, j'entends la sonnette, puis quelqu'un frappe à ma porte.

— Kassy ? appelle ma mère.

— Deux minutes, Auré. Je vais voir ce qu'elle veut.

— OK.

Après avoir posé mon téléphone sur mon lit, j'ouvre et découvre ma mère accompagnée d'Émy. Ma surprise est à son comble.

— Émy ? Waouh ! Mais qu'est-ce que tu fais là ? Je suis trop contente ! Ça me fait tout drôle.

---

[5] Livre de cours

Ravie de se trouver ici, mon amie me serre aussitôt dans ses bras. Maman n'attend pas pour m'annoncer les raisons de sa visite.

— Émy viendra deux soirs par semaine pour t'aider à récupérer ton retard. Elle t'enseignera la botanique, la zoologie et tout ce qu'il y a à savoir au sujet de notre communauté.

— C'est vrai ?

Émy hoche la tête, un large sourire aux lèvres.

— Super ! Mais... comment es-tu venue jusqu'ici ? Wéris n'est pas à côté.

— La cause exige des sacrifices, déclare ma mère d'un air pincé, alors que ma question s'adressait à mon amie française.

Puis, elle ajoute :

— Je suis moi-même allée chercher Émy à Wéris. Je la raccompagnerai sitôt la leçon terminée. Je me suis arrangée pour prendre mes tours de garde les jours où Émy viendra te voir.

Deux jours de garde par semaine, cela m'étonne. On m'a raconté que les prêtresses ne se relayaient qu'une fois par quinzaine pour veiller l'épée. La nuit, du moins, car en journée, les héritières peuvent éventuellement les remplacer si cela n'entrave pas trop leur emploi du temps.

— Bon, bah, très bien. Bienvenue chez nous, Émy.

— Merci beaucoup.

Maman partie, je prends quelques secondes pour dire au revoir à Aurélie, qui patiente toujours au téléphone. Je suis consciente de l'abandonner à nouveau, malheureusement, je ne vois pas comment faire autrement.

— Vous êtes très proches, Aurélie et toi ? me demande Émy.

— Oui, très. C'est ma seule véritable amie. Nous nous connaissions avant d'entrer à la maternelle. Il faut bien avouer que depuis que je suis devenue une héritière, j'ai de moins en moins de temps à lui accorder. Ce n'est pas facile.

— Je comprends. Enfin, je n'ai jamais vraiment eu ce genre de problèmes, car je suis fille unique et, par conséquent, je sais depuis toujours quel sera mon destin. Mais j'imagine aisément à quel point ça doit être difficile pour toi, tous ces changements. J'espère au moins que tu te sens bien parmi nous.

— Merci, mais je te rassure, j'aime beaucoup me retrouver avec vous au cromlech souterrain. J'adore l'idée de protéger la nature. Bon, j'admets que je me passerais volontiers des cours d'autodéfense, mais je reconnais que ça peut se révéler utile, parfois.

— Est-ce que je peux te demander quelque chose d'indiscret ?

— Bien sûr ! Nous sommes entre nous, vas-y.

Mon amie prend une seconde pour chercher ses mots. La question qu'elle s'apprête à me poser semble l'inquiéter.

— C'est à propos d'elle. Aurélie. Est-ce qu'elle sait ? Est-ce que tu... lui as dit ?

Même préparée à l'idée qu'elle m'interroge sur un sujet épineux, j'ai du mal à dissimuler mon malaise, surtout avec tout ce qu'il se passe en ce moment avec l'épée. Oui, Aurélie est au courant de toute l'histoire, seulement, comment pourrais-je le lui avouer ? C'est interdit d'en parler à qui que ce soit. Parallèlement, envisager de mentir à Émy ne m'enchante pas. Il me faut pourtant faire un choix.

— Je... C'est compliqué. Disons qu'elle sait que notre famille est un peu particulière. Tu comprends, elle vient souvent à la maison et... elle a vu certaines choses, comme les animaux malades dans notre petite infirmerie. Et elle n'est pas idiote. Mais je ne lui ai rien dit concernant... eh bien, tout le reste. Elle sait que je ne peux pas tout lui raconter.

Je me maudis de lui mentir. Seulement, l'idée qu'Émy me pose cette question sous l'influence de ma mère me terrifie.

— Elle est plus compréhensive que moi. Je crois que je n'aurais pas pu supporter de ne savoir les choses qu'à moitié. Surtout quand on cache les meilleurs morceaux.

— Aurélie est spéciale. Elle a un cœur gros comme un bœuf et elle a confiance en moi. Elle sait que je ne fais absolument rien de mal et que si je ne lui dis pas, c'est que j'ai une bonne raison.

— Je t'envie. J'ai toujours rêvé d'avoir une amie aussi dévouée.

L'idée qu'Émy me jalouse me surprend un peu. Elle qui, de loin, semble mener une vie parfaite... Ce n'est peut-être qu'une façade, après tout.

— Bien ! Et si nous commencions ? me demande-t-elle, soudain excitée comme une puce.

— Avec plaisir.

— Qu'est-ce que tu dirais si je t'expliquais les propriétés des lavandes ?

Aussitôt prononcé, le terme éveille mes sens olfactifs. La lavande est une de mes fleurs préférées, et son parfum entêtant se rappelle immédiatement à mon bon souvenir.

— J'en serais ravie. J'aime beaucoup cette plante.

Un large sourire illumine le visage gracieux d'Émy.

— Moi aussi ! Si ça t'intéresse, la prochaine fois, nous pourrions tenter une expérience. Ça te plairait de voir comment on obtient de l'huile essentielle de lavande ?

— Oh oui, ça serait vraiment top !

Savoir qu'Émy me rendra visite à nouveau m'enchante. Bien plus que l'idée de devoir me rendre à Wéris à plusieurs reprises, je dois bien le reconnaître.

— Bien ! Dans ce cas, allons-y pour la partie théorique. Tu as de quoi noter ?

Du tiroir de mon bureau, j'extirpe un carnet neuf, et je rejoins aussitôt mon amie installée sur mon lit. Luna et Sirius, heureux d'avoir de la visite, viennent tous deux se frotter contre notre invitée, abandonnant au passage quelques touffes de poils sur son joli pantalon noir.

— Oups, désolée.

— Ce n'est pas grave. J'aime beaucoup les chats. Et les tiens sont très agréables. On voit que vous prenez grand soin d'eux. Leur pelage est doux comme de la soie.

Une fois installée à mon bureau, je m'empare d'un stylo bille et inscris en gros caractères le titre et la date du présent cours.

— Nous allons nous concentrer dans un premier temps sur la lavande sauvage, si ça te convient. Il y a énormément de choses à retenir à son sujet, j'espère que tu es prête, car on attaque un beau morceau, pour commencer.

— Je suis prête et je sens qu'on va vraiment bien s'entendre, toutes les deux.

— Je n'ai pas le moindre doute à ce sujet, renchérit mon amie.

Pour la première fois depuis longtemps, je suis pleinement heureuse. Des heures durant, j'écoute toutes les vertus médicinales de la lavande, ainsi que les différentes façons de s'en servir : en infusion, pour la relaxation, pour ralentir l'activité du système nerveux, favoriser la digestion et calmer les migraines. Elle peut même stopper net une angine si elle est prise au tout début. On l'utilise sous forme de décoction pour soulager les muscles endoloris, les entorses ou les foulures. Et puis, il y a également tout ce qui est huiles essentielles, évidemment. Elles aident au soin du visage, mais aussi à bien dormir, en plus de soigner les inflammations et le stress. J'apprends même que le miel de lavande est particulièrement indiqué en cas de maux de gorge et surtout en tant qu'agent antiseptique et antibactérien. Le miel soulage les rhumatismes et l'état anxieux, d'après ce qu'elle m'en dit.

— Et maintenant, rappelle-moi comment on obtient une décoction ? m'interroge-t-elle tout en jouant le rôle d'un professeur d'école lors d'un examen surprise.

— Eh bien, je crois qu'on doit faire bouillir les fleurs dans l'eau. Ensuite, quand elle arrive à ébullition, on patiente une minute avant d'éteindre le feu. On laisse infuser pendant dix minutes.

— Avec des fleurs fraîches ou sèches ?

— Sèches ?

— Kassy, Kassy, Kassy ! Pourriez-vous vous concentrer un instant, mademoiselle ? Je vous ai dit il y a moins d'une heure que pour les décoctions et les infusions, on peut utiliser les fleurs sèches ou fraîches. Ce n'est que lorsqu'on extrait les huiles essentielles que les plantes doivent être impérativement sèches. Vous me copierez cinquante fois le paragraphe dédié à cette particularité, est-ce bien clair ?

— Oui, maîtresse.

Je pouffe, bientôt rejointe par mon amie. Pendant un long moment, nous rions de bon cœur, puis, reprenant son sérieux, Émy m'annonce :

— Je suis contente que tu fasses partie des nôtres. Je sens que ta présence parmi nous apportera un grand plus à notre communauté.

Ces mots, prononcés avec sincérité, me touchent. Je n'ai cependant pas l'habitude d'entendre des choses aussi gentilles. J'ignore comment je dois réagir.

— Tu... Tu le penses vraiment ?

Mon amie m'invite à la rejoindre sur le lit. Une fois à côté d'elle, elle me saisit la main et me demande :

— Tu en doutes ?

Je soupire tout en cherchant mes mots.

— Je crois surtout que beaucoup ne sont pas du même avis que toi. À certains moments, je me sens parfaitement bien, tandis qu'à d'autres, j'ai l'impression d'être une intruse. Que tout le monde me juge, comme si j'étais responsable d'avoir « volé » la place d'Hélène. Tu comprends ce que je veux dire ?

— Eh bien, c'est peut-être le cas en ce qui concerne Dafney et Ivana, mais pour ce qui est des autres, je ne crois pas. Tu devrais... Tu devrais essayer d'aller davantage vers elles. D'après ce que j'ai pu voir, tu t'isoles trop. Si on ne vient pas vers toi, tu as tendance à te montrer un peu froide et distante. Je pense que les filles préfèrent te laisser prendre tes marques et venir à elles quand tu te sentiras prête.

Ses propos m'interpellent. Jusque-là, j'avais plutôt l'impression d'être une personne empathique. Toutefois, la remarque d'Émy me donne matière à réfléchir, à me remettre en question. Et si elle avait raison ?

— Mais j'ai essayé ! J'ai tenté à plusieurs reprises d'approcher Jenny. Seulement, elle…

— Jenny ? répète mon amie.

Puis, elle ajoute dans un demi-sourire :

— Jenny est un cas particulier. Elle est probablement encore plus distante que toi, si tu veux mon avis. Je crois que ce n'est pas la meilleure personne pour ça. Elle est super gentille, certes, mais elle aime sa solitude. Enfin, je suppose.

— C'est peut-être ça, justement, qui m'a donné envie de lui parler. Je ne sais pas pourquoi, c'est comme si j'avais ressenti le besoin de me lier d'amitié avec elle.

— Peut-être parce que tu la vois toujours seule, alors tu penses que vous pourriez vous soutenir l'une l'autre. C'est gentil de ta part, je trouve.

Tout à mes réflexions, j'analyse cette hypothèse. Serait-ce pour cette raison qu'Aurélie est mon unique amie ? Que les gens me laissent seule dans mon coin quand je vais quelque part ? Je l'ignore. Je sais seulement qu'à partir d'aujourd'hui, je verrai les choses sous un autre angle grâce à Émy. Et qui sait, ça ne changera probablement pas la face du monde, mais ça pourrait m'ouvrir des portes que je pensais définitivement closes.

Chapitre 21

Déception

— Kassy ?

Instantanément, je ralentis lorsque je reconnais la voix mélodieuse de Charles dans mon dos. Aurélie s'arrête également et, dans un même mouvement, nous nous retournons vers l'élu de notre cœur.

— Oui ?

Il sourit allégrement, puis me demande sans détour :

— C'est à toi ?

Il me tend un classeur couleur vert pomme. Sur la partie inférieure droite, une étiquette blanche bordée de rose renseigne mes nom et prénom, ainsi que l'intitulé de mon cours de ce matin : Histoire.

— Mais... où l'as-tu trouvé ? Ça fait trois jours que je le cherche partout !

Il soupire, puis m'avoue :

— Je l'ai retrouvé dans le sac de Ben.

— Quoi ? Mais comment est-ce qu'il...

Je lance un regard en coin à Aurélie qui, impuissante, soulève les épaules. Elle semble penser « OK, d'accord, tu avais raison », mais ne prononce pas un mot.

— Il me l'a piqué, c'est ça ?

Mon ami paraît gêné. En tout cas, il ne trouve rien à dire pour défendre son cousin.

— Je ne comprends pas. Qu'est-ce qu'il gagne, avec ses blagues à la noix ? On jurerait un enfant de cinq ans.

Charles se mord les lèvres, puis m'annonce :

— Je t'avoue que là, même moi je n'en sais rien. Le soir, quand on va se coucher, il n'arrête pas de me prendre la tête à propos de toi. Il aimerait que je l'aide à trouver de nouveaux coups. Il jure qu'il t'aura tôt ou tard. C'est à n'y rien comprendre.

Offusquée, je rétorque :

— Quoi ? Qu'il m'aura tôt ou tard ? Mais qu'est-ce qu'il me veut, au juste ? Après le cornet de frites sur la tête, le vol de mes classeurs, sans parler du reste... qu'est-ce qu'il espère encore ? Que je m'excuse, peut-être ? À quel propos ? Je n'ai rien fait du tout, c'est lui qui me cherche depuis le premier jour !

J'ai parlé si vite et si fort que bon nombre d'élèves se retournent vers nous. Cela m'est égal. Je veux que Ben arrête ses plaisanteries à deux balles qui ne font rire que lui.

— On peut discuter une minute ? me demande Charles.

Je lance un regard à Aurélie, en quête de son approbation. Elle opine du chef tout en se déplaçant de quelques mètres sur la droite. Charles m'attire près de la fenêtre et me confie alors :

— Ne le prends pas mal, Kassy, mais entre nous, je crois que tu plais beaucoup à mon cousin.

Mon corps se crispe. La colère m'envahit. Ah non ! Il ne va pas remettre ça !

— Charles, écoute, je...

Il m'interrompt et plonge son regard dans le mien lorsqu'il m'annonce :

— Je sais que ça paraît dingue et que son comportement tend à prouver le contraire, mais fais-moi confiance, je suis bien placé pour savoir quand une fille plaît à un mec. C'est juste que... il n'ose pas te l'avouer, voilà tout.

Grrr ! D'abord Sophie, ensuite le psy, et maintenant Charles ! Je devrais peut-être accorder une chance à cette hypothèse, sauf que je ne parviens pas à m'y résoudre. C'est impossible. : je n'y crois pas.

— Il t'a bien proposé de sortir avec lui, non ?

— Non ! Il m'a proposé de faire *semblant* de sortir avec lui, nuance.

Charles rit. De toute évidence, en ce qui le concerne, c'est kif-kif bourricot !

— Tu es mignonne, plaisante-t-il. D'une naïveté affligeante, mais mignonne.

À l'image de deux tomates bien mûres, mes joues s'empourprent. Sans la moindre raison apparente, je ris aussi. C'est le seul moyen de défense que mon esprit tordu a trouvé pour se protéger. Bah quoi ? Ce n'est pas tous les jours que Charles Fraikin prétend vous trouver mignonne. Ce n'était certes pas dans le sens « jolie », mais au moins, c'est un compliment.

— Eille, le couz !

Je reconnais l'accent de Benjamin depuis l'autre bout du couloir et, aussitôt, mon corps se tend. Il me faut partir, et vite.

— Eh, salut, chérie ! me salue-t-il sitôt parvenu à notre hauteur.

Puis, sans qu'aucun de nous s'y attende, Benjamin dépose un baiser sur ma joue. À son contact, ma peau s'électrise. Pétrifiée, je tente de reculer, mais mes jambes sont littéralement clouées au sol.

Purée, c'était quoi, ça ?

Charles contemple la scène, les yeux ronds. Il semble autant sous le choc que moi. Quant à Aurélie, elle sourit dans son coin. Et derrière elle, Sabrina me toise, l'œil mauvais.

Le silence règne dans le couloir. Ou bien est-ce une impression ? Tous nous observent, attendant de voir quelle sera ma réaction. Sauf que je ne sais plus. Comment suis-je censée riposter à ça ? Si je ne dis rien, il pensera que j'éprouve des sentiments pour lui. Si je m'insurge, on jugera que le directeur avait raison et que je suis victime de harcèlement.

Face à ma détresse, Charles vient à mon secours et le taquine à la manière des garçons. Ses bras se referment sur moi et je me retrouve le visage collé contre sa poitrine. Une odeur de déodorant musqué émane de ses vêtements et, très vite, mon corps se parsème de chair de poule.

— Touche pas, c'est mon amie à moi, clame Charles sur un ton de défi.

Ben toise son cousin. Pendant un court instant, j'ai l'impression de lire une forme de colère sur son visage, mais une seconde plus tard, il répond :

— Anyway, j'en veux pas de celle-là !

À nouveau, la rage monte en moi comme une traînée de poudre. La cloche retentit, signalant la fin de la récréation, mais nul ne semble y prêter attention. Aurélie revient sur ses pas pour me tirer de l'embarras, seulement, Charles me tient fermement par le poignet et refuse de me laisser partir.

— Retire ce que tu viens de dire, tonne-t-il.

Ben rit à gorge déployée. Quant à moi, je me sens tout à coup bien sale. Je n'ai plus qu'une envie : fuir loin et aussi vite que possible.

— Il ne reste plus qu'une heure à tenir, murmure ma meilleure amie pour tenter d'apaiser ma rage.

Je n'ai même plus le courage de lui répondre. Mes yeux s'embuent. J'ai mal. Non pas que j'accorde de l'importance aux propos de ce caribou, mais… c'est blessant, mince !

— Charles…

Mes mots sont à peine audibles, mais l'intéressé comprend qu'il lui faut me lâcher le bras. Nous devons tous retourner en cours sous peine d'arriver en retard.

— On en reparle tout à l'heure, promet Charles à son cousin.

— Ouais, c'est ça.

Puis, il ajoute à mon intention :

— Allez... à plus, ma belle !

J'ouvre les yeux, réveillée par l'arrivée d'un S.M.S. d'Aurélie.

« Allez, debout là-dedans, c'est l'heure de se lever ! Une super journée t'attend et, ce soir… c'est LE grand soir, alors pas de temps à perdre ! Passe une bonne journée, ma belle. Et n'oublie pas de venir me chercher avant la fête. Bisous. »

Ravie, je m'étire de tout mon long. Aurélie a raison : aujourd'hui est un jour important. D'abord parce que j'ai rendez-vous avec Charles et, ensuite, car je vais pouvoir passer le week-end entier avec Papa. Il ne m'en faut pas plus pour raviver ma bonne humeur. Avant même de gagner le salon pour y prendre mon petit déjeuner, je balance un sac de sport sur le lit et y fourre d'emblée quelques affaires. Une fois terminé, je rejoins le reste de ma famille dans la cuisine.

— Bonjour, tout le monde.

Maya et Lucky m'accueillent comme le Messie. Ils me sautent dessus, me lèchent le visage. Mais ce sont bien les seuls à me prêter attention. Maman est installée dans la pièce de vie, une tasse de café fumant à la main, en train de lire le journal. Hélène, affalée devant la télé, semble à peine remarquer ma présence. Sophie n'est pas encore levée.

Sans plus attendre, j'ouvre le frigo en quête de jus de fruits. Mais pour sûr, personne n'en a fait. Ça, c'était le rôle de Papa, mais maintenant qu'il est parti…

Durant quelques secondes, je songe à en préparer moi-même, mais un simple regard lancé à ma mère m'en dissuade.

— Vers quelle heure est-ce que Papa vient nous chercher ?

— Il ne passera pas ce matin, répond-elle d'un ton neutre.

Je n'en crois pas mes oreilles. Comment ça « il ne passera pas » ? Et pour quelle raison ?

— Mais, je pensais…

Elle s'emporte avec véhémence :

— Je lui ai dit que nous avions à faire. Je te déposerai chez lui plus tard, en fin d'après-midi.

Ma gorge se serre. J'ai envie de pleurer.

— Mais c'est hors de question !

L'œil réprobateur, ma mère se lève de son fauteuil et se dirige vers moi, l'index pointé dans ma direction. Dans son dos, je remarque que ma sœur diminue le volume de la télé. Son visage ne traduit aucune expression. Pas même du plaisir face à cette engueulade.

— Pardon ?

— Nous avions un programme ! Tu n'as pas le droit de m'empêcher de voir Papa. Nous avions convenu d'y passer tout le week-end. Ce n'est pas juste.

— Je t'ai dit que je te déposerais plus tard, fin de la discussion. De toute façon, nous n'en avons pas pour longtemps, à peine quelques heures. Ensuite, tu pourras aller chez ton père bien-aimé.

Ces mots m'incendient le cœur. Comment peut-elle parler de la sorte ? C'est mon père, j'ai bien le droit de l'aimer, non ? Pourquoi dit-elle ça comme si c'était un crime horrible ?

À cet instant, Sophie entre dans la pièce. Ses yeux rougis m'informent qu'elle a pleuré récemment. De toute évidence, elle est déjà au courant que nos beaux projets ont viré au drame.

— J'en ai plus que marre de vivre ici !

J'explose en larmes. Je n'en plus.

— Continue comme ça et j'appelle ton père pour lui annoncer que tu ne bougeras pas d'un pouce ! C'est bien compris ?

Intérieurement, je hurle. Ma rage se déchaîne. Mais pourquoi agit-elle ainsi ? Qu'ai-je bien pu lui faire pour qu'elle me déteste à ce point ?

À bout de nerfs, je regagne ma chambre sans prendre le temps de déjeuner. J'ai l'appétit coupé. Allongée sur mon lit, je tente de fermer la porte à clef à l'aide de mes pouvoirs, mais malgré mes efforts, celle-ci demeure ouverte. Et dire que la journée avait si bien commencé…

La route jusqu'à Wéris s'étire depuis des heures. Bien sûr, *elle* ne parle pas et les seuls bruits que nous distinguons, en dehors du crissement des pneus sur l'asphalte, sont mes sanglots ponctués ici et là de quelques reniflements volontairement bruyants. De temps à autre, une larme surgit sans prévenir. Je m'empresse aussitôt de la faire disparaître d'un revers de la main.

À Wéris, Émy m'attend à proximité du tombeau. Le vent joue avec ses cheveux bouclés et elle semble si heureuse de me voir que, déjà, mon cœur s'allège. Son sourire, tout comme celui de sa mère, a quelque chose de magique et de profondément apaisant.

Ensemble, nous rejoignons le cromlech principal. J'apprends par la même occasion que mon amie française utilise le même mégalithe que moi pour traverser. Ce simple constat me fait plaisir. Si Maman se sert du plus éloigné, ce n'est sans doute pas le fruit du hasard. En tout cas, moi, je considère ça comme un signe.

— Alors, contente d'être là ? m'interroge ma coéquipière.

Je m'apprête à lui répondre lorsque mes mots s'arrêtent à la frontière de mes lèvres. Qu'allais-je dire ? Je n'en sais rien. À certains moments, j'aimerais passer ma vie ici, entourée des autres héritières. J'adore apprendre, et la proximité avec les animaux et la nature me rend heureuse. D'un autre côté, l'omniprésence de ma mère, nos disputes récurrentes, et le fait de ne plus disposer de mon temps comme je l'entends fait contrepoids dans la balance.

— Oui, oui.

Je préfère couper court plutôt qu'entrer dans les détails qui mineraient une nouvelle fois mon moral.

— Parfait. Dans ce cas, j'ai une excellente nouvelle pour toi, m'apprend-elle.

— Vraiment ?

— J'imagine que Gabrielle ne t'a pas briffée sur ton enseignement du jour, je me trompe ?

— Dans le mille !

— C'est encore mieux. Suis-moi et tu verras.

Nous courons à travers les souterrains pendant cinq bonnes minutes. Émy me tire par le bras sans prendre en compte mes protestations. La joie est clairement inscrite sur son visage. On dirait presque que notre artéfact fétiche n'a jamais disparu.

— Je suis sûre que tu ne regretteras pas d'être venue.

Nous débouchons sur un immense jardin, qui s'étend à perte de vue. Au loin, je distingue de hautes montagnes aux sommets enneigés et, quelque part sur ma droite, j'entends le bruit d'une rivière qui, paisiblement, s'écoule.

Les battements de mon cœur se régularisent lorsque j'inspire à pleins poumons cet air tonifiant.

Ébahie, je demande :

— Où sommes-nous ?

— Miss Rochecourt, j'ai le plaisir de vous accueillir au sein du jardin d'Eléanore, m'annonce solennellement mon amie.

Face à nous, des dizaines d'animaux nous saluent. Sur ma gauche, un cerf à la ramure majestueuse s'approche. Il ne semble en rien effrayé par la présence de deux êtres humains au milieu de son territoire.

— Jody te souhaite la bienvenue, jeune Kassy, m'informe une dame d'une soixantaine d'années qui, lentement, arrive vers nous.

Je reconnais Aïna, la mère de Gina, représentante des dauphins. À mon tour, je la salue, puis, n'y tenant plus, je pose la question qui me brûle les lèvres.

— Pardon, mais… je croyais que nous ne pouvions discuter qu'avec l'animal que représente notre totem. Non ?

La prêtresse me sourit, puis répond :

— C'est le cas, effectivement. Pour la plupart d'entre vous, en tout cas. Mon don me permet d'interpréter les pensées de toutes les espèces réunies.

En effet, maintenant qu'elle y fait allusion, je me souviens qu'une des prêtresses possède ce talent inné. Quand je songe à mes propres facultés, que je les compare à celles d'Aïna ou de Maman, je sens la jalousie poindre en moi. C'est trop injuste.

— Est-il possible d'apprendre ?

— À dialoguer avec d'autres espèces ?

J'acquiesce.

— Hélas, non, me répond-elle, le regard brillant. Mais vous pouvez aider de bien des manières, m'annonce-t-elle.

Malgré ma déception, je souris.

— Venez, nous invite-t-elle.

Nous suivons Aïna jusqu'à une petite cabane en bois à l'orée d'une forêt. Devant celle-ci, une jument est allongée dans l'herbe, les pattes tendues à l'extrême. La pauvre bête hennit de douleur, mais à la taille de son ventre, je devine que ce n'est pas sans raison.

— Elle va pouliner ? demandé-je, excitée à l'idée d'assister à une mise bas.

Notre formatrice me confirme que l'heureux évènement est imminent.

— Qu'est-ce que je peux faire ?

— Tu peux prendre place près de sa tête et la caresser doucement. Quant à toi, Émy, masse-lui un peu le dos, veux-tu ?

Rapidement, nous nous positionnons de façon à ce que l'animal ne soit pas gêné par notre présence. Émy frictionne généreusement la croupe de la jument, tandis que de mon côté, je la couvre de tendresse. Sans que je sache pourquoi, le contact avec la future maman m'émeut. Une boule m'encombre la gorge et, très vite, je sens poindre des larmes sous mes paupières.

Sa peau est à la fois douce et rêche, la toucher me plaît. Lentement, je replace tous les crins du même côté pour éviter qu'ils ne viennent se placer devant ses yeux. Un geste bien inutile, car dès qu'une nouvelle contraction survient, c'est à recommencer. La belle ne crie pas comme on pourrait s'y attendre lorsque se produit ce genre d'évènement, pourtant, je devine la douleur qu'elle endure à travers ses pupilles.

— Elle s'appelle Vinhya, me confie la prêtresse.

Vinhya. Courageuse Vinhya, continue d'être forte. Je suis là.

La jument, nerveuse, s'agite de plus en plus. J'en déduis que le moment tant attendu est proche. Mon cœur bat à tout rompre. J'ai du mal à croire que je suis sur le point d'assister à un spectacle aussi incroyable. Une naissance ! La mise au monde d'une nouvelle âme… J'en frissonne de partout.

Nous entendons une sorte de « pop », que la prêtresse attribue à la rupture de la poche des eaux. Tant bien que mal, je continue de câliner la tête de Vinhya, mais je sens bien que je la dérange plus qu'autre chose, alors je m'éloigne un peu, mais lui murmure des paroles apaisantes au creux de l'oreille.

— Je sais que tu ne me comprends pas, Vinhya, mais je suis là, rassure-toi. Tout se passera bien, je ne laisserai personne te faire du mal, je te le promets. Tu vas mettre au monde un magnifique poulain, je sais que tu peux le faire… Courage, ma Vinhya, c'est presque terminé.

Mes larmes coulent à flots au moment où Émy annonce fièrement :

— Il arrive !

Rapidement, j'essuie le liquide sur mes joues et contemple, la mine réjouie, le sac placentaire renfermant le poulain s'échapper d'entre les pattes arrière de sa mère. J'ai peur, j'ai l'impression qu'il ne parviendra jamais à sortir. Dans mon esprit torturé, les minutes deviennent des heures, et malgré les paroles rassurantes d'Aïna, je ne peux m'empêcher de craindre le pire pour la maman et son petit. J'aimerais pouvoir aider Vinhya en tirant sur les pieds du poulain, mais la prêtresse le refuse.

— La nature est bien faite, mon enfant. Cette naissance ne requiert aucune intervention de notre part.

J'adorerais la croire, mais le martèlement dans ma poitrine m'interdit de lui faire confiance. Mon cœur ne peut pas se tromper. Aïna et Émy échangent un regard inquiet. Pour Vinhya ou pour moi ? J'ai l'impression qu'elles se font davantage de souci pour mon cas que pour la jument. Un hennissement de la belle m'extirpe de mes pensées. D'un seul coup, je vois jaillir la poche entière contenant le poulain et, enfin, je respire.

Debout sur mes jambes tremblantes, je m'éloigne de mes amies. J'ignore pourquoi, mais je ressens le besoin d'être seule. Des larmes de soulagement me submergent. Quand je suis certaine qu'Aïna et Émy ne me rejoindront pas, je me laisse glisser sur le sol et, sans la moindre raison, je laisse libre cours à mon chagrin.

Chapitre 22

La fête chez Charles

La tête appuyée contre la vitre de la voiture, je songe à cette incroyable journée en compagnie d'Aïna et Émy. Les autres nous ont rejointes quelques minutes plus tard. Dommage pour elles, elles n'ont pas assisté à cette expérience fantastique.

Après la mise bas d'un magnifique poulain à la robe beige, Vinhya a pris soin de son fils comme s'il s'agissait de la prunelle de ses yeux. Il y avait tant de fierté dans les iris de la jeune mère que cet instant restera gravé à jamais dans ma mémoire. Mais ce n'est pas le plus beau ! Pour fêter mon arrivée au sein des Descendantes de Séraphine, Aïna m'a autorisée à choisir le prénom du nouveau-né : Hash-Ko. Ne me demandez pas pourquoi j'ai opté pour celui-là, je n'en sais rien. Ça m'est venu tout naturellement.

— Eh oh, Kassy. Nous sommes rendus.

La voix de mon père me tire de mes rêveries. Aurélie est déjà sortie de la voiture, impatiente de pénétrer dans la fameuse maison en brique rouge.

Heureusement pour moi, Papa est l'homme le plus formidable du monde. Dès qu'il a appris que Maman m'avait emmenée à Wéris, il s'est empressé d'aller faire les boutiques avec Sophie afin de me dénicher une tenue digne de ce nom pour la fête. Résultat des courses, je me retrouve affublée d'une petite robe noire sans manches, avec un décolleté en « V » un peu trop osé à mon goût, mais qui, apparemment, ne semble déranger personne d'autre. Le tissu est agréable, il flotte et vole au rythme de mes pas. Tout comme les princesses que l'on voit dans certains dessins animés, en un poil plus court, évidemment.

— Bon, tu n'oublies pas, répète mon père pour la énième fois. Sophie et moi sortons au cinéma, ce soir. Dès que le film est terminé, je t'envoie un S.M.S. et tu nous rejoins un quart d'heure plus tard devant la porte.

— Entendu.

— Ensuite ? m'interroge-t-il, le regard faussement sévère.

Je soupire, dépitée :

— Je ne lâche pas mon verre des yeux et je ne bois que ce que j'ai commandé moi-même au barman. Papa… ce n'est qu'une petite fête de rien du tout, pas une sortie en boîte de nuit !

Mon père toussote tandis qu'Aurélie refrène un rire.

— Il vaut mieux faire attention. Les mauvaises têtes sont partout et je ne tiens pas à ce qu'il arrive quoi que ce soit à ma fille chérie.

— Roh, Papa, arrête… Tu n'en fais pas un peu trop, là ?

Pour toute réponse, mon paternel m'envoie un clin d'œil complice, ainsi qu'un baiser volant. Je lui en envoie un en retour, après m'être assurée que personne ne nous observe.

— Soyez prudentes, d'accord ? Passez une bonne soirée.

— Merci, Papa, vous aussi. Auré, tu es prête ?

— Depuis le temps !

— Alors, on y va ?

— On y va !

La voiture démarre au moment où nous approchons de la porte blanche. La musique nous parvient au travers de celle-ci : Jerusalema, de Master KG feat Nomcebo. L'ambiance est déjà au top, dirait-on. Lorsque nous entrons, je n'en crois pas mes yeux : le rez-de-chaussée grouille de monde. Toute l'école s'est-elle réunie ici ? Aurélie semble surprise également, car elle a un léger mouvement de recul.

— Kassy ! Aurélie !

Je distingue Charles au milieu de la foule. Il nous fait de grands signes afin qu'on le rejoigne de l'autre côté du salon.

— Il est sérieux, là ? Comment peut-on traverser tout ça sans se faire marcher dessus ? s'indigne mon amie.

Je ris, d'ores et déjà grisée par l'ambiance. Ce soir, j'ai envie de danser et de profiter de l'instant comme jamais.

— Par ici, je lui dis.

Tant bien que mal, nous nous frayons un passage jusqu'à un second salon. Heureusement, celui-ci communique avec le premier. Au bout d'une bonne minute, nous arrivons enfin auprès de notre hôte.

— Ce n'est pas trop tôt, nous taquine-t-il.

Puis, plus sérieusement, il ajoute :

— Waouh ! Kassy, tu es… superbe.

Mes joues rosissent de plaisir. Note à moi-même : remercier Papa demain matin.

— Toi aussi, Auré, cette robe te va super bien.

— Merci, Charles.

Pendant un bon quart d'heure, nous dansons au rythme des musiques qui s'enchaînent, et pour ne rien gâcher, aucune trace de Ben dans les parages. Une soirée au top ! Pour la première fois depuis longtemps, Aurélie semble heureuse, également. Et pour cause, Samuel, un garçon de cinquième année plutôt discret malgré son statut de sportif populaire, tente de l'approcher. Je suis ravie pour elle, même si je m'interroge au sujet de ce pauvre inconnu qui perturbe l'esprit de ma meilleure amie depuis quelques jours. À moins que... Serait-ce lui ?

Tapie dans l'ombre, je les observe du coin de l'œil. À en juger par leurs mouvements respectifs, je n'ai pas l'impression qu'ils se connaissaient avant ce soir, mais après tout, qui sait ?

Enfin, une musique plus calme retentit dans les haut-parleurs. C'est l'occasion de nous reposer un peu et de céder la piste aux amoureux. J'en profite pour inspecter la maison. À lui seul, le double salon est plus grand que tout le rez-de-chaussée chez moi. On se croirait dans la salle de bal d'un palais impérial. Les décorations, cependant, sont tout ce qu'il y a de plus moderne, à l'exception d'un portrait de famille suspendu au-dessus de la cheminée. Sur la photo, Charles ne devait pas avoir plus de six ans, j'ai l'impression.

— Tu veux boire quelque chose ? me propose Charles, qui ne sait plus où donner de la tête tant ses invités requièrent son attention.

— Non, merci, c'est gentil.

La musique va si fort qu'il est presque impossible de s'entendre.

— Au fait, je peux te parler une petite minute ? hurle-t-il entre ses mains mises en porte-voix.

Les battements de mon cœur s'intensifient.

— Moi ? Euh, oui, bien sûr.

Il me sourit, puis ajoute :

— Viens, allons dans un endroit un peu plus calme.

Sans la moindre hésitation, je suis mon hôte jusqu'à l'imposant escalier en bois donnant sur le hall d'entrée. Au même moment, un garçon de sa classe l'interpelle. Il y a tant de bruit que je ne parviens pas à entendre leur échange.

— Apparemment, il y a du grabuge côté jardin, m'apprend-il au bout d'une minute. Je vais vite voir ce qu'il se passe. J'arrive tout de suite.

Je hoche la tête tout en m'interrogeant sur la façon d'occuper mon temps en attendant son retour. Aurélie m'a oubliée depuis longtemps et danse sans relâche avec son cavalier.

On dirait que je n'ai plus qu'à aller chercher un truc à boire. Mais où se trouve la cuisine ? Telle est la question. Au hasard, j'ouvre une porte sur ma droite. Pas de bol, je tombe sur un garage. Un magnifique Husky attire mon attention. La bête m'accueille avec des aboiements plaintifs. J'en déduis que si la musique ravit l'ouïe de toutes les personnes présentes, elle plaît considérablement moins à cette pauvre bête.

Sensible à la souffrance qu'elle subit, je m'approche à pas lents pour ne pas l'effrayer. Arrivée à sa hauteur, je constate qu'un aménagement spécial a été conçu sur mesure. Une immense cage d'au moins cinq mètres sur trois encadre un vieux canapé en cuir jaune. De part et d'autre, des cagettes débordent de jouets en tout genre.

— Eh bien, mon grand... qu'est-ce qu'il se passe ? Tu n'aimes pas le bruit, c'est ça ?

L'animal plonge son regard dans le mien et... me répond !

Dis-leur arrêter. Souffrance. Souffrance.

Surprise, je manque de tomber à la renverse, puis me rappelle que le Husky est un cousin éloigné du loup... mon totem. Serait-ce pour cette raison que je l'ai compris ?

— Je... Euh, d'accord. Je vais voir s'ils peuvent diminuer un peu le son. Je reviens...

Tu comprendre ?

Je note que le français utilisé par l'animal n'est pas totalement correct. Je ne m'en formalise pas pour autant, trop heureuse de converser pour la première fois avec un chien.

— Je suis une Descendante de Séraphine. Je représente le peuple des loups. J'ignorais que je pouvais dialoguer avec les Huskies aussi, pour tout te dire.

La mine renfrognée, mon nouvel ami s'offusque :

Descendante de Séraphine qui ne sait pas faire différence entre Husky et Tamaskan !

— Pardon ?

Ton nom ?

— Kassy, pourquoi ?

Kassy beaucoup à apprendre. Toi comprendre parce que sang de loup coule dans mes veines. Qualité traduction mauvaise, car moi pas vrai loup. Race mélangée Husky, Berger allemand et Canis Lupus.

Un ange passe, tandis que je réfléchis. Un peu vexée, je lui résume les raisons de mon ignorance. Lorsque je termine, la porte s'ouvre et une tête apparaît dans l'embrasure.

— Kassy ?

Une voix féminine m'appelle. Curieusement, ce n'est pas celle d'Aurélie.

Devant moi se tient une jeune fille blonde aux faux airs de Marilyn Monroe. Je n'ai pas l'impression de la connaître, mais dans cette robe de cocktail couleur champagne, maquillée à outrance, il se peut que je ne la reconnaisse pas, tout simplement.

— Ah ! Tu es là… Charles te cherche. Il demande si tu veux bien le rejoindre à l'étage.

Un long frisson me parcourt l'échine. Déjà ? Eh bien, il a fait vite.

— Oui, bien sûr ! Il t'a dit où, exactement ?

La jeune fille me sourit drôlement. Je crois qu'elle est un brin éméchée, malgré son calme apparent.

— Suis-moi, je vais te montrer.

Ensemble, nous quittons le garage. Au passage, j'adresse un ultime regard au magnifique Tamaskan, qui en profite pour me rappeler :

Dis-leur arrêter bruit. Souffrance.

Une fois la porte refermée, mon guide me conduit jusqu'au premier étage. La belle titube et je ne peux m'empêcher de lui coller au train, des fois qu'elle passe par-dessus la rambarde par inadvertance.

À l'instar du rez-de-chaussée, les invités occupent tout l'espace et dansent au rythme frénétique de la musique. La fille ne prend pas la peine de s'excuser auprès des gens qu'elle bouscule afin de nous frayer un chemin. Non, elle fonce dans le tas.

— Voilà, c'est ici, bougonne-t-elle, le regard absent.

Je la remercie avant de frapper au battant.

— Entre, me crie-t-il depuis l'autre côté.

Je m'exécute. Aussitôt, la porte se referme dans un claquement sec. D'instinct, je me retourne pour l'ouvrir. En vain, quelqu'un l'a verrouillée de l'extérieur.

— Mais ! m'indigné-je.

— Ils n'ouvriront pas, m'informe une voix masculine qui n'a rien à voir avec celle de Charles. Celle-ci possède un lourd accent facilement identifiable.

Ben !

— T'inquiète, je ne vais pas te retenir bien longtemps, ajoute-t-il sur un ton étonnamment gentil.

Devant moi, Ben est assis sur un lit à dominance bleu et gris. Il ne bouge pas d'un pouce, mais m'observe avec insistance. Malgré les apparences, il semble nerveux. Que lui arrive-t-il ? Ça ne lui ressemble pas.

— Qu'est-ce que tu me veux ?

— Simplement te parler, rien de plus.

Pendant une bonne minute, nous gardons le silence. Mon cœur bat vite et je dois reconnaître que j'ai un peu peur. Si Ben avait arboré son arrogance habituelle, je l'aurais remis à sa place sans la moindre hésitation. Ici, son attitude réservée et le ton calme de sa voix me déstabilisent totalement.

— Je t'écoute, lui dis-je afin de rompre le climat tendu qui nous oppresse.

Ben se lève et s'approche de moi à pas lents. Derrière nous, le son des haut-parleurs fait trembler les murs, pourtant, j'entends clairement son souffle lorsqu'il arrive à ma hauteur.

— Je... Je n'ai pas été très gentil avec toi, Kassy, je le reconnais. Je me suis comporté comme un idiot.

Ce n'est pas moi qui vais le contredire sur ce point, mais désireuse de savoir ce qu'il va me dire, je ne pipe mot et attends la suite.

— Kassy, je voudrais te demander pardon pour ça, et pour tout ce que je t'ai fait subir dernièrement. Je sais que ça n'excusera rien, mais comme on te l'a sans doute déjà dit, j'ai perdu mes parents il y a quelques semaines. Je... Je n'arrive pas à m'en remettre. En temps normal, je ne suis pas un mauvais garçon, mais... avec toi c'est plus fort que moi. Tu provoques des réactions que je ne parviens pas à maîtriser. Je suis désolé.

Ma gorge se serre et je me sens soudain mal à l'aise. Est-ce une nouvelle méthode pour me torturer ou dois-je lui faire confiance et prendre ses excuses pour argent comptant ? Comment oublier l'humiliation subie au lendemain de notre premier baiser dans le parc ? Jusqu'où Ben est-il prêt à aller pour me piéger ?

— Tu ne me crois pas ?

— Ce n'est pas ça.

— Je sais ce que tu penses, Kassy, mais tu te trompes. Je ne cherche pas un moyen de me venger ou de t'en faire baver. Je suis sincère, cette fois.

J'ai envie de lui faire confiance, mais en réalité, j'ai peur. Peur de me fourvoyer une fois de plus.

— Tu ne m'avais jamais parlé de tes parents, avant.

Son regard me fuit et se réfugie dans le velux derrière moi. Ses lèvres sont crispées et je ne peux m'empêcher de culpabiliser.

Quelle nouille ! Pourquoi ai-je fait allusion à sa famille, nom d'une pipe !

— Je vais tout te raconter, même si… c'est difficile.

— Ne te sens pas obligé, je…

— Je sais, m'interrompt-il, impérieux. Mais il faut que tu saches. C'est important.

— Très bien, je t'écoute.

Il ne répond pas tout de suite, mais lorsqu'il parle à nouveau, je vois les larmes affluer sous ses paupières. Ses yeux luisent d'une lueur indescriptible et empreinte de douleur.

— C'est une histoire dont je ne suis pas fier, tu sais. Et je comprendrais très bien que tu refuses de m'adresser la parole après. Ce ne serait que justice.

Ses mots m'effraient. J'ai l'impression qu'il s'apprête à confesser une chose terrible. Quelque chose qui pèse sur sa conscience et qui l'empêche de dormir nuit après nuit. Mais pourquoi souhaite-t-il partager ce secret avec moi ? Moi, sa pire ennemie.

— Je...

— Non, m'interrompt-il à nouveau. Tu me poseras tes questions seulement quand je t'aurai tout raconté, d'accord ?

Je hoche la tête.

— J'ai grandi dans une ville qui s'appelle Trois-Rivières, au Canada. Entre nous, c'était un endroit de rêve, avec des forêts, des lacs... Bref, j'adorais ma vie. Quand j'étais petit, avec mon père, nous avions construit une cabane nichée dans les arbres, pas très loin de chez nous. Sans te mentir, j'y passais tout mon temps libre et, un jour, j'ai fait la connaissance de

Georges Finley. Il était garde-chasse. C'est lui qui m'a enseigné tout ce que je sais sur la façon de prendre soin des animaux.

Il s'arrête un instant, puis reprend :

— Nous étions super proches tous les deux, un peu trop, d'après mes parents. Peu après évidemment, mon niveau scolaire a commencé à régresser, car je n'arrivais plus à m'intéresser au contenu de mes cours. Je ne pensais plus qu'à ma cabane dans la forêt, aux prochaines aventures que nous allions vivre Georges et moi... Alors, peu après mes dix-sept ans, ils m'ont demandé de leur accorder plus de temps, à eux comme à mes études. Tu n'imagines pas à quel point ça m'a fait du mal... mais je les aimais. Je les aimais tellement... Comment aurais-je pu refuser ?

Ben soupire profondément. J'ignore toujours où il veut en venir, mais le peu que j'ai appris à son sujet m'interpelle. Nous sommes loin du jeune m'as-tu-vu et rebelle que je pensais connaître.

— Le quinze mars dernier, mon père souhaitait que j'assiste à une importante soirée organisée par sa compagnie. Je n'avais pas la moindre envie de m'y rendre, mais je le lui avais promis. Le jour venu, j'ai passé la journée avec Georges. La fête ne devait pas avoir lieu avant vingt heures, du coup, je pensais avoir le temps…

Il marque une nouvelle pause et je devine à la cadence de ses mots que le moment approche. Je l'écoute avec intérêt, sincèrement interpellée par son histoire.

— Cette après-midi-là, nous avons découvert une famille de renards. La mère avait été blessée par balle malgré l'interdiction de chasser dans le secteur. Nous avons tenté de la sauver, mais elle perdait beaucoup trop de sang. Alors… Alors nous avons cherché une femelle avec des petits pour prendre soin des renardeaux. J'étais en larmes, démoralisé et, parallèlement, je voyais le temps filer à toute allure… Je me suis dit que tant pis, mes parents ne mourraient pas si je n'allais pas à cette stupide soirée, que j'irais une prochaine fois. J'ai… J'ai désactivé mon cellulaire. J'espérais au fond de moi que mon père et ma mère croiraient à une panne de batterie…

J'entends à peine la fin de sa phrase tant elle est presque inaudible. Je comprends désormais toute l'horreur de la situation. Pourquoi il s'en veut à ce point. Je le laisse néanmoins finir, comme il me l'a gentiment demandé.

— Nous n'avons pas trouvé de maman renard, ce soir-là. Nous avons déposé la portée dans un refuge afin que les renardeaux reçoivent du lait de substitution. J'étais tellement effrayé à l'idée de rentrer que j'ai sans doute… involontairement retardé mon retour à la maison. Georges m'a ramené près de chez moi. Je ne voulais pas qu'il ait des ennuis par ma faute, tu comprends ? J'ai marché les quelques centaines de mètres qui me séparaient de chez moi et c'est là que je les ai vus… Les gyrophares… Plusieurs voitures de police étaient garées dans la rue. Il y avait des ambulances aussi. Puis, un des policiers est venu à ma rencontre et il m'a tout raconté.

Les larmes roulent le long des joues de Ben et je ne sais pas quoi dire. J'ai tellement mal pour lui que je sens mon cœur se briser en mille morceaux. Sa souffrance me blesse à tel point que j'ai moi aussi les yeux qui débordent. Les mots me manquent pour exprimer tout ce que je ressens à cet instant.

— La voiture a été retrouvée dans un ravin. Ma mère est morte sur le coup, mon père… Mon père a été retrouvé dans un état critique. Il était encore très tôt, les policiers en ont déduit qu'ils étaient sortis à ma recherche.

Ces derniers mots, prononcés avec difficulté, m'achèvent.

— Non, s'il te plaît, ne pleure pas ! Je ne t'ai pas raconté tout ça pour que tu me prennes en pitié, mais pour que tu comprennes… et, surtout, que tu me pardonnes.

— Que je te pardonne ?

— Je n'ai jamais voulu te faire du mal, Kassy. Je m'en voulais énormément et, j'ignore pourquoi, le fait de m'en prendre à toi me faisait du bien. Enfin... non, pas vraiment. Disons plutôt que... Arf... Pourquoi c'est si difficile à avouer ?

— Dis simplement ce que tu penses.

— Tu veux vraiment savoir ?

— Bien entendu.

Ben s'approche de moi et mon malaise s'accroît considérablement. Son regard s'ancre dans le mien. Je devine de nouvelles larmes sous ses grands cils. Est-ce bien la même personne ? Ne s'agit-il pas d'un jumeau inconnu qui tenterait de subtiliser son identité ?

— Je ne te demande pas de me croire sur parole, mais...

— Mais ?

— Je ne vais pas te mentir, Kassy, tu me plais beaucoup.

— Je te demande pardon ?

Je ne peux m'empêcher de retenir un petit rire nerveux. De ceux qui sont particulièrement gênants.

— Je sais ! enchaîne-t-il, la tête plongée entre ses mains. Je n'ai fait que te montrer le contraire jusqu'ici, mais tu dois comprendre que...

Il prend une profonde inspiration, puis poursuit :

— Kassy, je me sens responsable de ce qui leur est arrivé, alors je... Je voulais souffrir. Merde... Tu vas me prendre pour un fou, mais faut que tu saches la vérité... Toute la vérité.

— Vas-y, je t'écoute.

— Inconsciemment, pour me punir, je regarde toutes les photos qui sont sur mon portable. Des photos de mes parents et moi, de nos sorties, de tous les bons moments passés ensemble. Comme si ça ne suffisait pas, je passe en boucle une playlist méga triste pour accentuer ma souffrance. C'est en quelque sorte ma façon d'expier... J'ai tenté mille fois d'arrêter, mais c'est impossible. C'est un peu comme une drogue, tu comprends ? C'est pareil avec toi. Si tu savais à quel point je m'en veux chaque fois que je te fais du mal... C'est horrible. Je me maudis, mais je ne parviens pas à m'en empêcher. Je me sens sale... Je me sens responsable de leur mort et j'ai l'impression, au fond de moi, que je ne mérite pas d'être heureux. Et chaque fois que mon esprit entrevoit la possibilité d'un potentiel bonheur, c'est reparti pour un tour. Et ça me tue, parce que lorsque je suis avec toi, je n'ai plus envie d'être ailleurs. C'est la première fois que j'aimerais passer tout mon temps avec une fille. C'est con, mais... quand je me lève le matin, je pense à toi, je mange, je pense à toi, je vais me coucher, je pense à toi... Je suis comme ensorcelé depuis ce fameux jour au parc, quand tu as pris soin de cette tourterelle...

Face à mon mutisme, il ajoute :

— Je sais que tu aimes Charles depuis que vous êtes tout petits, mais j'étais sérieux l'autre jour. Ce n'est pas un mec pour toi, tu peux me faire confiance. Vous êtes trop... différents.

Trop de pensées m'assaillent en même temps. Ses révélations font écho aux allusions de Sophie et de Charles, ainsi qu'à celles du psychologue du centre P.M.S. de l'école. Pourtant, je ne peux y croire. Même sorti de sa propre bouche.

— Tu dis que Charles et moi, nous sommes différents, c'est bien ça ?

— Oui.

— Dans ce cas, toi et moi, qu'est-ce que nous avons en commun, dis-moi ?

Un long silence s'en suit.

— Tu ne me connais pas, Kassy.

Sa voix tremble. Je comprends qu'il se contrôle afin de ne pas élever le ton plus que nécessaire.

— C'est vrai, mais toi non plus.

— Crois-moi, je sais ce que je ressens. J'ai longtemps lutté, mais maintenant, j'en suis convaincu.

L'espace entre Ben et moi se réduit à quelques centimètres à peine.

— Ben, je…

Mes mots se perdent lorsque ses mains se posent sur mes épaules. Dans le couloir, la musique a ralenti, elle aussi. Un slow remplace désormais les « boum boum » tonitruants.

— Laisse-moi une chance, juste une.

Je sens le souffle de Ben effleurer la fine peau de mon cou. Aussitôt, un frisson me parcourt le corps et de petits papillons viennent me chatouiller l'estomac. Ma tête tourne.

— Je…

Je rien du tout ! Je suis incapable de réagir, de penser, même.

De sa main droite, Ben replace une mèche de cheveux derrière mon oreille. Mon cœur bat à tout rompre. Il faut que ça cesse, et vite. Si ça continue…

Si ça continue, je risque d'espérer qu'il m'embrasse. Or, ce n'est pas possible. C'est Charles que j'aime.

— Chut, murmure-t-il au moment où je m'apprête à le lui rappeler.

Je m'exécute, comme si mon corps était programmé pour lui obéir.

— Je vais te prouver que tu peux me faire confiance. À partir de maintenant, je ne serai plus jamais le même. Tu ne me reconnaîtras plus et, un beau jour, tu te rendras compte que c'est moi que tu aimes et non pas mon cousin.

Je soupire et Ben me serre contre lui. Mon rythme cardiaque s'emballe lorsque nous nous effondrons sur le lit à force de reculer.

Le front de Ben rencontre le mien, tandis que nos corps se séparent de quelques centimètres. Allongé sur le matelas, Ben ne me quitte plus du regard.

— Je t'aime, lâche-t-il de but en blanc.

Je détourne les yeux, incapable de répondre.

— C'est bête, c'est idiot, je sais, mais je n'y peux rien. C'est plus fort que moi. Quelque chose en toi m'attire irrésistiblement depuis le premier jour. Un peu comme si mon âme savait qu'elle t'était destinée.

Je me mords les lèvres, consciente que la situation m'échappe complètement. Une part de moi rêve de l'embrasser, tandis que l'autre…

À nouveau, mes pensées se troublent. Ben en profite et se rapproche une fois encore. Mon corps ne répond plus et les petits papillons reviennent à la charge, plus intenses que jamais. On dirait que mon cœur va bondir de ma poitrine.

Ben sourit, puis murmure à mon oreille :

— Dis quelque chose, s'il te plaît.

Dehors, le vacarme et les « boum boum » ont repris, au rythme de mes pulsations, j'ai l'impression.

— Ben écoute, je…

Ses doigts glacés se posent sur mes lèvres, m'interdisant toute réponse.

— Non, finalement, tais-toi, je préfère. Je ne suis pas certain d'apprécier ce que tu t'apprêtais à me dire.

Pendant de longues secondes, nous échangeons des regards intenses. Nous nous contemplons l'un l'autre, aveugles et sourds au monde qui nous entoure. Puis, presque imperceptiblement, le visage de Ben se rapproche. Nul besoin d'être devin pour comprendre ses intentions et, curieusement, cette fois, cela ne me dérange pas. En cet instant, plus rien n'interfère avec mes pensées. Plus de musique, plus de fête, et même… plus de Charles. Plus rien ne compte en dehors de lui, en dehors de nous. Je l'attends, je le désire. Pourtant, à mon grand désarroi, Ben s'interrompt à quelques millimètres de mes lèvres.

— Non, je veux te prouver à quel point je peux changer, pour toi.

Soudain, la porte s'ouvre à la volée et, dans un craquement sourd, se brise. Devant nous se tient un Charles au visage rougi par la colère. Un Charles en rogne comme jamais.

Fin de la premiere partie.

Vous avez apprécié votre lecture ? Dans ce cas, n'hésitez pas à me laisser une évaluation **5 étoiles** sur Amazon.

Cela m'aide énormément

Merci du fond du cœur

Cindy C. Teston

Rendez-vous le 28/10/2022 pour le partie 2

REMERCIEMENTS

La toute première personne que j'aimerais remercier est ma petite sœur : **Christelle**.

Il y a deux ans, lorsque j'ai commencé à écrire l'histoire des Descendantes de Séraphine, elle était la seule autorisée à lire une infime partie de mon premier jet. Depuis, elle me harcèle jour et nuit pour que je termine cette histoire au plus vite ! C'est chose faite, aujourd'hui, et c'est bien grâce à elle. Alors, mille mercis ma Crotte. J'espère que la fin sera à la hauteur de tes espérances.

Je remercie également ma **Maman (Claudine)**, car malgré ses ruses pour tenter de piquer mon manuscrit quand j'avais le dos tourné, elle a finalement respecté ma volonté et attendu patiemment que je le termine avant de le lire.

Merci à mon **Papa (René)**, pour ses partages et son soutien indéfectible. Il ne dit pas grand-chose, certes, mais les petites étoiles que je lis dans ses yeux réchauffent mon petit cœur.

Merci à mes fils : **Yassine**, **Rayan** et **Kinan** et à mon mari adoré, le seul et unique **Hilal El Yajizi**, que j'aime par-dessus tout.

Merci aussi à mes alpha-lectrices : **Ad Martel, Danselunes, Audrey Reynaud, Émilie Corne, Sophie Mignon, Margaux Pilorge** et **Amélie Quermont,** qui ont su repérer les faiblesses de cette histoire.

Merci à mes bêta-lectrices également : **Marie Jacolot, Amélie Paquet-Mercier, Magali Sixou** et **Élisabeth Brunel.** Merci à vous d'avoir pris le temps de repérer toutes les phrases biscornues et autres éléments disgracieux.

Un remerciement tout particulier à **Amélie Paquet-Mercier** d'avoir pris le temps de lire et de traduire en canadien tous les dialogues et parties narratives associés au personnage de Ben.

Merci à **Caroline Lor** pour cette magnifique couverture. Je n'ai pas été très facile, sur ce coup-là… Aussi, je te remercie infiniment pour ta patience et ton professionnalisme.

J'aimerais remercier aussi mes collègues *Pandauteurs* pour leur aide précieuse concernant ma première et quatrième de couverture.

Pour conclure, j'aimerais te remercier **Toi**, ami lecteur/trice. Que tu me suives depuis longtemps ou si tu viens seulement de découvrir mes écrits, je te remercie du fond du cœur d'avoir pris le temps de lire ces quelques pages. As-tu apprécié ta lecture ? Si oui, n'hésite pas à laisser un petit commentaire sur Amazon et à m'écrire un petit mail via mon site internet : www.cindycteston.com (je réponds à tout le monde).

Suivez l'auteure

Envie de recevoir des **cadeaux**, des **exclusivités** ou des **news** en avant-première ? N'hésitez pas à vous inscrire à ma Newsletter sur :

www.cindycteston.com

ou à vous abonner à mes réseaux sociaux :

Facebook : Cindy C. Teston, auteure

Instagram : Cindy.c.Teston

Ou n'hésitez pas à m'écrire un petit mail (je réponds à tout le monde) : contact@cindycteston.com

ÉGALEMENT DISPONIBLE

(du même auteure)

L'éveil du phénix (romance fantastique)

Gardienne d'élite (romance fantastique)

Le Sacre (fantasy)